Der Berg der Seherin

Reinhold Fink

spiritbooks

Das Werk, einschließlich aller seiner Teile, ist urheberrechtlich geschützt. Jede Verwertung ist ohne Zustimmung des Verlages und des Autors unzulässig. Dies gilt insbesondere für Vervielfältigungen, Übersetzungen, Mikroverfilmungen und die Einspeicherung und Verarbeitung in elektronischen Systemen.

© 2017 spiritbooks, 70178 Stuttgart
Verlag: spiritbooks, www.spiritbooks.de
Autor: Reinhold Fink, www.reinhold-fink.de
Lektorat: PCS Books · Gabi Schmid, www.pcs-books.de
Satz & Layout/eBook-Konvertierung: PCS Books · Gabi Schmid
Covergestaltung: Corina Witte-Pflanz, www.ooografik.de
Grafiken/Illustrationen: Portrait of a Wolf, #93608094 | Urheber: ant_art19; Mandala, #52941818 | Urheber: Vodoleyka; alle Fotolia.com; painting mighty lion …, #357384701 | Urheber: Jozef Klopacka, Shutterstock.com
Fotos/Zeichnungen: © Reinhold Fink

Druck und Verlagsdienstleister: Tredition GmbH, Hamburg
Printed in Germany
1. Auflage

ISBN: 978-3-946435-44-0

Alle in diesem Roman vorkommenden Personen, Vereinigungen und Handlungen sind frei erfunden. Etwaige Ähnlichkeiten mit real existierenden Personen sind rein zufällig und nicht beabsichtigt.

Willst du immer weiter schweifen?
Sieh, das Gute liegt so nah.
Lerne nur das Glück ergreifen:
Denn das Glück ist immer da.

Johann Wolfgang von Goethe

Dieses Buch widme ich jenen,
die die langen Wege gehen.
Wege, die durch verwachsenes
Unterholz zur Quelle des Mysteriums
der Vergangenheit führen,
die gepflastert mit Hindernissen
zum Geheimnis der Dinge in der
Gegenwart leiten,
auf denen eine leise Stimme die
Zukunft ankündigt:

„Gehe deinen eigenen Weg, jetzt!"

Auf dem Berg. Vor 800 Jahren

Strahlend weißgolden stand die Mondin am Himmel. Ein Hauch der großen Muttergöttin wehte über den Buchberg, den Hüter der Geheimnisse. Rot sprühende Lichtfunken des heiligen Feuers blitzten in die schwarzschimmernden Sehnsuchtsbilder des Luftreiches. Ein harzig-erdiger Geruch kroch aus dem Feuerschein heraus, umfasste schmeichelnd den Raum der heimlichen Zusammenkunft. Eingesprengte Wassertröpfchen aus dem irdenen Kelch klirrten auf das Kräuterholz, zischten, vereinigten sich mit dem Äther in einem spiraligen Vermählungstanz. Der Heilige Hain ward eröffnet, zugänglich nur für die Eingeladenen. Das Fest der weisen Frauen begann.

Die Druidin Urda stand mit dem Rücken zum Feuerstoß. „Das Fest der Dreifach Größten. Heute Nacht. Sieben mal dreizehn Monde vergangen. Monde des Wartens geschehen. Heute die Vermählung der Großen mit dem Großen. Das Fest gerichtet. Gelingt es nicht, verloren sind sieben mal dreizehn Monde."

Durch ihre Wolfsmaske lugte Urda auf die acht Frauen im Halbkreis vor sich. Vier kamen von der Siedlung, die sich an die Nordseite des Buchberges anschmiegte. Zwei aus dem im Tal liegenden Weiler Immenrod, die anderen zwei aus Allergrün. Nur schemenhaft sah sie die Gesichter im Schein des Feuers.

„Göttin der Welt. Himmlische Kraft, wir rufen zu dir."

Ein langanhaltender Pfeifton hallte aus dem Tal. Urda ließ sich nicht beirren. Sie atmete tief durch, die erfrischende harzige Luft gab ihr zusätzlichen Mut zum Weitermachen.

Die acht Frauen starrten sie mit aufgerissenen Augen an. Der Pfiff kam von einer ihrer Späherinnen, die sie für Warnungen postiert hatten. Dem Ton nach von Urdas jüngster Tochter Brigga.

Gefahr nahte. Die Knechte der Herren aus dem Dorf unter dem Berg hatten schon beim letzten Fest Beltaine den Frauen nachgestellt. Urda wusste, sie trachteten ihnen nach dem Leben. Damals hatten sie nur knapp entkommen können, Zuflucht findend in Höhlen ihres Frauenberges. Abermals ein gellender Pfiff. Diesmal von Negga, Urdas ältester Tochter. Ein Raunen ging durch die Reihen der Frauen. Urda hielt nicht inne. Heute war das Ritual zu vollziehen. In dieser Nacht. Sie konnten nicht abbrechen, zu viel stand für den *Kreis der weisen Frauen* auf dem Spiel. Sie begann zu sprechen:

„Mutter des Feuers im Osten, höre uns.
Mutter des Wassers im Süden, höre uns.
Mutter der Erde im Westen, höre uns.
Mutter der Luft im Norden, höre uns."

Ein kurzer Pfiff ertönte, brach gleich ab. Kurz darauf ein kreischender, markdurchdringender Schrei. Urda zuckte bebend zusammen. Ihre Töchter. Würde sie sie lebend wiedersehen? Kurz dachte sie daran, sofort zu fliehen. Unter Tränen presste sie hervor:

„Dreifach Große Göttin.
Hilf uns, deine Worte zu erhalten.
Hilf uns, dein Wissen zu bewahren.
Hilf uns, dein Erbe zu beschützen."

Die Druidin Urda warf einen Buschen mit neunerlei Hölzern und neunerlei Kräutern ins Feuer, erneuerte das heilige Gelübde:

„Lob dir, Dreifach Große Göttin.
Höre unseren Schwur:
Dein auf ewige Zeit!"

Jetzt flüchten! – Zu spät!

In heutiger Zeit

Ja, Krankenhäuser sind notwendig. Und nein, er mochte sie nicht.
Professor Gerhard Schrickelbacher stand im Stuttgarter Klinikum vor der Tür des Zimmers 113. Die Hand krümmte sich zum Klopfen. *Eintreten?*

Den Anruf heute früh hatte die Sekretärin an der Tübinger Universität entgegengenommen. „Ist dringend", hatte sie ihm betont, als er zwischen zwei Besprechungen vorbeischaute.

Zu seinem einzigen Onkel Thurecht hatte er nicht viel Kontakt. Ein verbissener, ewig recht haben wollender Oberfrommer. Dauernd missionarisch unterwegs. Bei jeder sich bietenden Gelegenheit legte er irgendwelche Traktate aus. Die Briefkästen der gesamten Nachbarschaft beglückte er mit religiösem Schriftenkram. Alle wollte er bekehren.

Mit Inbrunst spielte er das schwarze Harmonium in der *Stund*. Wurde eins mit diesem Instrument. Ausdruck seiner speziellen sonntagseifrigen Liebesgabe an die himmlischen Heerscharen. Dazu seine quäkende Stimme beim Singen und beim Lesen der Bibeltexte. Diese bibeltreue Gebetszusammenkunft *Stund!*

Am behaglichsten fühlte der Onkel sich in tiefschwarzen Anzugskleidern. Überhaupt war er umgeben von tiefgrauschwarzer Farbe. Schwarze Gewänder der Frauen, dunkle Tische, Schwarz-Weiß-Bilder an den Wänden.

Der Professor meinte den Geruch des Holzfußbodens im Wohnzimmer der Stundenleute zu riechen. Schwäbisches Saubermachen in Reinkultur.

Als Jungspund war er stolz gewesen, bei den Großen zu sitzen. Bei den Männern! Die Frauen hatten hinten ihren Platz, mitzureden war ihnen nicht gestattet. Zu der Zeit hatte er es normal gefunden. Was hätten die Mädchen und Weiberleut auch Gescheites von sich geben sollen?

Die Männer legten reihum den jeweiligen Bibeltext des Tages aus. Rede genug. Nach dem letzten Lied die übliche Grabesstille. Als er einmal just in diesem Augenblick einen Hustenanfall nicht hatte unterdrücken können, hatten ihn alle vorwurfsvoll gemustert. Störung der heiligen Andacht.

Der Vater hatte ihn dann daheim ordentlich zurechtgewiesen. Das beliebte Schlaginstrument Ledergürtel hatte auf dem Hinterteil die Taktlosigkeit aus ihm herausgeprügelt.

Gedankenfetzen stoben aus dem Vorgestern ins Heute. Die *Stund* war in unguter Erinnerung geblieben. Ebenso wie der ungeliebte sonntägliche Kirchgang zur Lutherkirche in Fellbach.

„Wieso bin ich mit so einer Verwandtschaft gesegnet?!", dachte er ingrimmig. Die Finger ballten sich zur Faust. Also doch lieber umkehren?

Die Entscheidung wurde ihm abgenommen. Die Türe öffnete sich, eine Krankenschwester füllte die halbe Türöffnung aus.

„Besuch für den Herrn Schrickelbacher", sagte sie mit überlauter Stimme, „sind Sie der Neffe? Er sprach schon dauernd über Sie."

Der Professor trat ein, ging auf das einzige Bett des Raumes zu. Beim Näherkommen erschrak er. Der Onkel, nicht wiederzuerkennen. Eingefallene Gesichtszüge. Sah aus wie der schwarze Mann aus dem Reich der Schatten.

„Guten Abend Onkel Thurecht, wie geht es dir?"

„Gerhard!" Ohne Umschweife kam der Onkel zur Sache. „Ich muss dir etwas Wichtiges sagen. Bitte gehe in meinem Haus auf den Dachboden. Hinter dem Kamin steht eine Metallschachtel. Hier, der Hausschlüssel." Er reichte ihm den Schlüsselbund. Die Hand des Neffen hielt er umklammert. „Gerhard! Du musst die

Schachtel schnellstens zu dir nach Tübingen bringen. Bei dir verstecken! Hörst du!"

„Onkel Thurecht, wieso denn so dringend? Was ist denn mit der Schachtel?"

Der Onkel hob den Zeigefinger zum Mund, flüsterte mit zittriger Stimme. „Bitte frag jetzt nicht. Bitte tue es! Gleich! Kannst du mir das versprechen?"

Professor Schrickelbacher nickte zögerlich. „Wenn es dir so wichtig ist – ja, das kann ich schon machen."

„Bitte komm mich morgen nochmals besuchen. Ich bitte dich herzlich darum."

Der Professor war hin und hergerissen. Nochmals hier antanzen? Er schaute in die hohl scheinenden Augen des Onkels. „Du weißt, ich bin in Tübingen sehr eingespannt. In drei Wochen beginnt das Wintersemester."

Die Augen des Onkels füllten sich mit Tränen. „Nun gut", er machte eine bedeutungsschwere Pause und zog den Professor zu sich herab. Als hätte sein letztes Stündlein schon geschlagen, ratterte er seine Mitteilung herunter. Verhaspelte sich. Riss die Augen weit auf. Unverständliche Wortbrocken. Erzählte etwas von *Bruderschaft, Scharfrichter, Oberbruder, Rache*.

Gerhard Schrickelbacher hörte nur scheinbar zu. Ach was, wirres Gefasel, garniert mit religiösem Schnickschnack. Ätzend, dieses prophetische Endzeitgestammel! Sakrales Gesülze. Kaum zu ertragen. Zeitverschwendung pur.

„Nur zu dir habe ich Vertrauen, zu keinem anderen Verwandten", beteuerte der Onkel, „die hängen alle mit drin. Du bist meine einzige Rettung. Wirst auch mal alles von mir erben. Das ist im Testament beim Notar festgelegt. Die rechtliche Vollmacht hast du ja bereits."

„Onkel Thurecht, nicht an Tod und Nachlass denken. Du wirst

schon wieder gesund", antwortete der Professor mit betont bedächtigem Tonfall.

Der Onkel presste die Lippen zusammen, blickte ihn mit seinen wässrigen Augen an.

Am nächsten Morgen

Eigentlich hatte er gar nicht hinhören wollen. Trotzdem klangen die Wortfetzen vom gestrigen Tag noch nach. Mechanisch ließ der Professor seinen Wagen auf der B 27 Richtung Stuttgart rollen. Den Auftrag hatte er erledigt, jetzt noch kurz den Onkel beruhigen und dann ...

Mit der Aufmerksamkeit eines Schlafwandlers karrte er die Neue Weinsteige in den Stuttgarter Kessel hinunter. Der grelle Lichtblitz einer stationären Radarkontrolle katapultierte ihn unsanft in das Hier und Jetzt zurück.

„Mist! Elendige Abzocke!"

Vor Zimmer 113 hatte sich eine bunte Truppe versammelt. Zwei Krankenschwestern, uniformierte Polizeibeamte, Männer in Ganzkörper-Schutzanzügen.

„Sie sind doch der Neffe des Patienten", begrüßte ihn die Krankenschwester von gestern.

„Herr Kommissar", rief sie ins Zimmer, „hier ist ein Verwandter."

Ein Herr mittleren Alters eilte raschen Schrittes heran. Drahtige Figur, Halbglatze, durchdringender Blick, betont kräftige Stimme.

„Kriminalpolizei Stuttgart, Hauptkommissar Licht. Wie heißen Sie? Was machen Sie hier?"

„Was ist passiert?"

„Die Fragen stellen wir!"

„Schrickelbacher. Professor Dr. Gerhard Schrickelbacher, Universität Tübingen. Ich bin der Neffe."

„Ihr Onkel ist verstorben."

„Und warum ist die Kriminalpolizei hier?"

„Kommen Sie", der Hauptkommissar führte ihn zur Fensterfront, weg von der Menschentraube. „Ihr Onkel wurde ermordet."

„Was? Ermordet? Wann? Was ist passiert? Kann ich ihn sehen."

„Das tun Sie sich jetzt besser nicht an. Gibt es nahestehende Angehörige?"

„Nein, ich bin, nein, ich war der einzige nähere Verwandte. Er war der Bruder meines Vaters. Seine Frau verstarb vor Jahren, sie hatten keine Kinder. Irgendwelche Vettern gibt es. Irgendwo. Hab aber keinen Kontakt. Er hatte mich vor Jahren als rechtlichen Bevollmächtigten eingesetzt. Was ist denn überhaupt passiert?"

„Unsere Ermittlungen stehen erst am Anfang. Er wurde ermordet, grausam verstümmelt."

„Was? Mein Onkel?"

Der Hauptkommissar winkte einem Uniformierten. „Nehmen Sie bitte die Personalien von Professor Schrickelbacher auf." Und zum Professor gewandt: „Hier meine Karte, kommen Sie bitte morgen auf 10 Uhr in mein Büro. Wir haben ein paar Fragen an Sie."

Im Gehen schnappte Professor Schrickelbacher ein Gespräch zweier Krankenschwestern auf.

„Schrecklich! Wie kann jemand bloß auf die Idee kommen, einem anderen Menschen die Zunge herauszuschneiden?! Und die Augen hat man ihm auch noch ausgestochen. Unglaublich!"

„Wenn man bedenkt, dass der irre Mörder noch frei herum läuft ... Womöglich ist er noch hier im Krankenhaus!"

Kommissariat Stuttgart

Staatsanwalt Dr. Andreas Golberg stürmte herein. „Haben wir es mit einem Serienmörder zu tun? Nach was für einem Typ suchen wir?"

Kommissar Hans-Peter Eirach hob die Hand. „Vor einiger Zeit haben Kriminalpsychologen aus Großbritannien herausgefunden, dass Serienkiller fünf Eigenschaften haben."

„Die hast du dir hoffentlich gemerkt?", fragte Hauptkommissar Fürchtegott Licht.

„Na klar", erwiderte Eirach, setzte sich kerzengerade hin, fuchtelte lächelnd mit dem Zeigefinger zum Hauptkommissar und dann zum Staatsanwalt. „Erstens sind diese Typen gierig nach Macht und Einfluss. Zweitens: Manipulieren ihre Umwelt. Drittens: Sind extrem ich-bezogen. Viertens: Plustern sich gern auf, sind unheimlich charmant, können Menschen suggestiv beeinflussen. Und fünftens sind sie Vorbildbürger."

„Und sechstens", ergänzte Hauptkommissar Licht, „trifft dies schätzungsweise auf die Mehrheit der Bevölkerung zu. Alle sind verdächtig. Mit solchen Allgemeinplätzen kommen wir nicht voran. Zumal wir ja nullkommagarkeinen Hinweis haben, dass es sich überhaupt um einen Serienmörder handelt."

„Das war eine wissenschaftliche Studie", beharrte Eirach mit hochgezogenen Augenbrauen und gekräuselter Stirn.

„Für Räuber und Gendarm spielende Kinder im Vorschulalter", erwiderte Licht mit einer abweisenden Handbewegung.

„Nein, eine aufschlussreiche Studie. Es müssen alle fünf Aspekte bei einer Person zutreffen."

„Mag sein", lenkte der Hauptkommissar ein, „aber zuerst brauchen wir mal einen Verdächtigen."

„Was? Sie haben noch nicht mal einen Verdächtigen?" Dr. Golberg beäugte den Hauptkommissar mit seinen stecknadelgroßen Pupillen. „Na dann mal los! Wenn die Presse bald vom Horrormörder schreibt, von einem Serienkiller, dann ..."

„Was dann?", fauchte der Hauptkommissar, „wir machen unsere Arbeit. Aktionismus ist fehl am Platz. Wenn es etwas Neues zu berichten gibt, melde ich mich bei Ihnen."

„Ich erwarte jeden Tag Informationen von Ihnen, ist das klar", zischelte der Staatsanwalt. Die Türe schlug hinter ihm krachend ins Schloss.

Der Hauptkommissar wandte sich zu seinem Mitarbeiter.

„So, Hans-Peter, schauen wir doch mal, ob die fünf Punkte bei dir passen. Aufgeplustert vor dem Staatsanwalt, wahrscheinlich gierig auf Macht und Einfluss. Dabei auch noch charmant gelächelt, um die Umwelt suggestiv zu beeinflussen. Oder soll ich manipulieren sagen? Als letzter Punkt die Vorbildfunktion. Der vorbildliche Beamte, der in der kargen Freizeit britisches Universitätsgeschreibsel auswendig lernt. Bist du ein Serienmörder?"

„Du drehst mir alles im Mund herum."

Die Mundwinkel von Fürchtegott Licht gingen leicht nach oben.

Bei der Großmutter in Tübingen

„Hallo Oma, ich bin da." Mia Licht freute sich jedes Mal aufrichtig, wenn sie wieder zurück in das bildhübsche Haus der Großmutter kam, das auch ihr Zuhause geworden war. Mitten in Tübingen gelegen, direkt am Ammerkanal, konnte sie von dort aus problemlos alle Studienörtlichkeiten zu Fuß erreichen.

„Hallo Schätzle!". Die Oma kam und drückte sie an sich. „Du bist doch mein bester Goldschatz. Hast du etwa schon alles eingekauft?"

Gerne verrichtete Mia die Einkaufsdienste. Die Großmutter hatte Probleme, schwere Taschen zu tragen. Im Gegenzug wohnte Mia kostenfrei bei ihr, bekam sogar immer wieder mal ein zusätzliches Taschengeld zugesteckt. Trotz nachlassender Kräfte ließ es sich die Oma nicht nehmen, jeden Tag für beide zu kochen. Omas leckere Kuchen – einfach zauberhaft! Nur als sie sich zuerst vegetarisch, anschließend strikt vegan ernähren wollte, hatte die Großmutter damals nur den Kopf geschüttelt. Aber ihr zuliebe stellte sie noch im hohen Alter ihre Rezepte um.

Mia liebte ihre Großmutter über alles. Im Gegensatz zu Mias Eltern hatte sie Verständnis für ihre Anliegen. Oma erzählte oftmals von früheren Tagen, das Langzeitgedächtnis funktionierte weiterhin ausgezeichnet.

„In ihrer Jugend war Hanna, deine Mutter, lebensfroh und fröhlich. Aber in der Zeit, nachdem sie deinen Vater kennengelernt hatte, veränderte sie sich von Tag zu Tag. Große Liebe nennt man das wohl! Sie wurde wegen ihm vor der Hochzeit sogar evangelisch. Das Katholische war ihm und seinen Eltern verhasst. Mit den Jahren wurde Hanna eigentlich immer noch komischer. Schade, schade. Der Herrgott hat so viele wunderbare Dinge erschaffen, da muss man doch nicht in den Keller gehen zum Lachen."

Mia erwiderte nichts. Wenn die Rede auf ihre Eltern und speziell auf Vater kam, brachte sie kaum ein Wort heraus.

„Weißt du was, Mia? Wir könnten uns mal wieder mit dem Stocherkahn über den schönen Neckar kutschieren lassen. Es ist heute so ein schöner Septembertag. Und hinterher in ein Café, was meinst du? Ich nehme den normalen, du kriegst den veganen Kuchen. Du brauchst doch auch mal ein bisschen Erholung, so viel, wie du immer lernen musst."

Auf dem Weg zum Professor

Was für ein herrlicher Morgen! Blauer, wolkenloser Himmel, dazu ein weiches, warmes Licht der Oktobersonne. So fing das Wintersemester gut an. In einer halben Stunde der Termin bei Professor Schrickelbacher. Das Wintersemester konnte beginnen.

Mia hüpfte leichtfüßig auf dem Weg vom Fachwerkhaus ihrer Oma hin zum Institutsgebäude, vorbei an der Stiftskirche, dann die leichte Steigung hinauf zum Schloss Hohentübingen. Zielstrebig schritt sie durch den Toreingang des mächtigen Eingangsgemäuers mit den zwei markanten Eckenerkern. Mias Blick streifte das übergroße Hinweistransparent des Museums der Universität, das auf eine Ausstellung über *Alte Kulturen* hinwies. Daneben ein Bildnis eines steinzeitlichen Kunstwerkes. Mia durchquerte den Eingang zum Schlosshof, drehte kurz den Kopf zur linken Seite Richtung Museum. Der vertrauten Skulputur mit dem Wildpferd aus der Vogelherdhöhle vom Lonetal warf sie einen freundlichen Blick zu. Eine Kommilitonin hatte ihr genau vor einem Jahr zu ihrem Geburtstag aus dem Museumsshop eine Nachbildung des Kunstwerkes geschenkt.

„Das Pferdle hat zwar nur noch Beinstummel, sieht aber spitzenmäßig aus. Vor allem wenn man bedenkt, dass es vor 32.000 Jahren geschnitzt wurde. Das Original, meine ich", hatte die Freundin bemerkt. Mia trug das Pferdle jeden Tag an einer silbernen Halskette. Ihr einziges Schmuckstück.

Sie durchquerte den Schlossinnenhof, stieg die beiden steinernen Treppen hinauf. Das Ziel lag vor ihr: *Ludwig-Uhland-Institut für Empirische Kulturwissenschaft*.

Ihr Institut. Jedes Mal freute sie sich beim Anblick des bescheidenen Hauses. Es sah nicht nach einem Institutsgebäude aus, glich eher einem in die Jahre gekommenen Einfamilienhaus.

„Immer wieder putzig", dachte sie.

Mia schritt durch die bläulich-graue, in die Jahre gekommene Holztüre mit den sechs vertieften Kastenfeldern.

„Guten Morgen, Frau Blaustein", grüßte sie nach rechts durch die einen Spaltbreit geöffnete Tür ins Sektretariatszimmer. Jetzt noch die knarzende Holztreppe in den ersten Stock.

Gleich würde sie mit Professor Schrickelbacher über ihre geplante Masterarbeit reden: ‚Vergleich der ländlichen Hochzeitsbräuche in Irland, Wales und Schottland'.

Die Worte ihrer Eltern, die sie vor einem Monat in Fellbach besucht hatte, schwangen nach. „Ach Kind", hatte die Mutter eingewandt, „ins Ausland? Muss das sein?"

Vaters Reaktion war deutlicher ausgefallen. „Irland? Katholisches Gesocks! Sich damit zu befassen, ist Sünde."

Mia hatte den Eltern widersprechen wollen. Zwecklos. Alles was sie in der Jugendzeit gerne machen wollte, für die Eltern war es Sünde.

Sünde, Sünde, Sünde!

Keine Tanzstunde, kein Kino, kein Theater. Mia schüttelte kurz den Kopf, um die nervigen Gedanken zu verjagen.

Ob Professor Schrickelbacher zufällig wusste, dass sie heute ihren 23. Geburtstag feierte?

Sie wollte an der Tür des Professors anklopfen, da fiel ihr Blick auf das Namensschild.

Nanu? Ein fremder Name! Falsche Tür?

Das Zimmer lag doch am Ende des Ganges! Sie lief hin und her. Aber auch die anderen Türen zeigten nicht das gesuchte Namensschild von Professor Schrickelbacher.

War er umgezogen? Vielleicht weiß die Sekretärin Bescheid.

„Professor Schrickelbacher ist vor einer Woche verstorben.

Haben Sie das nicht mitbekommen?", fragte Frau Blaustein erstaunt. „In seinem Zimmer hat sich bereits die Nachfolgerin niedergelassen."

Schnell die Treppe hoch. Tatsächlich. Ein überlanges Namensschild prangte neben der Tür. Mia las den Namen unterhalb der Fakultäts- und Institutsbezeichnung.

Prof. Dr. phil. Dr. rer. cult. Dr. disc. pol. Jacqueline Wackernagel-Dümperling.

„Huch", entfuhr es Mia. *Die JWD*, die seitenweise in der einschlägigen Literatur zitiert wurde? Lehrte die nicht Kulturanthropologie und Europäische Ethnologie an der Goethe-Universität Frankfurt? Na ja, dann auf in die Höhle der Löwin.

„Guten Tag, Frau Professor", grüßte Mia mit zurückhaltender Stimme, „mein Name ist ..."

„Ich weiß, wer Sie sind, Frau Licht," unterbrach sie die Professorin, „setzen Sie sich. Ich habe Schrickelbachers Akten studiert und Ihr Schreiben gelesen. Sie wollten bei Schrickelbacher ihre Masterarbeit schreiben."

„Ja, und zwar zum Thema ..."

„Unterbrechen Sie mich nicht dauernd. Ihr Thema interessiert mich nicht. Im Wort Masterarbeit steckt das Wort Arbeit, nicht das Wort Wunschkonzert."

Die Professorin blätterte in einem Stapel Papier. Mia musterte sie. Sie war hochgewachsen, das erkannte man bereits am Sitzen. Aufrecht und stocksteif saß sie hinter dem altertümlichen Schreibtisch. Ihre giftblonden Haare, die bis zur Schulter reichten, waren mit gallig-grünen Strähnen durchsetzt. Ihre dünnen Finger ragten wie eine Gartenharke über den vor ihr liegenden Ordner. Die überlangen violettglitzernden Nägel schienen waffenscheinpflichtig zu sein. Drei Ringe zählte Mia an jeder Hand: an Daumen, Zeigefinger und Ringfinger. Grässliche Klunkerbrocken. Um den Hals trug sie eine Kette mit verschiedenen Steinkugeln. Auf dem schwarzen Brillengestell waren die rubinrot funkelnden Steine nicht zu übersehen. „Widerliche aufgetakelte Person", dachte Mia.

Mit eingesunkenem Oberkörper senkte Mia nachdenklich den Blick. Ihre Hände drückten in Gebetshaltung aneinander. Gut, ihr dunkelgrauer Rock, die hechtgraue Bluse, ihre schwarze ärmellose Weste – der letzte Schrei war das nicht. Jedoch angenehm zu tragen und pflegeleicht. Zugegeben: Der Blick in einen großen Spiegel vor Tagen hatte die *heilige Kümmernis* gezeigt. Ganz auf Moll gestimmt. Trotzdem: Schmuck, Schminke, teure Kleider? Unnötig wie Zwiebelringe auf dem Erdbeermarmeladebrot. Nägel anschmieren? Wozu? Alles rausgeworfenes Geld.

„Frau Licht, Sie bekommen von mir ein neues Thema."

„Und falls mir die Aufgabenstellung nicht zusagen sollte?", wagte Mia einzuwenden.

„Wie bitte?", antwortete die Professorin, steigerte den Tonfall bis zur nächsthöheren Oktave. „Ich höre wohl nicht recht. Heerscharen von Studierenden würden sich glücklich schätzen, wenn sie bei mir ihre Abschlussarbeit machen könnten. Wer bei mir die Masterarbeit machen darf, ich betone, darf, kann anschließend bei mir promovieren. Karriereweg vorprogrammiert. Sie wollen doch weiterkommen, oder?"

„Na ja, schon ..."

„Ihr neues Thema ist: ‚*Regionale Symbole und Volksmythen am Beispiel der Stadt Fellbach unter besonderer Berücksichtigung der Wechselwirkungen von Mehrheit und Minderheit im schwäbisch-kleinstädtischen Milieu*'."

„Also, Frau Professor, mh, ich meine, dass ..."

„Meinungen gehören in eine Psychoselbsthilfegruppe."
„Also, vielleicht, ich glaube, dass ..."
„Glauben gehört in die Kirche."
„Also, Frau Professor, ich habe das Gefühl ..."
„Gefühle gehören ins Schlafzimmer. Und jetzt unterbrechen Sie nicht dauernd, wenn ich spreche. Sie sind in Fellbach aufgewachsen. Damit haben sie einen absoluten Standortvorteil. Zudem hat Ihre Familie ein Privatarchiv, das sie nutzen können."
„Privatarchiv? Nicht dass ich wüsste."
„Forschen Sie mal danach!"
Mia überlegte, kam aber zu keinem Ergebnis. Archiv? Nie gehört.
„Also, Symbole sind nicht so sehr mein Thema, ich ..."
„Jetzt halten Sie mal die Luft an mit Ihrem ewigen also, also, also. Einen Eiertanz führen Sie hier auf! Sie wollen mir doch nicht mit Killerphrasen kommen?! Wir arbeiten hier sachlich und wissenschaftlich!"

Mia schluckte, presste die Lippen zusammen. Sollte sie jetzt gleich dieser Professorentante Contra geben? Von wegen sachlich. Ihr Herz schlug bis zum Hals.

Die Professorin musterte sie mit einem durchdringenden Blick von oben nach unten. Sie stemmte ihre Hände in die Hüften. Ihre Augen verengten sich.

„Also, also, also. Sie winden sich wie eine Spinne auf einem brennenden Holzscheit. Aber ich sage Ihnen eins: Es wird Ihr Thema! Nur Ihres!" Die Professorin schob ihre Oberlippe nach oben. „Sie können die Arbeit auch ablehnen. Das steht Ihnen selbstverständlich frei. Allerdings wüsste ich nicht, wo Sie dann Ihren Abschluss machen werden. Hier jedenfalls nicht, und auch nicht sonst wo in Deutschland. Dann können Sie bis ans Ende der Welt gehen, selbst in Neuseeland habe ich meine Beziehungen.

Sie werden mich doch sicherlich nicht verärgern wollen, oder?"

„Nein, nein, natürlich nicht."

Mia wackelte auf dem Stuhl hin und her. Sie wollte versöhnlich lächeln, aber die Mundwinkel schienen nur mühsam den Weg nach oben zu finden. „Das Thema ist sicherlich nicht uninteressant. Ich werde mich bemühen."

Die Augen der Professorin Dr. Dr. Dr. Jacqueline Wackernagel-Dümperling leuchteten auf. „Na also, geht doch!"

Mia rebelliert

Mia verließ eiligst das Institutsgebäude, setzte sich auf die Bank im nahen Park. Am liebsten wäre sie jetzt zurückgegangen und hätte dieser aufgeblasenen Person die Meinung gesagt. Ihr deutlich zu verstehen gegeben, dass sie nicht mit ihr zusammenarbeiten würde.

So nicht! Nicht mit mir!

Mia schimpfte insgeheim mit sich selbst. Warum hatte sie sich jetzt dieses blöde Thema aufdrängen lassen? Warum hatte sie so mit sich umgehen lassen. Konnte diese Lautsprecherin, diese fleischgewordene Arroganz, wirklich ihren Abschluss an der Uni verhindern? Eigentlich gar nicht möglich. Warum hatte sie sich dann so einschüchtern lassen? Jeder popelige Regenwurm hat mehr Rückgrat.

Mia starrte auf den Boden. Ihr war, als wäre die Zeit stehengeblieben. Sie wischte sich eine winzige Träne aus dem rechten Auge. So viel Mühe hatte sie sich mit dem Studium gegeben, so viel Freizeit geopfert. Auf vieles verzichtet. Bei den Klausuren stets die oberen Punktzahlen erreicht. Für ihre Bachelorarbeit hatte sie einen dotierten Preis bekommen. Richtig viel Geld für ihre Verhältnisse.

Ihr Atem geriet außer Takt. Was jetzt tun?

Das vorherige Thema mit den Hochzeitsbräuchen: ihr Wunschthema! Sie hatte es aus den zahlreichen Vorschlägen von Professor Schrickelbacher herausgesucht. Forschen in Irland, Schottland und Wales. Ein absoluter Traum! Zusammenarbeit mit den Universitätsinstituten in Dublin, Cardiff und Edinburgh. Damit endlich raus aus der Enge der schwäbischen Heimat. Weit weg von den Eltern, den Verwandten. Weg von den Heuchlern und

Oberfrommen aus ihrem früheren religiösen Glaubensumfeld. Tübingen, nur der erste Schritt der Abnabelung von ihrem Heimatort Fellbach.

Jetzt diese affige Arbeit von der Professorin.

Symbole in Fellbach? Ein Edelquatsch! Wo denn? Volksmythen? Gab es in Fellbach schon gleich gar nicht. Meinte die JWD vielleicht Märchen und Sagen? Nie gehört. So ein Obermist!

Privatarchiv ihrer Familie? Was und vor allem wo? Wie kam die Professorin auf so eine Idee?!

Mia wanderte gedanklich in ihrem Elternhaus in alle Zimmer von Erdgeschoss zum 1. Stock. Nur im Dachgeschoss kannte sie sich nicht recht aus. Früher hatte dort eine Tante gewohnt. Ihre Eltern besaßen nur ein einfaches Bücherregal mit nicht mal einem Dutzend Büchern: eine dicke Bibel von Achtzehnhundertdünnemals und eben andere alte religiöse Schriften. Bücher ihrer Gebetsgemeinschaft *Frommes Leben*.

Archiv? Sicherlich hatte die JWD hier was verwechselt.

Nach Fellbach zurück? Dort nachforschen? Nein, auf keinen Fall!

Bedrückt dachte sie an den Augenblick zurück, als sie den Eltern eröffnete, in Tübingen studieren zu wollen. Als Vater ihren Studienwunsch hörte, zischte er nur: „Gottloses Teufelszeug!"

Bei der Mutter galt Studieren als überflüssig, zumindest für Mädchen. „Alles was man wissen muss, steht in der Bibel!"

Den Spruch von Mutter wiederholte sie innerlich zum gefühlt dreimillionsten Male. Daran anschließend stets das Lob von Vater für Mias Bruder. Er wurde ihr immerzu als leuchtendes Vorbild vor die Nase gehalten. „Der Fürchtegott, der macht was aus seinem Leben. Er ist sogar schon Kriminal-Hauptkommissar. Sorgt für die göttliche Ordnung im Lande. Ein braver Bub, wie ihn sich der Herrgott wünscht. Der ist ein rechtschaffener Stammhalter.

Auf den kann man stolz sein."

Nein, sie wollte nicht mehr nach Fellbach zurück. – Nie wieder!

Sie war so froh, dass sie die religiös-fundamentalistische Familienwelt hatte hinter sich lassen können. Weg von dem Eingebundensein in die Oberbibelzitiergemeinschaft. Endlich weg von all den Heuchelheimern. Sie hatte es so satt, dieses dauernde Missionieren mit Glaubenstraktaten in der Nachbarschaft. Genug vom menschgewordenen, gottgefälligen Denunziantentum, das sie in ihrer Kindheit und Jugend hatte ertragen müssen.

Alles war besser als Fellbach, diese Hochburg der Heiligschriftbesserwissenden. Weg von all denen, die sich als die wahren Guten sahen.

Mia schaute an sich hinab. Warum um alles in der Welt hatte sie die Einengungen von früher immer noch treu und brav in ihrem Inneren und Äußeren einbalsamiert? Grau und unscheinbar die Kleidung. Die Haare zu einem Dutt hochgesteckt. *Glaubenszwiebel* hatten die Mitschülerinnen gelästert. Es war ihr eine Ehre gewesen, für ihren Glauben verspottet zu werden. Sie empfand sich als anders, gläubiger und frommer als ihre Schulumwelt. Ein erhabenes Gefühl.

Und heute?

Mia stoppte die Gedankengänge, die kreisförmig an den immer gleichen Stellen vorbeikamen. Haltestellen der Vergangenheit. Sie sollen jetzt endlich verschwinden.

Neu denken, neu handeln. Kreative Einfälle keimten empor. „Jetzt kaufe ich mir vom Oma-Geburtstagsgeld neue Kleider", murmelte sie vor sich hin, „absolut farbenfrohe. Orangeleuchtend, gelbfröhlich, grünmunter und tollblauirgendwas. Feuerfarbenrot, flammend bis zum Himmel. Pinkelpink."

Sie lachte auf ob ihrer ungewohnten Ideen. So kannte sie sich gar nicht. Das war gar nicht ihre Art. Der erste Schreck über die blöde Professorin wich einer ungeahnten Entschlossenheit.

„Ich verwandle meine Wut in Energie", legte sie los mit einer Stimme, die Tote erwecken konnte. Erschrocken schaute sie sich um. Nein, niemand da, der den Anfang ihres neuen Lebens mitbekommen hätte.

„Ja, ich werde es allen zeigen! Nach dem Klamottenkaufen gehe ich zum Friseur. Haare abschnippeln. Kurz bis zum Anschlag. Na ja, zu kurz auch nicht. Aber alle sollen es sehen und bemerken.

Ja! Ich nehme einen neuen Anlauf! Fellbach gehört denen nicht. Es muss anders gehen. Ich kann doch nicht ewig vor all den kleingeistigen Dumpfbacken flüchten. Flüchte ich hier, flüchte ich immer."

Sie sackte kurz zusammen, wunderte sich, welche Wortmacht aus dem ansonsten schüchternen Mund herauspurzelte. Eine klangliche Vulkaneruption. Sie schloss die Augen, dachte an die festgefrorenen Mutterworte! *Des isch aber Sünde.*

„Quatschsünde, das ist keine Sünde!", schrie sie die Tübinger Mittagssonne an. Patschte sich gleich darauf mit der Hand gegen den Mund.

Der Zensurreflex funktionierte noch programmgemäß.

Zu Besuch bei den Eltern in Fellbach

Die Eltern hatten Mia eingeladen, um mit ihr ihren Geburtstag nachträglich mit einem Mittagessen festlich zu begehen. Bei diesem selten gewordenen sonntäglichen Besuch schreckte die Mutter kurz auf.

„Ja, Mia! Jetzt hätte ich dich fast nicht erkannt. Was ist denn mit dir passiert? Wo sind denn deine Haare geblieben? Und was hast du denn für komische Kleider an? Trägt man das jetzt in Tübingen?"

Der Vater musterte sie mit großen Augen von Kopf bis Fuß. „Bist wohl mit einer elektrischen Heckenschere frisiert worden. Wie kann ein Mädchen so in der Öffentlichkeit herumlaufen. In solchen Faschingskleidern! Und diese Quadratlatschen erst. Damit kannst du im Hochsommer Waldbrände austreten. Mit so einem Auftreten findest du dein Lebtag keinen anständigen Mann. Wer will schon so eine Trullaschachtel?"

„Aber Gottlieb", beschwichtige Mutter, „so schlimm ist es doch auch nicht. Mia, erzähl, was macht dein Studium? Wie lange dauert es denn noch, bis du fertig bist? Und weißt du schon, wo du hinterher arbeiten kannst?"

„Das weiß ich noch nicht", antwortete Mia.

„Mit der Scheiß Volkskunde ist kein Blumentopf zu gewinnen", maulte Vater dazwischen, „brotlose Kunst. Habe ich doch von Anfang an gesagt. Reine Zeitvergeudung. Hinterher darf die arbeitende Bevölkerung wieder für diese Nichtsnutzakademiker aufkommen."

„Es heißt schon lange nicht mehr Volkskunde, sondern Empirische Kulturwissenschaft."

„Empirisch, empirisch", Vater steigerte seine Lautstärke, „geschraubtes Universitätsgequatsche. Empirisch, klingt nach Ebbiara."

„Nein Vater", erwiderte Mia geduldig, „keine Kartoffeln. Ich studiere keine Landwirtschaft."

„Sowieso Unsinn, dass du überhaupt studierst", ereiferte er sich.

Mutter legte ihre Hand auf dessen Unterarm. „Aber Gottlieb, lass doch das Kind. Es wird sicherlich etwas Gutes herauskommen, gell Mia."

Kurz erzählte Mia von der geplanten Abschlussarbeit.

„Ich richte gleich dein Zimmer her", rief Mutter freudig. „Jetzt wo dir deine Professorin ein Thema zu Fellbach gegeben hat. Das ist doch wirklich nett von ihr, dass sie dir so einen Gefallen tut."

Mia bemühte sich, keine Miene zu verziehen. Sie schaute vom Mittagstisch im Zimmer umher. Alles wie früher. An der Wand hing die leicht vergilbte Zeichnung mit einem Abbild der *Fünf Brüder*. Einer der Frommen kam aus Fellbach. Könnte sie dessen Lehren in ihre Masterarbeit einfließen lassen? Symbol der Frömmigkeit?

Daneben eine Farblithografie aus dem 19. Jahrhundert mit dem Motiv der *Zwei Wege*. Sinnbild für gottgefälliges Leben und Handeln? Mia notierte sich Stichworte in ihr immer griffbereites kleines Notizbuch.

„Meine Professorin meinte, dass wir ein familiäres Privatarchiv hätten, das ich nutzen könnte."

„Unsinn! Es gibt kein Privatarchiv!" Der Kopf von Mias Vater lief blutrot an.

„Wie kommt dann meine Professorin darauf?"

„Das weiß ich doch nicht!", schrie er in einer Lautstärke, die an einen Lastwagen voll Schweine beim Entladen vor dem Schlachthof erinnerte.

„Aber Gottlieb", versuchte Mutter zu besänftigen, „es ist doch nur das alte Schriftzeugs, das deine Schwester Magdalena entdeckt hatte."

Der Vater verschränkte die Arme. Die Lippen bebten, Speichel rann aus einem Mundwinkel. „Sie hat nichts entdeckt, hörst du, nichts! Sie ist nur wahnsinnig geworden! Eine gerechte Strafe Gottes für ihre Neugier. Sie steckt nicht umsonst in der Irrenanstalt. Zuerst Winnenden, jetzt in dieser komischen Anstalt im schwäbischen Wald. Wie heißt dieses Kaff nochmal?"

„Wie bitte? Anstalt?", Mia verschlug es kurz die Sprache. „Ihr habt mir vor sieben Jahren oder so gesagt, die Tante Magdalena sei gestorben. Jetzt erfahre ich, dass sie lebt? In einer Anstalt?"

„Hanna, ich habe dir schon tausendmal gesagt, du sollst dein loses Mundwerk halten. Nicht umsonst sagt der Apostel Paulus, dass die Weiber in der Gemeinde schweigen sollen. Erinnere dich an 1. Korinther 14, über den ich in der vorletzten Stund gesprochen habe: *Wie es bei allen christlichen Gemeinden üblich ist, sollen die Frauen in euren Versammlungen schweigen. Sie sollen nicht reden, sondern sich unterordnen, wie es auch das Gesetz vorschreibt. Wenn sie etwas genauer wissen wollen, sollen sie zu Hause ihren Ehemann fragen.*"

„Aber Vater", hakte Mia nach, „warum soll ich nichts vom Schicksal der Tante wissen? Nach ihrem angeblichen Tod hat mir Mutter noch ein postkartengroßes Foto von der Tante Magdalena gegeben. Mit einem schwarzen Rahmen. Als Andenken!" Mia erinnerte sich: „Die Tante war mit ihrem schwarzen Schleier abgelichtet. Den trug sie doch immer, wenn sie in die Kirche oder in die Stund ging."

„Ja, ihr Netzle", bemerkte der Vater, „aus schwarzem Tüll. Wie es die Heilige Schrift in Korinther 7 und 11 sagt, muss das Weib ihr Haupt bedecken. Im Gegensatz zum Mann, sagt die Schrift: *denn der Mann ist das Abbild Gottes und spiegelt die Herrlichkeit Gottes wider. In der Frau spiegelt sich nur die Würde des Mannes.*"

„Aber warum habt ihr mir erzählt, die Tante sei gestorben?"

„Jetzt sei endlich still. Die Magdalena ist für uns gestorben. Steck deine Nase nicht in Dinge, die dich nichts angehen. Sonst wird es dir ergehen wie ihr. Gott straft alle, die seine Gebote nicht befolgen."

„Aber Gottlieb, Mia macht doch gar nichts."

„Mein ist die Rache, spricht der HERR."

Mia schaute auf die Uhr. „Zwei Uhr vorbei. Jetzt muss ich aber meine Beine unter den Arm nehmen, damit ich den Zug noch erwische."

„Wie jetzt?", Mutter blickte sie vorwurfsvoll an, „gehst du nicht mit in die Stund um drei Uhr? Wenn du schon mal da bist, dann könntest du doch mitgehen."

„Heute", ergänzte der Vater, „lese ich den Bibeltext bei *Frommes Leben*, weil der Bruder Erdmann bei einer Hochzeit im Remstal ist. Ich rede über Lukas 19,27: *Nun aber zu meinen Feinden, die mich nicht als König haben wollten! Bringt sie her und macht sie vor meinen Augen nieder!*"

Bei der Tante

„Sie sind jetzt die Erste, die unsere Magdalena besucht", beteuerte die Frau in dem grauen Schwesterngewand in einer Mischung aus Bedauern und freudiger Überraschung.

„Ich habe leider erst jetzt erfahren", erwiderte Mia, „dass meine Tante hier im Schwäbischen Wald ist. Wie geht es ihr denn?"

„Nun", sagte die Schwester, „sie kann nicht sprechen, jemand hat ihr die Zunge abgeschnitten. Keiner weiß, was damals genau passiert ist. Ihre Finger waren auch alle zerquetscht, ein Auge eingeschlagen. Man hat sie unterkühlt in einem Wald bei Stuttgart gefunden. Rettung in letzter Minute. Ein Wunder, dass sie überlebt hat. Die Polizei hat den Fall nie klären können."

Die Beiden spazierten aus dem Eingangsbereich über eine Parkanlage hin zu einer kreisförmig angeordneten Häusergruppe. Mia gefiel die Umgebung, sie sah nicht nach Heim oder Anstalt aus. Mächtige alte Bäume waren jetzt in der dritten Oktoberwoche mit buntem Blätterwerk geschmückt. Darunter standen Bänke, an denen einige Leute saßen. Beim Vorübergehen winkten sie den Beiden zu.

„Hallo, Magdalena, wir haben Besuch."

Die Angesprochene stand regungslos am vergitterten Fenster ihres Zimmers. Die Schwester legte die Hand sacht auf die Schulter der Frau. Jetzt drehte sie sich herum, fixierte die Schwester und Mia.

„Guten Tag Tante Magdalena, kennst du mich noch? Ich bin Mia, deine Nichte. Schau, die Blumen sind für dich!"

Die Schwester nahm ihr den Blumenstrauß ab, holte aus dem Flur eine metallene Vase.

Die Tante starrte Mia an, verzog keine Miene.

„Ich bin Mia, die Tochter von deinem Bruder Gottlieb."

Die Frau gab einen Brummlaut von sich. Sie rannte in die andere Zimmerseite zu ihrem Bett, legte sich hinein und zog die Bettdecke über beide Ohren.

„Jetzt haben Sie Ihre Tante ein wenig verschreckt. Nehmen Sie es nicht persönlich. Unsere Kranken reagieren manchmal etwas ungewöhnlich. Leider kann Magdalena nicht sprechen. Seit einigen Monaten malt sie Zeichnungen, um sich auszudrücken. Sie lässt sich einen dicken Bleistift an ihre Hand binden. Wir wissen jedoch nicht, was sie uns mit den Kritzeleien mitteilen möchte."

Mia wurde hellhörig ob dieser Kommunikationsversuche der Tante.

„Haben Sie die Bilder aufgehoben?"

„Ja, sie sind alle noch da. Viele sind es nicht, fünf oder sechs. Sie freut sich jedes Mal, wenn wir eine neu gemalte Zeichnung in das Fach ihres Schrankes zu den anderen legen. Da steht sie daneben und wackelt freudig mit dem Kopf. Manchmal hüpft sie auch ein wenig herum – soweit das Wort *hüpfen* für ihr Alter noch passend ist."

„Wäre es freundlicherweise möglich", fragte Mia, „die Bilder anzuschauen?"

„Wird bestimmt gehen", sagte die Schwester. „Gell Magdalena, da haben wir doch nichts dagegen?"

Keine Antwort. Die Schwester gab sich damit zufrieden. Aus dem Schrankfach entnahm sie die Blätter und breitete sie auf dem Tisch aus.

Mia zog aus der Jackentasche ihre kleine Digitalkamera hervor, ihr stetiger Begleiter. „Ich fotografiere sie. Als Andenken."

Erste Spuren

In ihrem Zimmer in Tübingen angekommen, lud Mia die Fotos vom Besuch der Tante auf ihren Laptop.

Die erste Zeichnung zeigte ein Wappen mit drei gleichen Symbolen. Das Stadtwappen von Fellbach? Sah genau so aus. Auf der zweiten Zeichnung eines der Symbole herumgedreht, diesmal mit der Öse nach oben.

Bei der dritten Zeichnung gingen von der Öse aus viele ineinander verschlungene Kreise nach oben. Eine Kette?

Was hatte es zu bedeuten?

Die nächste Abbildung zeigte ein Zimmer. Ein Tisch in der Mitte, viele Rechtecke, die aussahen wie Bücher. Links eine schräge Wand. Ein Dachzimmer?

Das Gekritzel auf dem fünften Blatt erinnerte mit viel Fantasie an ein aufgeschlagenes Buch. Auf einer Buchseite erneut die Wappen-Abbildung.

Drei Gebilde auf der letzten Zeichnung. In der Mitte ein Kreis, links eine Art Mondsichel mit der Öffnung nach links, rechts das Spiegelbild davon.

Mia konnte sich keinen Reim darauf machen.

Nur belanglose Krakeleien?

Nochmals zur Professorin ins Institut

„Setzen Sie sich!" Mit einer zackigen Handbewegung und ausgestrecktem Zeigefinger deutete die Professorin Dr. Dr. Dr. Jacqueline Wackernagel-Dümperling auf eine Besprechungsecke mit einem runden Tisch schräg gegenüber von ihrem Schreibtisch.

„Danke Frau Professor Wackernagel-Dümperling", erwiderte Mia.

„Sparen wir uns die Höflichkeitsfloskeln. Jetzt geht's zur Sache." Die Professorin schritt zu einem Stahlschrank, tippte eine Zahlenkombination ein und entnahm ein armlanges Paket. Mit zusammengekniffenen Augen und einem schmalen Lippenstrich musterte sie Mia. „Zuerst schwören Sie, dass Sie das nachher Gesagte absolut geheim halten. Absolut!"

„Entschuldigung, aus der Bibel weiß ich, dass man nicht schwören soll."

„Wie bitte?", tönte die Professorin in einem schrill krächzenden Ton, der geeignet schien, Gläser zerspringen zu lassen. „Wie sollen wir da zusammenarbeiten? Plappermäuler und Schwatztanten kann ich nicht gebrauchen!"

„Entschuldigung bitte, ich kann Ihnen schon versprechen, dass ich schweigen kann. Aber einen formalen Eid..."

„Geschenkt. Wir brauchen kein formales Schwurbrimborium. Kann ich mich auf Ihr Wort verlassen? Sie werden schweigen?"

„Ja, natürlich. Selbstverständlich halte ich mein Wort!"

„Na also, geht doch." Sie kramte im Paket, entnahm ein Blatt Papier, reichte es Mia. „Lesen Sie es vor. Und zwar laut."

Mia begann zu lesen.

„Prof. Dr. Gerhard Schrickelbacher, steht hier rechts oben."

Die Professorin schnappte nach Luft wie ein frisch gefangener Hering.

„Wo was steht, interessiert nicht. Ich möchte, dass Sie den Text lesen."

Mia bemühte sich um eine deutlich klingende Aussprache, jenseits des normalen Honoratiorenschwäbisch.

„Liebe Jacqueline,

> du wirst dich sicherlich wundern, wenn du von mir ein Wertpaket per Eilboten erhältst. Anrufen wollte ich nicht, da ich nicht weiß, ob mein Telefon abgehört wird. Ich fühle mich des Lebens nicht mehr sicher.
> Vor einigen Tagen besuchte ich meinen Onkel Thurecht im Krankenhaus. Er erzählte mir eine seltsame Geschichte von einer sogenannten ‚Bruderschaft der Scharfrichter des HERRN', die angeblich in Fellbach seit Jahrhunderten wirkt. Ich selbst bin in diesem Ort aufgewachsen, aber davon hatte ich noch nie gehört. Zudem teilte er mir mit, dass er einen Tag zuvor mit dem Oberhaupt dieser Bruderschaft telefoniert und seinen Austritt angekündigt habe, damit es endlich ein Ende habe. Ich weiß nicht genau, was er damit meinte. Er war sehr ermattet, wollte mir die ganze Geschichte einen Tag später erzählen. Er gab mir seinen Hausschlüssel, damit ich eine Schachtel, die er auf dem Dachboden versteckt hatte, holen und sicher verwahren sollte. Er sagte, ich solle sie verstecken, am besten vergraben, sodass es nie jemand aus dieser Bruderschaft findet.
> Am Tag darauf ging ich wieder ins Krankenhaus. Da war mein Onkel ermordet. Grausam verstümmelt. Zunge herausgeschnitten, Augen ausgestochen.

Mein Onkel Thurecht sagte, es ginge um Symbole in Fellbach. Was die beigefügten Eisenteile und die Kette damit zu tun haben, weiß ich noch nicht.

Liebe Jacqueline, falls mir etwas zustoßen sollte, könntest du das bitte nachforschen lassen? Aber nur sehr diskret und unauffällig, nicht dass du auch Schwierigkeiten bekommst.

Wenn mir in nächster Zeit nichts passieren sollte, was ich natürlich hoffe, so deponiere bitte die Schachtel vorübergehend bei dir im Institut in Frankfurt. Dann ist es wenigstens im Sinne meines Onkels weit weg von Fellbach.

*Mit herzlichen Grüßen
danke für deine Unterstützung,
bis zum Wiedersehen beim Symposion
dein Gerhard*

P.S.: Bei einer Vorabuntersuchung sollte geprüft werden, ob es sich insgesamt um eine gefährliche Angelegenheit handelt.

Vielleicht gelingt es mir, Mia Licht, die ihre Masterarbeit bei mir machen will, von einem Themenwechsel in Richtung Symbole-Fellbach zu überzeugen. Sie ist unsere absolut beste Studentin! Die Beste, die ich je erlebt habe! Stark introvertiert, vom Anschein her eine graue Maus. Aber intellektuell den anderen weit, weit überlegen! Das personifizierte Motto ‚Stille Wasser sind tief'."

Mia stockte bei den letzten Zeilen der Atem, Tränen rollten über ihre Wangen. So ein ungewohntes Lob vom verstorbenen Professor Schrickelbacher.

„Was ich Ihnen noch mitteilen muss", sprach die Professorin in einem ungewohnt leisen und sanftem Tonfall, „der Professor Schrickelbacher erlitt ein schweres Ende. Die Sekretärin Frau Blaustein ging nach tagelangem Warten mit dem Zweitschlüssel in seine Jugendstil-Villa. Sie berichtete mir unter dem Siegel der Verschwiegenheit, dass die Zunge herausgeschnitten und die Augen ausgestochen waren. Ein großes Messer steckte im Rachen. Bei der Kriminalpolizei wurde sie zum Stillschweigen vergattert. Angeblich aus kriminaltaktischen Gründen."

Die Professorin atmete heftig bei diesen Worten, die Lippen fest zusammengepresst. Es war ihr deutlich anzumerken, dass sie mit aller Macht nicht die Fassung verlieren wollte. Ihre Augen starrten hohl auf den Schreibtisch.

„Jetzt wissen Sie alles, was ich auch weiß", fuhr sie fort. „Ich erkannte leider erst jetzt, nach mehrfachem Nachdenken, die Gefahr bei diesem Forschungsauftrag. Sie können frei entscheiden, ob Sie hier weitermachen wollen und vor allem können. Lassen Sie sich Zeit für eine Antwort. Überlegen Sie es gründlich, schlafen Sie eine Nacht darüber. Ich hätte volles Verständnis, wenn Sie das Thema *Symbole in Fellbach* nicht bearbeiten wollen. Eine mögliche Gefahrenlage ist schwer einzuschätzen. Ohne größere Umstände könnten wir auf Ihr altes Wunschthema zurückkommen. Kommen sie morgen um acht Uhr zu mir."

Die Entscheidung

Kaum hatte Mia das Institut hinter sich gelassen, rasten die Gedanken und Überlegungen ohne Unterbrechung durch ihr aufgewühltes Innenleben.

Was sollte sie tun? Jetzt die Gelegenheit nutzen, zum alten Wunschthema für die Abschlussarbeit zurückzukehren? Demgegenüber die Zeilen von Professor Schrickelbacher. Sie machten ihr einerseits Angst, stachelten jedoch auch ihre wissenschaftliche Neugier stark an. Aber bot das neue Thema überhaupt genug Stoff? Zweifel breiteten sich aus.

War sie selbst für diese Arbeit geeignet? Ihre ewigen Selbstzweifel versuchten, die Überhand zu gewinnen.

Der innere Schweinehund knurrte vernehmlich, verlangte eine Lösung für Dünnbrettbohrer. *Mach es dir doch bequem. Nimm nicht alles so schwer.* Eine andere Stimme meldete sich, bezeichnete sie als *Alte Zweifeltante*.

Rede und Gegenrede ohne Unterlass. Ein emotionaler Wackelpudding. Die Fragen donnerten pausenlos durch ihren Kopf. Antworten zeigten sich kurz, wollten überzeugen. Ein Gedankenaufzug transportierte die Einfälle wieder zurück in die Kellertiefen eines Ideenvorratsspeichers.

Ziellos lief Mia in Tübingen umher. Wollte sich ablenken. Es gelang nicht. Die Perfektionistin in ihr wollte zu allem und jedem eine durchstrukturierte Vorgehensweise. Durchdacht, ohne Zufälle. Sie wollte keinesfalls in irgendeinen Strudel unabwägbarer Ereignisse hineingezogen werden.

Hinzu kam der schreckliche Mord an ihrem Professor. Das gab ihr vollends den Rest bei ihren Überlegungen. Die Erinnerung an ihn wurde übermächtig. Auf offener Straße blieb sie wie angewurzelt stehen. Vergrub ihr Gesicht in den Händen, heulte hemmungslos.

Im Haus der Oma sagte sie nur kurz „Hallo" und verschwand eiligst in ihr Zimmer.

Mitten in der Nacht schreckte sie schweißgebadet durch einen grässlichen Albtraum auf. Hände hatten ihr an die Gurgel gegriffen, sie gewürgt.

Ein tiefblauer, wolkenloser Morgenhimmel breitete sich über die alte Universitätsstadt aus. Ohne klare Entscheidung machte sich Mia auf den Weg Richtung Institut. Sie lief bewusst sehr langsam, als würde jeder Schritt ein Wahnsinnsgeld kosten. Achtsam winzigkleine Schritte. Bei jedem Tritt rollte sie das Fußbett bewusst spürend aus.

Nach der Hälfte der Wegstrecke spürte sie eine seltsame Veränderung in ihrem Inneren. Mit jedem Atemzug sog sie eine Aufladung mit einer enormen energetischen Kraft ein. Beim Durchschreiten des Schlosshofes kam die Eingebung.

Vor dem Institutshäuschen erwartete Frau Professor Wackernagel-Dümperling bereits die Studentin. Sie lächelte Mia in ungewohnter Weise zu. Mit beiden Händen umfasste sie Mias Hand.

„Gehen wir in mein Büro", lud die Professorin sie ein. „Ich bin gespannt auf Ihre Entscheidung."

„Ich habe mich entschieden", gab Mia im Büro mit einem Räuspern kund, „das neue Thema zu bearbeiten."

Mia merkte, wie ihre Stimme brüchig wurde und sie etwas hin und her wankte. Sie richtete sich auf, bewegte sich um keinen Millimeter mehr und atmete nochmals tief durch. „Ich möchte ergründen, was denn in Fellbach so brisant sein soll, dass Professor Schrickelbacher und auch sein Onkel umgebracht wurden. Ich sehe dies als meine Verantwortung an und möchte nicht davor flüchten."

„Das gefällt mir ausgezeichnet!", die Professorin klatschte dreimal die Hände und jubelte. „Sie haben die richtige Einstellung. Wir wissen, dass Gefahren lauern. Vorsicht ist geboten, wir müssen überlegt, unaufgeregt und intelligent vorgehen. Aber Sie haben die notwendigen Fähigkeiten, da bin ich mir sicher."

„Auch als graue Maus?", blinzelte Mia.

Die Professorin lachte laut auf, streckte den rechten Daumen der geballten Faust nach oben.

„Äußerlich offensichtlich nicht mehr. Sie sind die Richtige. Da bin ich mir sicher. Ganz sicher!"

„Könnten Sie mir zur Aufgabenstellung noch Hinweise geben? Ich habe mich seither nur indirekt mit Symbolen befasst", erklärte Mia.

„Umso besser. Dann können Sie vorurteilsfrei an die Sache herangehen. Symbolforschung ist ein weites Feld. Symbole bezeichnen Prinzipien, Materien, Zeichen und Vorgänge, die über ihre vordergründige Realität hinausgehen. In tiefere Bewusstseinsebenen weisen. Oftmals komplex, doppelsinnig und metaphysisch nicht leicht zu bezeichnen. Zum Aufspüren sollten Sie analoghaft denken, nach der Ganzheitlichkeit suchen. Die symbolhaften Urbilder des Bestehens sind Teil der Seele. Sie sollten nicht nur Ihre linke Hirnhälfte mit dem rationalen Faktendenken nutzen, sondern auch die rechte, um den Sinn der Symbole zu erfassen. Versuchen Sie, den mythologischen Kern zu erkennen, der immer für ein Ganzes steht."

Mia notierte eifrig, um all die Hinweise der Professorin aufzunehmen.

„Schreiben Sie nur Stichworte. Sie können von mir einen Stapel diverser Literatur ausleihen, da steht alles ausführlicher drin. Außerdem steht Ihnen unsere Bibliothek zur Verfügung. Zurück zum Thema. Setzen Sie bei Ihrer Arbeit Unterscheidungen hinsichtlich Zeichen, Sinnbilder, Allegorien, Attribute und Logos. Forschen Sie nach mythologischen und menschlichen Symbolen. Nach Natursymbolen. Ebenso nach Zahlen, Ausprägungen, Farben. Etwas Ungewöhnliches, das man in dieser Stadt nicht erwartet. Beispielsweise Ursymbole oder kosmische Symbole. Auch Symbole, die aus der Zeit des Matriarchats in unsere Zeit herüberscheinen. Erkunden Sie nach dem Prinzip ‚pars pro toto‘, ein Teil steht für das Ganze."

Die Professorin schaute Mia kurz an, als ob sie Fragen erwarten würde. Dozierte dann weiter.

„Bei den Nachforschungen nach Symbolen untersuchen Sie die geometrischen Gegebenheiten von Bauwerken. In Formen, Winkeln und Maßen sind oftmals versteckte Botschaften zu finden. Die Kirchenbaumeister der vergangenen Tage waren vielfach keine Christen, denken Sie nur an die Meister der Bauhütten zur Zeit der Gotik. Papst Gregor VI. hatte eine Anweisung für Bischöfe und Äbte erlassen. Darin hieß es, *die deutschen Steinmetze an Kirchen- und Klosterbauten gut zu verköstigen und beherbergen und sie nicht mit Bekehrung zu bedrängen.*

Sie konnten ihre gute Arbeit unbehelligt verrichten. Nach Fertigstellung wurden die Kirchen und Kathedralen geweiht, um sie von allem sogenannten Heidnischen zu reinigen. Die Baumeister hinterließen gleichwohl in Stein eingemeißelt ihre Philosophie der alten Religion, der Mysterienschulen. Für die Wissenden."

Mia streckte kurz den Zeigefinger nach oben, und als die Professorin nickte, fragte sie: „Welche Formen und Maße meinen Sie konkret?"

„Schauen Sie nach allen. Formen haben symbolhaften Charakter, Maße sind Zahlen. Zahlen sind auch Symbole. Ebenfalls Farben in Einzelform, in Zusammenhängen oder in Bildern. Beschäftigen

Sie sich damit, forschen Sie nach. Schauen Sie sich unter diesen Gesichtspunkten Gebäude, Kirchen, Denkmale in Fellbach an."

Die Professorin übergab Mia drei Bände. „Das sind die Schriften von Professor Ferdinand Christian Baur, der im Übrigen aus Schmiden, das heute zur Stadt Fellbach gehört, stammte. Er lehrte hier in Tübingen. Wurde von den Kritikern als der ‚Heiden-Baur' geschmäht. Studieren Sie es."

Mia las den Titel, blätterte kurz darin: *Symbolik und Mythologie oder die Naturreligion des Altertums.*

„In Fellbach", unterwies die Professorin weiter, „gibt es Zeugnisse der alten Religionen. Denken Sie nur an das Mithras-Relief, das jetzt im Landesmuseum steht. Oder die Kunstwerke, die in der Keltenschanze in Schmiden ans Tageslicht kamen. Beweise der keltischen Vergangenheit von europäischem Rang!"

Mia schluckte. Geometrische Formen, Zahlen – eigentlich war sie doch froh gewesen, dass sie nach dem Abi nie mehr mit etwas Mathematischen zu tun haben würde.

„Ja", sagte Mia, „ich werde mich bemühen."

„Etwas Interessantes könnten Sie auch noch suchen: *Das Pentagramm von Fellbach!* Hier gab es in alten, mittlerweile verschollenen Schriften entsprechende Weissagungen. Nur in Fußnoten anderer Werke noch erwähnt. Es wurde prophezeit, dass ein steinernes Pentagramm zu sehen sein würde. Suchen Sie danach. Die Wissenschaft wird es Ihnen danken!"

Die Professorin wühlte in einem Karteikasten, zog ein Stück Papier heraus. „Die Kopie eines Pergamentfragments aus dem 12. Jahrhundert! Fast nicht mehr lesbar. Bei einer Untersuchung des Originals in einem Urkunden-Labor kamen dann die Buchstaben ans Tageslicht. Der Text lautet: *Velebac. Thri wolfs segense.* Hier ist Fellbach genannt samt drei Wolfssensen. Suchen Sie sie! Finden Sie sie! Der absolut wesentlichste Teil Ihrer Arbeit!"

„Versuche ich, ist spannend", hörte sich Mia sagen.

Warum hatte sie jetzt der Professorin so engagiert geantwortet? Pentagramm? *Pentagramm von Fellbach?* Kann doch gar nicht sein! Wolfssensen? Nie gehört! Was soll denn bitteschön an Wolfssensen so spannend sein, dass es lohnt, sich dafür in Gefahr zu begeben? War ihre Entscheidung doch etwas voreilig?

Mia verabschiedete sich. Sie schlenderte die kurze Wegstrecke zum Park von Hohentübingen, immer noch ganz in Gedanken an die Erläuterungen der Professorin. Auf einer Bank sitzend blieb ihr Blick am Beet vor ihr haften.

Violetter Schleier. Er öffnet den Eingang zu einem Stiefmütterchen. Ein gelber Fünfstern weist den Weg ihrer Augen.

Fünfstern? Pentagramm?

Vorhin erst hatte die Professorin etwas von einem Pentagramm erzählt. Jetzt sah sie einen Fünfstern in einer Blume. Gleichzeitigkeit, ein Zeichen? Scheinbar zufälliger Wink von oben? Eine Bestätigung, das seltsame Thema anzunehmen?

Nach einem weiteren viertelstündigen Spaziergang gelangte Mia zur Universitätsbibliothek in der Wilhelmstraße. Das Pentagramm ging ihr nicht aus dem Sinn. Warum hatte die Professorin ausdrücklich darauf hingewiesen? Sie schleppte einen Stapel Bücher in den Lesesaal. Bücher, in denen sie vermutete, etwas Näheres über diesen sonderbaren Fünfstern zu erfahren. Sie sog alles in sich hinein, was in Zusammenhang mit dem Zeichen der alten Mysterienschulen stand. Mathematische Bücher, geisteswissenschaftliche Literatur und Lexika.

Mia hielt inne, der Kopf übervoll.

Eine Verbindung zu einem Pentagramm in Fellbach? In keiner Weise zu erkennen. *Hatte sich die Professorin geirrt?*

Treffen der Bruderschaft

Im geräumigen Gewölbekeller in dem uralten ehemaligen Weingärtnerhaus unterhalb des Fellbacher Kappelberges hing an einer Stirnseite ein Salzburger Holzschnitt aus dem Jahre 1567. Das Bildnis mit dem Titel *Vom guten Hirten* zeigte Christus, der einem in eine Schafherde einfallenden Wolf mit einem lanzenähnlichen Hirtenstab den Todesstoß versetzt. Wölfe, die Widersacher des HERRN. Sinnbild für den Teufel.

Das rund zwei Meter hohe Gemälde an der gegenüberliegenden Seite zeigte den Erzengel Michael mit dem machtvollen Schwert im Kampf gegen einen Drachen. Darunter stand in einer altertümlichen Schrift geschrieben: *Heiliger Erzengel Michael, Fürst der Himmlischen Heerscharen, stehe hilfreich zur Seite Deiner Wehrhaften Kirche.*

Das meterhohe Ölgemälde an der einen Längsseite stellte einen Mann in schwarzer Kleidung dar, der ein aufgeschlagenes Buch in Händen hält. Darunter die Inschrift: *Doctor Martinus Luther, dein Wort sei uns Befehl: „Man soll dem Gesindel der Gotteslästerer die Zunge hinten am Hals herausreißen und an den Galgen annageln der Reihe nach."*

Auf der gegenüberliegenden Seite ein Ölgemälde mit der Abbildung des Heiligen Dominikus. Ein schwarz-weißes Gewand, in der rechten Hand die Heilige Schrift, in der linken einen Blumenstängel.

Die Inschrift wies den geistigen Weg: *Domini canes, ‚Hunde des HERRN', die ihr in der Heiligen Inquisition die ‚Wölfe' gejagt habt: Wir folgen euch im Kampf gegen Ketzer, Heiden und Hexen.*

Der Oberbruder stand am Ende des langen, massigen Eichentisches hinter dem aufgesetzten Rednerpult. Vor ihm saßen sechs Männer, alle in der gleichen Ritualkleidung gewandet. Ein Bild wie gemalt. Jeder trug eine weiße Robe, die bis nahe an den Fußboden reichte, mit ausladenden Ärmeln und einem weißen Stehkragen. Darüber schmiegte sich ein schwarzer, ärmelloser Westenmantel, ausgestattet mit einem pellerinenartigen Kragen und einer schwarzen Kapuze.

Der Oberbruder hatte seine silberne, lange Halskette angelegt, daran prangte in Brusthöhe ein gleichschenkliges rotes Kreuz mit acht Spitzen.

Mit einem dreimaligen Klatschen eröffnete das Oberhaupt die Zusammenkunft. Die anderen Männer klatschten ebenfalls dreimal und legten sodann die rechte Faust auf die Herzgegend.

„Liebe Brüder unserer *Bruderschaft der Scharfrichter des HERRN!* Bitte erhebet euch zu Ehren unseres verstorbenen Bruders Thurecht. Gedenket im Stillen an sein Beisein in unserer Gemeinschaft."

Nach etwa einer Minute gebot der Oberbruder mit einer Handbewegung der Versammlung, sich zu setzen.

„Liebe Brüder, nach dem Tode von Bruder Thurecht war es erforderlich, einen Nachfolger für ihn zu finden. So begrüße ich heute erstmals den Bruder Traugott in unserer Mitte. Mit ihm haben wir die junge Generation unter uns. Ein Kämpfer, wir alle wissen von seinen sportlichen Aktivitäten als Turner. Solche durchtrainierten Muskelpakete können wir für die Zukunft gut gebrauchen. Zudem war es notwendig, den Ort unserer zweiwöchentlichen Treffen zu verändern. In Thurechts Keller konnten wir nicht mehr bleiben. So freut es mich besonders, hier im Hause von Bruder Gottlieb eine neue Heimstatt gefunden zu haben."

Die Teilnehmer klatschten zustimmend.

„Im Dachgeschoss dieses Hauses ist ja seit etlichen Jahren

unser Archiv untergebracht. Bruder Gottlieb hat keine Mühen gescheut, als Archivar die noch überall verstreut aufbewahrten Gegenstände und Schriften zu zentralisieren. Ihm sei dafür herzlich gedankt!"

Ein zustimmendes Klatschen der Teilnehmer erfüllte den Raum.

„Liebe Brüder! Immer wieder gerne betrachten wir unser Gemälde, das den Erzengel Michael zeigt. Ihn wollen wir als unser großes Vorbild ehren. Ihm folgen wir nach im Kampf gegen das Böse, gegen die Drachen und gegen Satan. Er ist der Patron der christlichen Kämpfer, und wir gehören zu diesen Kämpfern. So lasst mich heute Grundsätzliches zu unserer *Bruderschaft der Scharfrichter des HERRN* in Erinnerung rufen. Vor rund fünfzehnhundert Jahren waren unsere Vorfahren berufen, die wahre Religion unseres HERRN und Heiland in den alemannischen Landen zu verbreiten. Dies geschah durch friedliche Missionierung – wenn erforderlich, auch mit Feuer und Schwert. Drei Blutlinien aus der Zeit vor rund 800 Jahren waren immer in unserer Bruderschaft durch Brüder vertreten. Wir alle gehen auf die drei Knechte zurück, die in den Diensten der Herren von Fellbach, vom Adelsgeschlecht derer von Stain, standen. Markward, Utz und Ulrich waren ihre Namen. Ihre Nachkommen führten das Erbe über all die Jahrhunderte fort. Aus der ersten Blutlinie sind heute Bruder Liutbrecht und Bruder Traugott in unserer Mitte, aus der zweiten Blutlinie Bruder Erdmann und Bruder Glaubrecht. Aus der dritten Linie entstammen Bruder Gottlieb und Bruder Frohmut sowie meine Wenigkeit. Zusammen sind wir sieben Scharfrichter des HERRN, so wie es seit Anbeginn unserer Bruderschaft Sitte ist."

Der Oberbruder blickte von Bruder zu Bruder.

„Erinnern wir uns an das Alte Testament. Im Buch Josua steht: *Dann tötete Josua die Könige und hängte ihre Leichen an fünf Bäume.*

Am Abend befahl er, die toten Könige abzunehmen und in die Höhle zu werfen, in der sie sich zuvor versteckt hatten. Man wälzte große Steine vor den Eingang, die bis heute dort zu sehen sind. Liebe Brüder. Unsere ersten Knechte der Herren handelten gemäß der Schrift der Alten. In der Heiligen Schrift, bei 2. Mose 22 Exodus steht geschrieben: *Eine Zauberin darf nicht am Leben bleiben.* Deswegen wurden damals drei Heidenweiber vom Kappelberg an drei Bäumen aufgehängt. Hingerichtet mit den Werkzeugen der Wolfsjagd. Was in der unverfälschten Heiligen Schrift steht, ist unmittelbar Gottes Wort. Danach richten wir uns aus, auch wenn wir Dinge tun müssen, die uns Opfer abverlangen. Unsere Bruderschaft wahrt die Geheimnisse der Vergangenheit. Im Namen des HERRN haben wir gehandelt. Ich erinnere an die Zerstörung des römisch-heidnischen Mithras-Tempels in einer Höhle bei unseren Weinbergen. An die Ausschaltung des heidnischen Hexen-Kreises und die Vernichtung ihrer sogenannten Energielinien. An die Zerstörung der heidnischen Denkmale auf den Fluren und Wegekreuzungen der heidnischen Gräberfelder auf dem Berg und die Zerstörung der keltischen Anlagen im Gewann Beiburg. Nicht zu vergessen die Zerstörung der sogenannten Marien-Wallfahrtskirche auf dem Kappelberg, in der die Mutter unseres HERRN als Höchste angebetet wurde. Dieser Götzendienst, der in Wahrheit die alten sogenannten okkulten Mutterreligionen weiterführen sollte, wurde hinweggefegt: zunächst die sogenannte Kapelle profanisiert, als Wetterunterschlupf für den Jagdpächter hergenommen, anschließend dem Erdboden gleichgemacht. Ich erinnere des Weiteren an die Vernichtung der okkulten Bilder und Götzenstatuen auf dem heute noch so benannten Götzenberg unterhalb des Berges in Richtung Uhlbach. Wir und unsere Freunde ringsum haben durchgesetzt, dass zahlreiche Flurnamen auf das Heidenpack deuten, darauf, dass es verfluchte Orte sind. Seien es *Heidenschlößchen, Heidenbühl, Mäurach, Heidenburg* in Mühlhausen, *Altenburg* bei Cannstatt, *Wolfsäcker* oder *Beim wüsten Bild* unweit von Oeffingen. Um nur eine Auswahl zu nennen. Ja, wir sind hier in Fellbach so tief verwurzelt wie die Grabsteine im Alten Friedhof. Nicht gelungen ist es uns, auch das sei erwähnt, die Ausgrabungen der keltischen Viereckschanze in Schmiden zu verhindern. Dieser verdammte Ort, an dem Druiden einst ihr Unwesen getrieben haben. Neuheidnisches Gesindel pflegt heutzutage sogar von einem Heiligen Hain zu sprechen. Die dort ausgegrabenen sogenannten Kunstgegenstände, hölzerne Hirsch- und Steinbockgestalten stehen jetzt im Landesmuseum in Stuttgart. Leider konnten wir auch die Sonderausstellung im Stadtmuseum Fellbach nicht verhindern, die diese Götzenstatuen als Kunstwerke von europäischem Rang anzupreisen versuchten. Gleichwohl, und das darf nicht unter den Tisch fallen, konnte die angebliche Gestalt eines heidnischen Hirschgottes während der Ausgrabungen bei Nacht und Nebel sichergestellt werden. Dafür sei den Brüdern hier ganz hinten sitzend zu danken. Sie haben dort nächtens gegraben und sind fündig geworden. Das Götzenholz wurde dem reinigenden Feuer übergeben. Dem HERRN sei Dank, er weist uns den Weg. Die Archäologen rätseln heute, wie die Gestalt aussah, die den Hirsch und den Steinbock mit Händen umfasste. Sie rätseln, wir wissen. Das Wissen bleibt bei uns. Die Fotografie bleibt in unserem Archiv, sie wird niemals der Öffentlichkeit zugänglich gemacht werden. Niemals! Wir sind stolz auf das Gesamtwerk im Dienst des HERRN. Das Alte, Heidnische, Gottlose wurde vernichtet, um Platz für den wahren Glauben zu schaffen. Viel Okkultes ist heutzutage neu dazugekommen, gegen das wir täglich vorgehen müssen. Ich nenne nur Akupunktur, Astrologie, autogenes Training, Farbendiagnostik und Farbentherapie, Fernsehen,

Homöopathie, Hypnose, Irisdiagnose, Yoga, Karate, Katholizismus, Mariologie, Meditation, Rockmusik, Rute und Pendel. Nicht zu vergessen der Vegetarismus und seine radikale Ausprägung Veganismus. Die okkulten Gefahren werden immer größer. In einer der nächsten Sitzungen werde ich meinen Plan vorstellen, wie wir diesbezüglich noch effektiver unseren Kampf für den HERRN führen können."

Die Brüder erhoben das Glas auf die Bruderschaft. Nach einer kurzen Pause meldete sich Bruder Gottlieb zu Wort.

„Ich muss euch leider eine traurige Mitteilung machen. Diese Schnüffelnase von Professor, der Obergscheidle Schrickelbacher, hat von unserem verstorbenen Bruder Thurecht Unterlagen gestohlen. Dessen Aufzeichnungen waren ja für unser Bruderschaftsarchiv bestimmt. Immer wieder hatte mich Bruder Thurecht vertröstet, er wolle mit den Unterlagen etwas erarbeiten. Schlimm genug. Aber was das Schlimmste ist: Der Professor hat auch noch eine Original-Wolfssense einkassiert. Ich hatte Bruder Thurecht immer wieder inständig gebeten, er möge dieses Teil doch in das Archiv zur sicheren Verwahrung geben. Aber nein."

„Dieser elende Sausack von Professor!", polterte Bruder Erdmann dazwischen.

Der Oberbruder mahnte zur Ruhe, indem er seine Hände auf und ab bewegte. Mit gepresster Stimme verkündete er:

„Es ist dem atheistischen Universitätsbesserwisser nicht gut bekommen. Das Schwert der Gerechtigkeit hat bereits zugeschlagen. Jetzt steht er endlich vor seinem himmlischen Richter. Die ewige Verdammnis ist ihm sicher."

„Gut so!", Bruder Glaubrecht ballte die Faust. Seine Stimme klang, als hätte er mit Reißnägeln gegurgelt. „Richtet sie alle! Rübe abhacken und vor die Füße legen!"

Der Oberbruder fuhr fort: „Im Alten Testament steht bei 3. Mose 26 geschrieben: *Ihr sollt eure Feinde jagen, und sie sollen vor euch her dem Schwert verfallen. Fünf von euch sollen hundert jagen, und hundert von euch sollen zehntausend jagen, denn eure Feinde sollen vor euch her dem Schwert verfallen.*"

Nach einem langen Atemzug blickte der Oberbruder in die Runde: „Niemand wird uns aufhalten können, liebe Brüder. Denn wir sind stets bereit. Die Nacht der rächenden Schwerter wird kommen! Tod allen Ungläubigen! – Tod allen Zweiflern und Schwachen! – Tod allen Feinden unseres HERRN und Heilands!"

Ein Isländer im Stadtarchiv

Im Hochparterre der Wichernschule war das Fellbacher Stadtarchiv untergebracht.

„Guten Tag", sagte der Besucher, als sich die Tür öffnete, „ich hatte gestern mit Frau Dr. Ingrid Schweizer telefoniert. Mein Name ist Sigurður Fransson."

„Ja, Sie hatten bei mir angerufen. Sie sind der Isländer, der in Tübingen studiert. Ich grüße Sie!"

„Genau, der bin ich. Ich sagte Ihnen ja, dass ich auf der Suche nach meinen Vorfahren bin."

Die Stadtarchivarin bat ihn herein und führte ihn zu einem Arbeitstisch. Sigurður versuchte, sie unauffällig zu mustern.

Dr. Schweizer schaute zu ihm hoch: „Sie brauchen mich gar nicht so zu taxieren, Sie isländischer Riese. Ich weiß selbst, dass ich kleinwüchsig bin. Meine Freunde nennen mich auch *Laufender Meter*. Dabei bin ich weit über Einsdreißig!"

Während sie in den Nebenraum ging, um etwas zu holen, schaute sich Sigurður um. Die Wände waren über und über mit Bildern, Fotografien, Scherenschnitten, Plakaten, alten Stadtplänen, Landkarten und Chronikplänen zugepflastert. Auf einem Regal mit vielen schwarzen Bänden erkannte er in einem rund dreißig Zentimeter großen Modell-Fachwerkhaus das Stadtmuseum. Vor dem Weg ins Archiv hatte er dort kurz hineingeschaut.

Sigurður setzte sich an den schlichten grauen Tisch. Über eine niedere schwarze Anrichte mit vielen Schubladen wanderte sein Blick aus dem Fenster auf einen Schulhof samt Spielplatz mit prächtigen Kastanienbäumen. Die Stadtarchivarin kam zurück und reichte Sigurður ein altes Heft. „Nehmen Sie das als Einstieg in Ihre Nachforschungen. Oder kennen Sie es schon?"

Er sah auf den Titel des vergilbten Heftes. *Geschichte der Auswanderung aus Fellbach.*

„Nein, kenne ich nicht. Kann ich es ausleihen?"

„Ausleihen? Nein."

„Alte Schrift, schwer zu lesen. Das geht nicht so schnell. In Island, bei meinen Germanistikstudien habe ich mich mit diesen Buchstaben befasst. Muss mich dabei sehr konzentrieren. Haben Sie nichts Neueres?"

„Nein. Wenn Sie Fragen zu einzelnen Wörtern der Frakturschrift haben, helfe ich gerne."

Sigurður vertiefte sich in den Sonderdruck des *Fellbacher Tagblatts* aus den 1930er Jahren.

Eine Spur zu den Vorfahren?

„Da sind aber viele Personen und Familien ausgewandert", meinte er zur Archivarin.

Sigurður fuhr mit dem Zeigefinger an den einzelnen Worten entlang. Ab und an stoppte er, schüttelte den Kopf über das Gelesene.

„Unglaublich", murmelte er vor sich hin, „insgesamt bis dahin 1581 Seelen. Wahrscheinlich waren es insgesamt noch mehr."

Zahlreiche Tabellen der Auswanderungszeiten, beginnend ab dem Jahr 1735, waren in dieser Sonderausgabe verzeichnet, daneben Ziele der ausgewanderten Fellbacher: 84 % Nordamerika, 5,8 % Russland, der Rest war in die übrige Welt verstreut. Alle möglichen Länder waren aufgeführt. Alle, außer Island. Im nächsten Kapitel waren die Auswanderer alphabetisch nach Familiennamen geordnet, dahinter die Anzahl der zugehörigen Familienmitglieder mit Jahreszahl, Vorname, teilweise Beruf sowie Auswanderungsziel.

Sigurður blätterte mit hektischen Fingern zum Buchstaben *R*. „Ja!", entfuhr es ihm, „gefunden!"

Die Stadtarchivarin stand auf, wuselte um den Tisch herum.
„Hier steht es", deutete Sigurður auf die Mitte der Seite, „hier steht Rölfle. So hieß mein Vorfahre. Hier, lesen Sie."

Die Archivarin begann laut zu lesen. *„Rölfle, 1805: drei ledige Brüder, Namen unbekannt, Amerika.* Aber nichts von Ihrem Vorfahren Michael Gottlob Rölfle. Nur der Nachname stimmt überein. Auch nichts von Island, sondern Amerika. In diesem Heft steht jedoch auch, dass es wahrscheinlich über 2000 Auswanderer insgesamt gewesen sein mögen. Die Liste ist nicht vollständig."

„Er ist ausgewandert aus Fellbach", sagte Sigurður, „so steht es in den alten Papieren, die meine Familie noch hat."

„Nach Ihrem Schreiben vor einigen Monaten", die Archivarin blickte gedankenverloren in die Ferne, „habe ich in den alten Kirchenbüchern und in Unterlagen der Stadt nachgeschaut. Sie schreiben, dass dieser Michael Gottlob Rölfle 1806 in Island ankam. Ich habe die Jahre davor und danach verfolgt. Nichts. Rein gar nichts zu finden."

Ein Mann trat aus dem Nebenzimmer des Stadtarchivs. „Ich komme gleich wieder", sagte er zur Archivarin, „muss was erledigen."

Die Archivarin nickte dem Heimatforscher nur kurz zu.

Er trat aus dem Haus, ging links über die Straße in den *Alten Friedhof*. Dort war er ungestört. Aus seiner Umhängetasche kramte er ein Mobiltelefon hervor. „Oberbruder", fing er an, „im Stadtarchiv ist dieser Isländer eingetroffen, der nach seinem Altvorderen aus der Rölfle-Sippe sucht."

„Wir haben vor über hundert Jahren den Namen von Bruder Michael Gottlob aus allen Dokumenten der Kirche und der Stadt entfernt. Nichts wird er finden, gar nichts. Keine Sorge. Bleib weiter am Ball. Ich möchte alles wissen, was dieser Isländer hier treibt. Der HERR wird deinen löblichen Einsatz lohnen!"

Die Recherchen beginnen

Die Klingel des Stadtarchivs tönte, Sigurður und Dr. Ingrid Schweizer blicken gleichzeitig hoch. Die Stadtarchivarin eilte zur Tür und geleitete eine junge Frau herein.

„Frau Licht, heute haben wir Großbesuch von der Universität Tübingen. Kennen Sie sich?"

Mia musterte den jungen Mann und schüttelte den Kopf.

„Ich hole gleich die Unterlagen, die ich aufgrund Ihrer Mail herausgesucht habe. Nehmen Sie doch gegenüber von Herrn Fransson Platz. Leider habe ich keinen sonstigen Tisch frei. Sie sehen ja, wir sind räumlich nicht ganz so toll aufgestellt." Frau Dr. Schweizer verschwand im Nebenzimmer.

„Hallo", sagte Sigurður und reichte ihr die Hand, „ich komme aus Island. Bin zu einem Auslandssemster in Tübingen. Ich heiße Sigurður."

„Wie heißt du? *Sigürsür?*"

„Ja, ungefähr so. Mit der korrekten Aussprache meines Namens haben die meisten ihre Schwierigkeit. Ich studiere an der Universität Island, an der *Háskóli Íslands* in Reykjavik. An der Fakultät *Sagnfræði- og heimspekideild*. Geschichte und Philosophie. Nebenher noch etwas Germanistik. In Tübingen bin ich an der *Philosophischen Fakultät*. Was studierst du?"

„*Empirische Kulturwissenschaft*. Hab gerade mit meiner Masterarbeit angefangen. Es geht über Fellbach. Und wieso kommst du nach Fellbach ins Stadtarchiv?"

„Ich suche nach meinen Vorfahren."

„Du hast hier in Fellbach Vorfahren? Wen denn?"

„Ich weiß nur von einem Michael Gottlob Rölfle. Aber bislang haben wir ihn noch nicht in den Archiven gefunden."

„Du sprichst gut Deutsch."

„So gut ist es auch nicht", lachte Sigurður, „gelernt habe ich Deutsch zuerst ein klein wenig von meiner Mutter. Dann hab ich Deutschkurse in Hafnarförður in der Stadtbücherei besucht. Leider wurde das Goethe-Institut in Reykjavik geschlossen. Dort konnte man Deutsch lernen. Falls du mal nach Island kommen solltest, dann musst du unbedingt auch nach Hafnarförður gehen. Liegt etwas außerhalb der Hauptstadt. Du kannst es bequem mit dem Bus Nummer 1 erreichen. Der Elfengarten könnte dir gefallen."

„Oh, Island! Wäre schon interessant, aber es ist zu weit weg."

„So weit auch wieder nicht. Aber jetzt muss ich wieder zurück nach Tübingen. Die Vorlesung wartet nicht. Morgen bin ich wieder hier. Sehen wir uns?"

„Vielleicht."

Zurück bei den Eltern

Mia wollte nur kurz im Elternhaus vorbeischauen. Ihre Geburtsurkunde abholen. Nebenbei erwähnte sie ihren ersten Besuch im Stadtarchiv. Sie biss sich gleich auf die Zunge.

„Eigentlich hätte ich mir's ja denken können", schoss es Mia durch den Kopf, als sie die Reaktion ihres Vaters vernahm: „Ach hör mir bloß auf mit diesen Stadtmuseums-Tanten. Eiszeitmammutzähnleaufbewahrer. Die mit ihrer Heimatmüllhalde. Nicht einmal richtige Fellbächer sind das!"

Mia verdrehte die Augen. Mit dem „ä" waren nur diejenigen geadelt, die ihren Stammbaum bis zum Jahr Tausendschlagmichtot in der Stadt nachweisen konnten. Alle anderen mit niederer Ahnentafel waren nur Fellbacher, die Rei'gschmeckten sowieso.

Mias Selbstberuhigungsversuch funktionierte. Schon sprudelte sie los, berichtete von dem Besucher aus Island, den sie ganz interessant fand.

„So, so", bemerkte die Mutter, „mit so einem bist du den ganzen Tag zusammen."

Vater machte ein wegwerfende Handbewegung. „Irland? Des isch hoffentlich koi Katholischer, oder?"

„Ach Vater, es ist Island und nicht Irland."

„Des isch älles des gleiche", winkte er ab.

Mia schloss kurz die Augen, atmete betont langsam ein und aus. Warum um alles in der Welt war sie wieder ins Elternhaus gekommen? Die Geburtsurkunde hätte doch auch mit der Post gesandt werden können. Hier würde sie nicht lange bleiben. Auf keinen Fall übernachten.

„Mia", Mutter lächelte sie an, „isst du heute Mittag mit? Es gibt Linsen, Spätzle und Saitenwürstle. Dein Lieblingsessen."

„Nein, danke. In den Spätzle sind Eier drin und in der Wurst Fleisch."

„Na und? Du hast es doch früher auch gern gegessen. Gute schwäbische Küche."

„Ich bin", Mia schaute sie an und verzog keine Miene, „seit einem halben Jahr vegan unterwegs."

Ein Startsignal für den Vater. „Vegan? Jetzt aber!"

„Keine tierischen Produkte beim Essen. Auch keine zum Anziehen wie Wolle, Seide oder Leder. Tiere sollen nicht ausgebeutet, nicht getötet werden. Ich esse keine an der Verwesung verhinderten Leichenteile mehr."

„So ein Quatsch!"

Trotz des scharfen Tones beim Vater blieb Mia gelassen und bewahrte kühlen Kopf.

„Kein Quatsch. Außerdem: Lest Ihr bei *Frommes Leben* keine Bibel mehr?"

Die Zornesröte schoss dem Vater sichtbar auf die Wangen. Mit zusammengepressten Lippen schoss es aus ihm heraus. „Hör du bloß auf mit Bibelzitaten. Du verdrehst doch jedes heilige Wort Gottes."

„Nein, gar nicht. In der Bibel steht, dass ihr euch von den Früchten der Erde ernähren sollt, oder?"

„Halt Deine Gosch! So ein Schwertmaul, so ein undankbares."

Die Mutter legte ihre Hand auf seinen Unterarm. „Aber Gottlieb, reg dich nicht auf."

Er schob Mutters Hand barsch weg. „Was? Nicht aufregen? Diese gottlose okkulte Vegansekte kommt mir nicht ins Haus."

Mia wunderte sich, dass sie immer noch ganz entspannt war. Wie Omas schwarzer Kater auf dem Sofa. Sie hatte einfach gute Argumente zu bieten.

„Wieso gottlos? Tiere schützen heißt, die göttliche Schöpfung bewahren. *Du sollst nicht töten*, heißt ein Gebot, schon vergessen?"

Jetzt wurde Vater richtig wild. „Was? Du redest von göttlicher Schöpfung? Du, gerade du? Du, die du schon jahrelang nicht mehr in der Kirche oder im Stundenkreis warst? Geh doch zurück zu deiner verfluchten katholischen Großmutter nach Tübingen. Zu dieser gottverdammten Hexe!"

Mutter war den Tränen nahe. „Aber Gottlieb! Sprich nicht so von meiner lieben Mutter!"

Aber er ließ sich nicht beruhigen, wild fuchtelte er mit den Armen hin und her. „Doch! Denn ich sag die Wahrheit. Wenn ich euch Weibervolk reden höre, dann bewahrheitet sich das Wort von Matthäus 7: *An ihren Früchten sollt ihr sie erkennen.* Wenn ich meiner missratenen Tochter Mia zuhöre, dann schleudere ich ihr noch das Wort aus Matthäus 13 entgegen: *und lesen die guten zusammen in Gefäße, die faulen aber werfen sie hinaus.*

Du bist eine faule Frucht! Das liegt einzig und allein an deiner katholisch getauften Großmutter! Und Mutter! Nur wegen denen hast du überhaupt den Namen Mia bekommen. Ich war damals dagegen. Nicht mal einen schrift-gerechten Namen hast du!"

„Aber Gottlieb …"

„Nur mein Sohn Fürchtegott ist rechtschaffen! Das liegt an meinem Weg für den HERRN. Hinweg: Vegangesindel, Sektiererpack!"

„Aber Gottlieb …"

Vaters Rücken stellte sich kerzengerade. Mit erhobenem Zeigefinger sprach er, als würde gerade jetzt der Heilige Geist direkt aus ihm sprechen. „Der Heiland hat mit Fisch tausende Hochzeitsgäste von Kanaan gespeist. Mit Fisch, hörst du, von wegen vegan. Wenn der HERR kein Veganer war, so muss das doch einen Grund haben. Was ER also nicht gemacht hat, ist gottlos. Gegen den Willen des Allmächtigen. Der Erlöser hat die Gottvergessenen aus dem Tempel gepeitscht. Ich schnitze mir gern eine spezielle Peitsche für das gottlose, heidnische Verganerpack!"

„Aber Gottlieb, mäßige dich doch."

„Nein!"

„Aber Gottlieb, nur weil Mia keine Tiersachen isst, ist sie doch nicht gottlos."

„Schweig endlich!"

„Aber Gottlieb, ..."

Mia schaltete sich wieder besonnen dazwischen.

„Veganer sind auch Geschöpfe Gottes."

„Ratten und Schmeißfliegen auch," schleuderte ihr der Vater voller Verachtung entgegen.

„Was sind denn das für Argumente? Da lacht doch jede Kichererbse."

„Das sündhafte Lachen wird dir schon noch vergehen. Zum Heulen ist deine Kleidung. Wie läufst du überhaupt herum? Ist bei euch in Tübingen das ganze Jahr Fasching? Lange Hosen. Eine Schande. Dir fehlt die erzieherische Aufsicht. Die Heilige Schrift sagt bei 5. Mose 22: *Eine Frau darf keine Männerkleidung tragen und ein Mann keine Frauenkleidung. Der HERR, euer Gott, verabscheut jeden, der das tut.*

ER verabscheut dich! Ich ebenso!"

Nach den letzten Worten haute er zuerst mit der Faust auf den Tisch. Dann streckte sich der Zeigefinger in Richtung Tür.

„Aber Gottlieb, ..."

Mia schaute Mutter traurig an, drehte sich um, verließ wortlos die Wohnung.

Wieder im Stadtarchiv

„So sieht man sich wieder", lachte Sigurður die eintretende Mia an, „du bist hier also auch Dauergast. Freut mich."

Mia setzte sich ihm gegenüber an den Schreibtisch, der über und über mit Papieren belegt war.

„Letzte Woche", hub die Stadtarchivarin Dr. Schweizer an, hat eine Frau im Gewann *Beiburg* auf dem Kappelberg einen Stein mit Einritzungen entdeckt. Dessen Bedeutung wissen wir noch nicht. Vielleicht etwas für ihre Fellbacher Symbolforschung?"

Dr. Schweizer griff in die Schreibtischschublade und reichte Mia das Fundstück. Mia schaute sich den Stein an und gab ihn weiter an Sigurður.

„Ihr Isländer kennt euch doch sicherlich mit Runen aus", sagte Mia, „kannst du das entziffern?".

Sigurður betrachtete die Einkerbungen, strich mit dem Finger darüber. „Das sind keine Runen. Es sind nur verschiedene Striche. Sieht eher aus wie das keltische Ogham-Alphabet. So etwas habe ich vor einem Jahr auf Steindenkmalen gesehen, bei einer Exkursion in Irland."

„Ah, Irland!", sagte Mia erfreut, „da möchte ich auch mal hin."

„Ogham-Alphabet?", meinte die Stadtarchivarin, „niemals! Das gab es hier bei den Festlandkelten nicht. Nur bei den Inselkelten. Erst neulich las ich eine Abhandlung über einen angeblichen Ogham-Steinfund Anfang letzten Jahrhunderts bei Magdeburg. Hat sich aber als Fälschung herausgestellt! Da wollte einer die wissenschaftliche Geschichtsschreibung neu zusammenreimen."

„Wenn wir einfach versuchshalber die Striche abmalen und mit dem Alphabet vergleichen?", erwiderte Sigurður.

„Lohnt nicht. Falsche Spur. Aber ...", die Archivarin hielt inne,

„na ja, warum auch nicht? Obwohl ich mir nichts davon verspreche."

Mia zeichnete die Striche in ihren Schreibblock. Zuerst ein durchgezogener langer Strich und unten ein Strich nach rechts. Danach ein Strich durchgezogen, einer nach links, vier Striche durchgezogen, zwei Striche links, vier Striche durchgezogen. Am oberen Ende drei Striche nach links.

Sigurður hatte das Ogham-Alphabet in seinem Laptop gespeichert. „Die Buchstaben dieser Schrift werden von unten nach oben gelesen", sagte er.

Die Striche ergaben ein Wort: *bahedet.*

„Bahedet? Was soll das bedeuten?" Mia blickte in die angestrengt blickenden Mienen der beiden.

„Was ist, wenn wir den Stein herumdrehen? Was ergibt sich dann?", meinte Dr. Schweizer.

Erneut betrachteten beide die Einritzungen, entzifferten ein neues Wort: *velebah.*

„Und jetzt?", fragte Mia.

„Am besten", lachte die Stadtarchivarin aus vollem Hals, „schauen Sie in verschiedenen Wörterbücher nach. Althochdeutsch, mittelhochdeutsch, gotisch, keltisch. Oder was die Ururur-Fellbächer anno dunnemals gesprochen haben könnten. Suebisch vielleicht?"

Im offenen Nebenzimmer saß ein Heimatforscher vor einem Stapel Bücher. Allesamt Ausgaben des früheren Fellbacher Tagblatts aus der Zeit der vorletzten Jahrhundertwende. Neben sich hatte er ein Notebook, in das er eifrig die Gespräche der drei notierte. Dieses Protokoll sandte er per Mail an den Oberbruder der Bruderschaft. Er teilte mit, dass eine Frau Licht aus Tübingen über Fellbach und angebliche Symbole forschte.

„Sie dürfte knapp über zwanzig Jahre alt sein."

Die Antwort kam in der nächsten Minute. „Vorname?"

Der Heimatforscher lauschte weiter. Sofort übermittelte er seine neue Erkenntnis.

„Mia?", kam die Antwort, „mach bitte unauffällig ein Foto.

Mia fingerte aus ihrer Tasche die Kopien von Tante Magdalenas Zeichnungen heraus.

„Frau Dr. Schweizer", sagte Mia, „noch ein Anliegen. Dieses Symbol sieht aus wie das Stadtwappen von Fellbach. Haben Sie da weitere Informationen und Unterlagen?"

„Jede Menge. Alle Vorgänge bei der Wappeneinführung, alte Entwurfszeichnungen, Presseartikel. Und, für Sie vielleicht interessant, die Erläuterungen zum Symbolgehalt dieser wolfsangelartigen Gebilde. Ich suche sie Ihnen gern zusammen."

Sigurður stand daneben, schaute sich die Zeichnungen an.

„Kenne ich", sagte er, „auf unserem Pferdehof haben wir ein Erbstück von meinem Vorfahren Michael Gottlob Rölfle. Das sieht genau so aus wie dies hier. Könnte das interessant sein für deine Arbeit?"

„Wie?", Mia stutzte, „du hast so ein Teil in realer Ausführung?"

Die Stadtarchivarin ging in ihr Schreibzimmer, kam kurz darauf mit einem anderen Stein zurück.

„Wappenunterlagen machen wir später. Auf diesem Stein sind drei Zeichen eingeritzt. Sie sehen aus wie zwei Mondsicheln und in der Mitte ein Vollmond. Symbol für was? Das könnten Sie herausfinden."

„Huch", meinte Mia, „genau dieses Symbol hat meine Tante Magdalena auch gemalt. Woher haben Sie den Stein?"

„Wurde oben auf dem Kappelberg nahe der Katharinenlinde gefunden", erzählte Dr. Schweizer.

„Katharinenlinde?", prustete Sigurður los. „Haben die Bäume von euerem Kappelberg Namen?"

„Ja, manche", erläuterte die Stadtarchivarin, „die Katharinenlinde soll laut einer Volkssage nach einem Mädchen aus Esslingen benannt sein, die als Hexe verbrannt wurde. Die christliche Legende sagt, die Linde sei nach der Heiligen Katharina benannt worden."

Mia ergänzte: „In Fellbach gab es auch eine sogenannte Hexe Katharina, oder?"

„Genau", bestätigte Dr. Schweizer, „die Fellbacher Bürgersfrau Katharina Schmid, die im Jahr 1663 in Cannstatt verbrannt wurde. Sie soll angeblich Kinder mit ihren Apfel-Geschenken vergiftet haben. Die Gerichtsakten sind im Hauptstaatsarchiv in Stuttgart aufbewahrt. Schlimme Geschichte, lauter Denunzianten. Erstaunlich übrigens, dass es zu Zeiten der evangelischen Kirche war. Sonst schiebt man Hexenverbrennungen immer der Inquisition der Katholen zu. Genau genommen lag die Hauptschuld bei der damaligen Justiz und der Staatsgewalt. Aber die waren stark beeinflusst von der Geistlichkeit, nicht frei in ihren Entscheidungen."

„Interessant", schaltete sich Sigurður ein, „eure Hexen Katharina. Die erste Frau, die in Island als Hexe verbrannt wurde, war die *systir Katrín*. Sie hieß also auch Katharina. Sie starb auf dem Scheiterhaufen im Jahr 1343. Im *Perlan*, dem Rundmuseum auf dem Hügel *Öskjuhlíð* in Reykjavik, kannst du sie als Wachsfigur in Lebensgröße sehen. Auf einem Holzstoß zum Verbrennen. In diesem wirklich sehenswerten Museum ist die isländische Urgeschichte mit lebensechten Figuren dargestellt. Musst du unbedingt mal anschauen, wenn du nach Island kommst."

„Ob ich da jemals hinkomme?", Mia schüttelte den Kopf. „Das ist doch so weit weg. Außerdem soll es dort recht teuer sein. Kann ich mir als arme Studentin nicht leisten."

„Ich fliege demnächst wieder zurück. In rund drei Stunden Flug ist man dort. Teuer? Ja, alles ist relativ teuer. Aber du könntest kostenlos auf dem Pferdehof meiner Mutter leben. Hilfst ihr als Gegenleistung jeden Tag ein wenig im Stall. In der übrigen Zeit könnte ich dir einen Teil Islands zeigen. Meine Tante arbeitet bei *icelandair*, die besorgt mir immer einen supergünstigen Flug. Vielleicht könnte ich für dich auch ein spottbilliges Ticket besorgen, was meinst du?"

„Oh, das kommt jetzt aber ein wenig überraschend." Mia kratzte sich hinter dem Ohr.

„Und du könntest das Erbstück, das eiserne Wappenteil, anschauen. Ein Symbol aus alter Zeit in echt. Könntest deine Arbeit damit illustrieren. Das wäre doch eine interessante Sache, oder?"

„Ja, auf jeden Fall."

„Also, Mia. Überleg's dir, Island wartet."

Der Heimatforscher im Nebenzimmer zuckte zusammen.
Erbstück? Wappenteil?

Das Geheimnis der Bruderschaft

„Liebe Brüder unserer *Bruderschaft der Scharfrichter des HERRN!*" Der Oberbruder begrüßte die Versammlung mit einer Verneigung des Kopfes. „Am gestrigen Reformationstag wurde ich von den Brüdern Liutbrecht und Erdmann gebeten, einmal Grundsätzliches über Wesen und Sinn unserer Bruderschaft vorzutragen. Dies vor allem für den neu hinzugekommenen jüngsten Bruder Traugott und für den im letzten Jahr aufgenommenen Bruder Glaubrecht. So öffnet nun eure Ohren und eure Herzen."

Der Oberbruder blickte jedem der beiden in die Augen und begann von euem: „Wie ihr von unserem letzten Treffen wisst, gehen alle Mitglieder unserer Bruderschaft auf drei Fellbacher Blutlinien zurück, die über die Jahrhunderte hinweg gegen alles Heidnische gekämpft haben. Unsere Urahnen waren Knechte der Herren von Fellbach, welche wiederum dem Adelsgeschlecht derer von Stain angehörten. Und jetzt kommt das Eigentliche, nämlich das Geheimnis der drei Wolfsangeln beziehungsweise Wolfssensen, die schon die damaligen Herren von Fellbach im Wappen führten. Jeder kennt das Wappen von Fellbach. Doch wie bei allen Symbolen ist es auch hier so, dass nur die Eingeweihten den wirklichen Symbolgehalt erkennen. Aus diesem Grund sind alle Mitglieder ausdrücklich zur Geheimhaltung verpflichtet."

Bruder Glaubrecht meldete sich zu Wort. „Natürlich werde ich und sicherlich auch Bruder Traugott, alles geheimhalten. Aber mir ist noch nicht klar, warum dieses Wappensymbol für uns so eine große Rolle spielen soll."

Der Oberbruder schaute Bruder Glaubrecht und Bruder Traugott ernst an. „Wenn ihr die wahre Geschichte kennt, werdet ihr den Grund für die Geheimhaltung verstehen. Die anderen Brüder wissen das bereits und halten sich daran. Dies erwarte ich auch von euch."

Bruder Glaubrecht und Bruder Traugott nickten.

„Dann werde ich euch nun", sagte der Oberbruder, „einige Gegebenheiten der Geschichte offenbaren, damit ihr unser tiefstes Geheimnis verstehen könnt. Wenn jemand von den anderen Brüdern etwas Ergänzendes mitteilen kann, so ist dies selbstredend gestattet. Bruder Liutbrecht, dein Vater war doch schon seit den 1930er Jahren dabei. Du kennst doch die Anfänge vom Stadtwappen."

„In den 50er Jahren", begann Bruder Liutbrecht, „hatte es so eine Möchtegern-Historikerin vom Stadtmuseum gegeben, die ..."

„A Rei'gschmeckte", rief Bruder Frohmut dazwischen.

„Ja, in der Tat", führte Bruder Liutbrecht aus, „sie war auf ein Siegel der Herren von Fellbach aus dem 13. Jahrhundert gestoßen. Dies wurde dann tatsächlich als Grundlage für ein neues Stadtwappen genommen, das am 1. April 1956 offiziell eingeführt wurde."

„Ein Aprilscherz!", bemerkte Bruder Frohmut, „das frühere von 1933 war viel schöner. Mit der blauen Weintraube und dem weißen F im roten Feld, darüber das württembergische Hirschgeweih."

„Stimmt", bestätigte der Oberbruder, „aber sei's drum. Wichtig ist nur: Als Jahrzehnte darauf eine Diskussion über die Funktion dieser Wappenteile als Wolfsangeln entbrannte, brachte Bruder Frohmut die Wolfsanker-Theorie in Umlauf."

„Entschuldigung, Oberbruder", meldete sich Bruder Traugott zu Wort, „ich verstehe jetzt nicht, um was es genau geht. Vorhin war von Wolfsangel und Wolfssense die Rede, jetzt von einem Wolfsanker. Das ist für mich jetzt ein wenig verwirrend."

„Ja, das ist jetzt alles neu für euch. Das verstehe ich. Dann muss ich zur Erklärung ein wenig ausholen. Wenn du etwas nicht verstehst, bitte melden. Damit ihr gleich ein Bild vor Augen habt, zeige ich euch unseren wertvollsten Gegenstand aus unserem Geheimarchiv."

Der Oberbruder griff in einen vor ihm liegenden kleinen Holzkasten und entnahm das eiserne Stück.

„Hier seht ihr ein im Original überliefertes Erbstück unserer Urahnen. Eine Kette mit einer unten angebrachten Wolfssense. Damals wurde diese Kette um einen Ast eines Baumes gewickelt und mit diesem kleinen Haken verschlossen. So hing dann die Kette frei am Ast. Die Wolfssense wurde mit einem Stück Fleisch als Köder ummantelt. Diese Wolfssense ist das Wappensymbol. Es gab in der Historie anstelle der Wolfssensen auch Wolfsangeln, die als gegenläufige Doppelhaken geformt waren. Es gibt auch die Auffassung, dass Kette und Wolfssense zusammengenommen als Wolfsangel bezeichnet werden kann."

„Und was hat es jetzt mit dieser Wolfsanker-Theorie auf sich?", fragte Bruder Traugott nach.

„Wir brachten Zeichnungen in Umlauf, die das Ganze auf den Kopf stellten. Die Wolfssense wurde größer dargestellt und hatte nun die Funktion eines sogenannten Wolfsankers, der in eine Astgabelung gehängt wurde. An der Kette hing dann der gegenläufige Doppelhaken. Damit wurde das Wappensymbol harmloser dargestellt, nicht mehr als das eigentliche Tötungsinstrument. Damit haben wir eine falsche Fährte für die sogenannten Fachleute gelegt."

Bruder Frohmut schüttelte sich vor Lachen: „Denen haben wir einen schönen Bären aufgebunden!"

„Bereits im Mittelhochdeutschen", fuhr der Oberbruder fort, „wird die *wolfs-segense* beschrieben, und zwar in Form eines Halbmondes mit einem in der Mitte angebrachten Ring. Von den

Wolfssensen gab es zwei Ausführungsarten. Einmal die Öse direkt oder relativ direkt an der halbmondartigen Schneide. Bei der anderen die Öse an einem langen Schaft. Es gab auch Fanggeräte, die aus drei Wolfssensen bestanden. Diese waren etwas kleiner als die Wolfssensen, die unsere Vorfahren nutzten. Sie waren kreisförmig angeordnet, klappten beim Zugriff des Wolfes zusammen und verhakten sich im Maul des Bösewichtes. Aber letzteres spielt für uns keine Rolle."

Bruder Frohmut ergriff das Wort. „Wir haben bei der Wolfsanker-Theorie für die Öffentlichkeit argumentiert, es wäre der in einen Ast gehängte Anker, weil bei der Wappendarstellung die Öse unterhalb sei."

Der Oberbruder hob ihr wertvollstes Artefakt in die Höhe. „Unsere Wolfssensen haben, für alle erkennbar, an dem Halbmond ihre scharfen Schneiden und Spitzen. Wozu bräuchte man diese für eine Asteinhängung? Auch auf den alten Siegeln der Herren von Fellbach ist überdeutlich zu erkennen, dass die Enden sehr spitz sind. Wozu spitze Enden für eine Astaufhängung? Das macht keinen Sinn, ergibt keinerlei Funktion. "

„Die denken nicht für fünf Pfennig mit, diese Theorieaffen", ereiferte sich Bruder Erdmann.

„Außerdem", erläuterte der Oberbruder weiter, „braucht es ja überhaupt keinen sogenannten Wolfsanker. Der ist völlig unnötig, da die Kette auch so am Ast befestigt werden kann. Wozu also ein unnötiges Teil herstellen?"

„Sag ich doch, nicht mal in der Theorie funktionieren deren Behauptungen. Das sind nicht nur Theorieaffen, sondern auch Praxisdeppen", bemerkte Bruder Erdmann und schaute grinsend in die lachende Runde.

„Jetzt ist er wieder in seinem Element", flüsterte Bruder Liutbrecht zu Bruder Glaubrecht, „Geschichte ist sein Steckenpferd."

„Und gute Ohren habe ich auch", bemerkte der Oberbruder. „Bitte keine Privatunterhaltungen, wir wollen doch weiterkommen. Also, die Geschichtsautoritäten stellen sich nicht mal die einfachste Frage. Wieso sollten die Herren von Fellbach ein Aufhängestück von einem Fanggerät als Wappen nehmen und nicht das Wichtigste, die Wolfssense? Das wäre vergleichbar damit, wenn im Museum nicht das Gemälde das Entscheidende wäre, sondern der Aufhängenagel."

„Genau!", Bruder Erdmann hielt sich den Bauch vor Lachen, „das ist ein gutes Argument!"

Bruder Liutbrecht meldete sich zu Wort: „Für die profane Welt, so möchte ich ergänzen, ist es ein Jagdsymbol gegen die reißenden Raubtiere. Das ist durchaus richtig, hausten doch Wölfe früher auch in der Umgebung von Fellbach.

Für uns hingegen bedeutet das Symbol die Abwehr von Wölfen in Menschengestalt, es steht für Abwehr des Bösen, Abwehr der Zerstörung unseres christlichen Glaubens. Abwehr alles Heidnischen. In den alten Zeiten wurden die ungetauften Kinder als *Heidenwölfchen* bezeichnet. Der heilige Wolfgang sagte, wenn er zu den Heiden ging, er gehe zu den *Wölfen*. Die Alten wussten noch Bescheid."

Der Oberbruder hob ein großformatiges Foto in die Höhe.

„Verwandte unserer Herren von Fellbach aus der Sippe derer zu Stain verbandelten die Wolfssensen in ihren Wappen mit christlichen Kreuzen. Soll das eine Kombination mit einem banalen Wolfsfanggerät sein? Nein, sicher nicht, denn die Wolfssensen hatten genau die Bedeutung, die Bruder Liutbrecht ausführte. Zum Beispiel der Johann Caspar von Stadion, der Komtur des Deutschherrenschlosses Beuggen – die gleichen drei Wolfssensen wie hier in Fellbach! Oder der Landeskomtur vom Deutschorden von der Ballei Elsass-Burgund, Johann Jakob von Stain zum

Rechtenstein. Im gevierteltem Wappen sind zwei schwarze Kreuze und zweimal unsere drei Wolfssensen. Aus dem gleichen Geschlecht die Rosine vom Stein zu Reichenstein. Äbtissin von Niedermünster: Wer von euch mal ins Elsass kommt, der kann im Rathaus von Obernai auf einem Kirchenfenster das heilige Kreuz Christi auf einem Kamel sehen, daneben ihr Wappen mit den drei schwarzen Wolfssensen."

Bruder Traugott hob zögernd den Zeigefinger. Als ihn der Oberbruder mit einem kurzen Nicken ermunterte, fragte er: „Ich verstehe jetzt noch nicht recht, warum die drei Wolfssensen speziell für unsere Bruderschaft so bedeutend sein sollen? Warum ist das für uns so wichtig? "

Der Oberbruder ergriff bedächtig die Wolfssense.

„Lieber Bruder Traugott, das genau ist die entscheidende Frage. Damit kommen wir zum eigentlichen Geheimnis, das uns zutiefst miteinander verbindet. Unsere Vorfahren Markward, Utz und Ulrich waren es, die mithilfe genau dieser Wolfssensen drei Heidenweiber vom Kappelberg hingerichtet haben! Wir, und nur wir, halten damit die Erinnerung an unsere tapferen Glaubensväter aufrecht, die dem heidnischen Wolfsgesindel für ewige Zeiten den Garaus gemacht haben!

Unsere Wolfssensen, spitz an beiden Enden, die runde Schneide scharf wie ein Rasiermesser – Werkzeuge der Gerechtigkeit sind sie! Richtende Rache des gütigen Gottes an den Gottesleugnern."

Die Brüder klopften zustimmend mit den Fingerknöcheln auf den Tisch.

„Nur leider fehlen uns die beiden anderen Originale", meldete sich Bruder Gottlieb zu Wort.

„Ja", stimmte der Oberbruder zu, „aber nicht mehr lange. Wir werden sie dem gottlosen Gesindel entreißen und sie zurück in den Schoß der Gottgefälligen holen. Die zweite Wolfssense hatte ja, wie ihr wisst, der Professor Schrickelbacher von Bruder Thurecht gestohlen. Und die dritte war schon im 19. Jahrhundert von Michael Gottlob Rölfle und seinen beiden Brüdern entführt worden."

„Diese Verräter!", plärrte Bruder Erdmann dazwischen. „Eine echte Schande in unserer glaubenstreuen Familie."

„In der Hölle sollen sie schmoren, diese Satansbrut!", pflichtete Bruder Glaubrecht bei.

„Wir müssen das wiedergutmachen, betonte Bruder Liutbrecht, „Oberbruder, du hast alle unsere Unterstützung, geistig und materiell!"

„Bis gestern", tat der Oberbruder kund, „wussten wir nicht, wohin der Rölfle ausgewandert war. Aber die göttliche Vorsehung hat sich uns offenbart. Wir werden das Original wieder heimholen. Mit einem Wolfsbaum, einem Wolfsgalgen, einem Würgerbaum wurden ehedem Wölfe erledigt. Daneben hat man Verbrecher und Hexen gehängt, um deren wölfische, heidnische Gesinnung vor aller Augen offenbar werden zu lassen. Die drei Wolfssensen sind unsere heiligsten Reliquien! Getränkt mit Heidenblut. – Gesegnet mit unserer Glaubensfestigkeit. – Das Erbe unserer Väter über die Jahrhunderte. – Dafür stehen wir. Dafür kämpfen wir."

Alte Schriften

„Hier in diesem handgeschriebenen Buch aus unserem Archiv", Bruder Gottlieb hob es für alle sichtbar in die Höhe. „Hier waren die genauen Verstecke für alle drei Wolfssensen verzeichnet. Die erste lag in einem der Wehrtürme der alten Kirche. Als die Wehranlage im Jahr 1801 eingerissen wurde …"

„Das war eine große Schandtat der damaligen Obrigkeit!", meldete sich Bruder Liutbrecht lautstark zu Wort, „was wäre Fellbach heute, wenn wir so eine Wehrkirche hätten!"

„Richtig", sagte Bruder Gottlieb. „Als die Wehranlage abgerissen wurde, waren vormalige Brüder vor Ort. Sie wussten, um was es ging. Sie konnten das Original retten und übergaben es Bruder Michael Gottlob Rölfle zur Verwahrung."

„Rölfle! Verräter! Gestohlen und nicht wieder zurückgebracht!", empörte sich Bruder Erdmann.

„Ja, da hast du leider recht, aber unser Oberbruder verfolgt schon eine Spur. Das nächste Original lag unter der Kreuzung von der Burggass und der Vordergass. Wir haben es in den 1890er Jahren ausgegraben, als Straßenbauarbeiten anstanden. Da fiel es nicht auf, da Bruder Ehregott die Oberaufsicht über die Bauhelfer hatte."

„Das war mein Vorfahre, ein echter, braver Fellbächer aus altem Schrot und Korn", triumphierend schaute Bruder Liutbrecht umher. „So wia i! Wir gehören halt zum Urgestein des Landes."

„Heute ist", ereiferte sich der neben ihm sitzende Bruder Traugott, „der Platz überbaut. Mit einem Denkmal des satanischen Bösen zu Ehren eines Satyr, so einem Hörnle-Teufel."

„Eine Zumutung!", pflichtete Bruder Luitbrecht bei, „dieser Lustmolchdarsteller und Heidensatan. Eine Schande, dass die

Stadt so einen Kreisverkehrskasperteufel im Oberdorf aufstellen ließ. So verplempern die unser Geld. Genauso wie bei diesem Trollingerherrgöttle Bacchus vor der neuen Kelter. Römergötze!"

„Beim dritten Original", führte Archivar Gottlieb weiter aus, „mussten wir uns beeilen. Einige von Euch waren dabei – als junge Burschen, die ihren Vätern halfen."

„Ja, ich war dabei", Bruder Glaubrecht klopfte sich auf den Trommelbauch. „Damals, als es noch nichts zu futtern für mein Feinkostgewölbe gab. Auf dem Gebiet bei der langen Furche befanden sich lauter Kleingärten. Unser Urgroßvater hatte als junger Mann und Mitglied unserer Bruderschaft eine Parzelle von einem Mitbruder übernommen. Das war vielleicht eine Nachricht, als es hieß, die Katholiken wollen dort eine Kirche errichten. Ein Garten nach dem anderen wurde plattgemacht. Wir haben damals an der uns bekannten Stelle eine Art Zelt aufgebaut, damit uns niemand beim Ausgraben zuschauen konnte. Die Stelle war jahrhundertelang mit einem dicken Stein markiert gewesen. Wir waren jedoch nicht sicher, ob der Stein nicht zwischendurch versetzt worden war. Aber wir hatten Erfolg, wir fanden das Original!"

Der Oberbruder ergriff das Wort. „Da kann man euch nur gratulieren. Das wäre auch was gewesen, wenn ihr den ganzen Platz hättet umgraben müssen. Nicht auszudenken. Diese Wolfsfalle ist sicher verwahrt im Geheimarchiv. Die von Rölfle verschleppte werden wir wiedererlangen, ebenso die Wolfssense vom Bruder Thurecht. Unsere Schwerter der Gerechtigkeit werden ihre Aufgabe erledigen."

Bruder Gottlieb wandte sich an Bruder Glaubrecht und Bruder Traugott. „Ihr wisst vielleicht noch nicht, dass unsere Bruderschaft ein Original der ersten Lutherbibel aus dem Jahr 1545 besitzt. Diese hüten wir ebenso sorgsam im Archiv, in einem

Kästchen aus Eichenholz. Die Bibel war seit ihrer Anschaffung immer im Haus des jeweiligen Oberbruders verwahrt worden. Sie zeigt das unverfälschte wahre Wort der Übersetzung und ist in unseren Augen die einzig rechtmäßige Schrift. Sie ist Richtschnur unserer Einstellung und unseres Handelns. Die modernen Bibelübersetzungen kann man nur mit Verachtung zur Kenntnis nehmen. Lauter falsche Schriften, die den jämmerlichen Zustand der heutigen Kirchen zeigen, die sich vor den genauen Aussagen der Bibel drücken wollen. Sie sind allesamt Bequemchristen, Nursonntagsgläubige, Verräter am Wort Gottes und seinen Geboten."

„Bruder Gottlieb", sagte der Oberbruder, „schlage in der Lutherbibel beim Propheten Joel nach und lese vor. Mit diesem Heiligen Wort beenden wir den heutigen Abend."

Bruder Gottlieb nahm die Bibel mit spitzen Fingern aus der Schatulle.

> *„Macht aus euren pflugscharen schwerter / und aus euren Sicheln spiesse. Der schwache spreche / Ich bin starck. Rottet euch / und komet her alle Heiden /umb und umb / und versamlet euch / Da selbs wird der HERR deine Starcken darnider legen. Die Heiden werden sich auffmachen / und er auff komen zum tal Josaphat / Denn daselbst wil ich sitzen zu richten alle Heiden."*

Island: Reykjavik

Es war kurz nach acht Uhr in der Frühe am 20. Tag des Jahres. Genussvoll sog er die frische Januarluft ein. Sie roch, als würde es bald schneien. Von der Hotelunterkunft waren es nur wenige Häuserblöcke zu laufen, bis zur Hallgrimskirkja.

Die markante Kirche war noch eingehüllt in den düster-schwarz-dunkelblauen Morgenhimmel. Die äußere Gestalt der Kirche erinnerte an hochaufragende Basaltsäulen. Von Weitem leuchtete ihm der untere, hell angestrahlte Bereich der Kirche entgegen, ebenso die goldgelb beleuchtete Kirchturmspitze.

Er ging vorbei am Denkmal für Leifur Eiríksson. Seine Augen tasteten sich empor an der beachtlichen Bronzefigur, fixierten die großmächtige Axt in der rechten Hand des Entdeckers.

„Jawohl" murmelte er sich zu, „der hatte noch das richtige Werkzeug zum Kopfabschlagen. Der zeigt mir, wo es lang gehen soll. Ein Zeichen Gottes."

Er betrat die Kirche und war überwältigt von ihrer Schlichtheit. Kein überflüssiges Schmuckwerk, die Einrichtung puritanisch. Die hohen Säulen erinnerten ihn an eine Kathedrale. Dieses Kirchengebäude beeindruckte ihn mehr als alle pompösen Barockbauten der Vatikankirche. Nichts lenkte ab vom Gespräch mit dem HERRN. Gedanken konnten sich hier auf das Wesentliche fokussieren.

Er setzte sich in eine Kirchenbank. Mit gefalteten Händen wandte er sich dem weißen Altar zu, hinter dem drei schmale, überlange Kirchenfenster emporragten.

„HERR, gib mir Kraft im Kampf gegen das Böse. Gib mir Zuversicht, meine Mission als Oberbruder der Bruderschaft siegreich zu gestalten. Gib deinem treuesten Diener Mut, Undenkbares zu erledigen. Entschlossenheit, in deinem Namen auch zu töten, wenn es notwendig sein sollte. – Alles zu deiner höchsten Ehre, o HERR. – Furchtlos und treu, in deinem Sinne!"

Island: Bei Sólveig

Bald müsste er ankommen. Nur wenige Kilometer bis zum Ziel. Zwei Stunden waren vergangen, seit er das gestern geordete Mietauto in Reykjavik abgeholt hatte.

„Fährt sich gut. Porsche, Geländewagen, noble Sache." Er war mit sich zufrieden. Bis jetzt ging es mit den Straßenverhältnissen. Die Fahrt hatte er sich lausiger vorgestellt.

„Echt viel Gegend ums Haus herum", dachte er bei sich, „nicht alles zugebaut wie bei uns. Aber hier in dieser isländischen Geröllhalde möchte ich niemals wohnen."

Kurz nach neun Uhr. Stockdunkle Nacht. „Mannomann, wann wird's hier endlich hell?" Er schüttelte den Kopf. Gestern um 17 Uhr herum war die Sonne untergegangen. Seitdem alles düster, grau in grau. „Hoffentlich geht die Islandmama auf meine Verwandtenstory ein. Wenn sie mir nicht vertraut, kann ich's gleich vergessen."

Er lachte aus vollem Hals, als er daran dachte, wie ihm ein Glaubensbruder aus einem osteuropäischen Land einen gefälschten Ausweis besorgt hatte. Gute Geheimdienstarbeit, professionell gefertigt. Nicht mal die Beamten vom Flughafen hatten etwas bemerkt. Die linke Hand klopfte im Takt auf das Lenkrad.

„Rölfle, Rölfle, Rölfle. Karl, Karl, Karl. Klingt gut. Mein Name ist Rölfle, Karl Rölfle. Hoffentlich versteht die Islandmama wenigstens Englisch. Sonst stehe ich dumm da, mein Isländisch ist so, wie wenn eine Kuh Latein spricht. Naja, notfalls halt doch das deutsch-isländische Wörterbuch." Seine Gedanken gingen zurück. Das Wörterbuch hatte er vorgestern eigens in einer Buchhandlung am Flughafen gekauft und nicht per Internet. Damit keine Spuren entstehen.

Er grinste, als er an all die falschen Fährten dachte, die er im Familienkreis, bei Bekannten und Kollegen ausgelegt hatte.

„Tja", meinte er selbstzufrieden, „profimäßig. Gut gemacht, Karl Rölfle. Es macht sich eben bezahlt, dass ich schon in manchen Schnee gebrunzt habe."

Die Scheinwerfer hoben das Bauernhaus am Ende der langen Auffahrt aus dem Dunkel. Die Schneeschicht auf dem Dach sah aus wie ein Sahnehäubchen auf einer Himbeertorte. Die Haustüre öffnete sich. Eine Frau mit einer verdreckten Hose und einem zerzausten Pullover lächelte ihn an. Ihre kurzen hellblonden Haare glitzerten wie Halbedelsteine in den ersten Strahlen der Morgensonne.

„Góðan daginn", hub sie an, „Ég heiti Sólveig. Hvað heitir þú?

„Entschuldigung, sprechen Sie Deutsch oder Englisch?"

„Ja, klein wenig. Ich war Au-pair in Þysklandi, Heidelberg, kennst du?"

„Sind Sie die Mutter von Sigurður Fransson?"

Die Frau schaute ihn mit aufgerissenen Augen an. „Ist was passiert?"

„Nein, nein", erwiderte er, „wir haben uns in Deutschland getroffen. Er suchte nach einem Vorfahren aus der Familie Rölfle. So kamen wir in Kontakt. Mein Name ist Rölfle, Karl Rölfle. Meine Freunde nennen mich Charly."

Mit einer Handgeste winkte sie ihn herein. „Komdu inn, gakktu i bæinn!"

Im Haus knurrte ihn ein Hund an, bellte in voller Lautstärke, wollte sich gar nicht beruhigen.

„Snorri!" Die Frau fasste das Tier am Halsband, schleifte ihn in ein anderes Zimmer. Mit Schwung knallte sie die Türe zu. Der Hund hörte mit dem Gekläffe trotzdem nicht auf. Sie deutete auf einen Tisch in der Küche.

„Vilt þú kaffi eð te? Ah, willst du Kaffee oder Tee, Charly?"

„Gerne Kaffee, danke. Ihr Sohn Sigurður hat von einem Gegenstand erzählt, den ich bei Ihnen anschauen kann."

Die Frau runzelte die Stirn. „Sigurður hatte gestern telefoniert, nicht gesagt, dass heute Besuch kommt. Er will übermorgen kommen."

„Schade, hat er vielleicht vergessen. Er hat viel Arbeit mit seinem Studium in Tübingen. Er ist ja so ein fleißiger Student. Immer lernen und studieren."

Die Frau nickte zustimmend.

Er zog aus seiner Jacke ein kleines Notizbuch. Eine Seite zeigte eine Zeichnung.

„Sigurður sagte, dieses Teil ist bei Ihnen. Das ist aus Stahl, etwa so groß." Mit den Zeigefinger und Daumen zeigte er eine ungefähre Größe an.

Er meinte, in den Augen der Frau ein kurzes Aufblitzen bemerkt zu haben. Wusste sie etwas? Hatte ihr Sohn davon erzählt?

„Haben Sie dieses Teil noch?"

Sie blickte nochmals auf die Zeichnung. Die Augen der Frau blickten ins Leere. Er hatte das Gefühl, sie weiß es, sagt es aber nicht. Auf ihrer Stirn wölbten sich einige Falten.

„Das Teil hat der Gottlob Michael Rölfle vor zweihundert Jahren aus Deutschland mitgebracht. Unser gemeinsamer Vorfahre. Wir forschen für unser Museum nach solchen Stücken. Für das Jubiläum unserer Stadt Fellbach."

Sólveigs Miene hellte sich auf, sie nickte. „Komm mit in den Stall. Dort hängt das Eisen."

Er schüttete den Kaffee in einem Zug hinunter.

Nur wenige Schritte bis zum Stall im Nachbargebäude. Nach Durchschreiten der Tür hielt er sich kurz die Nase zu. Ein

Schwall ätzenden, ekligen Ammoniakgeruchs biss sich in den Nasenlöchern fest. Es roch wie vergammelter Fisch.

Die Islandpferde gaben Laut, scharrten aufgeregt mit den Hufen. Sólveig schnalzte mit der Zunge, rief den einzelnen Pferden Namen zu. Gleich kehrte Ruhe ein.

Sólveig klopfte ihm auf den Unterarm, zeigte mit der anderen Hand auf die hintere Ecke des Stalles. „Dort!"

Jetzt sah er es. Das langgesuchte Teil. Es hing in Augenhöhe an einem überdimensionierten Nagel an der hölzernen Wand. Er zückte den Fotoapparat, schoss Bild auf Bild. Behutsam nahm er die Wolfssense samt Kette vom Haken, als wäre sie eine schlafende Giftschlange. Auf der Vorderseite der Wolfssense schien eine Schrift eingeritzt. Bedachtsam wischte er mit einem Papiertaschentuch darüber.

Gruß aus Fellbach
Rölfle, 1805

„Rölfle", dachte er, „Rölfle, diese Verrätersippe!"

Sein Herz pochte bis zum Anschlag, die Finger zitterten. Die zweite Wolfssense war gefunden. Zum Greifen nahe. Bald würde sie in die Hand der Bruderschaft zurückkehren. Endlich!

Er drehte das Teil um. Auf der Rückseite weitere Zeichen.

„Können Sie das lesen?" Er hielt der Frau die Wolfssense vor das Gesicht.

Sigurðurs Mutter lächelte. „Ja, das sind Runen. Binderunen. Alte Schrift, alte Zeichen. Zauberzeichen."

„Kann ich dieses Teil mitnehmen, damit ich es in einem Labor untersuchen lassen kann?"

Die Frau schien kurz nachzudenken. „Du kannst es hier fotografieren. Das Foto untersuchen lassen."

„Ein Foto genügt nicht. Zur genauen Altersbestimmung ist eine metallurgische Untersuchung erforderlich. C-14-Methode. Ich würde es gerne ausleihen. Für unser Stadtjubiläum. Danach bringe ich es wieder hierher. Versprochen."

„Nein, nicht mitnehmen. Ist altes Erbstück, soll immer am Hof bleiben. Darf Island nicht mehr verlassen, so sagt alte Geschichte. Bringt sonst Unglück. Ist einziges Stück von früher."

Er wog das Teil in den Händen.

„Ich könnte es Ihnen auch abkaufen. Es bleibt ja in der Familie. Ich zahle gut. Ich kann Ihnen das Doppelte oder Dreifache des Wertes zahlen. Moment, ich muss im Kopf noch von unserer Währung umrechnen ..."

Die Frau wedelte mit den Händen hin und her. „Nein, nein, nicht verkaufen. Gebe ich nicht her, nicht um viel Geld."

Er schaute die Frau eindringlich an. „Wir können uns einigen. Ich zahle sehr gut!"

Sólveig wehrte ab. „Nein, nein. Nicht verkaufen. Auch nicht ausleihen, bleibt hier."

„Ich wollte", hub er mit erhobener Stimme an, „ich wollte es Ihnen einfach machen. Ihnen auch ein gutes Geschäft ermöglichen. Da Sie absolut nicht wollen, muss ich Ihnen leider die Wahrheit sagen. Dieser Gegenstand wurde vor langer Zeit in unserer Stadt gestohlen. Jetzt muss ich leider die deutsche Botschaft und die isländische Polizei einschalten. Damit das Diebesgut beschlagnahmt wird. Sie werden dafür bestraft. Wegen Diebstahl und Hehlerei. Das wollte ich Ihnen ersparen. Haben Sie es jetzt verstanden?"

Der Frau kullerte eine Träne über die Wange. „Ich rufe jetzt Sigurður an, was ich machen soll. Vielleicht doch ausleihen? Sie bringen es dann wieder zurück. Es ist Erbstück. Seit über zweihundert Jahren."

Sie zog ein Mobiltelefon aus der Seitentasche ihrer Hose. Ihre Finger glitten fahrig über die Anzeige.

Da holte er mit der Kette aus und schlug auf das Telefon ein. „Das lässt du schön bleiben, du verdammte Hexe!"

Die Frau schrie auf, hielt sich die blutende Hand. Mit einem festen Tritt zerstörte er das auf dem Boden liegende Mobiltelefon. Er holte zum nächsten Schlag aus, doch Sólveig rannte blitzschnell davon. Sie ergriff eine Mistgabel, kam schreiend auf ihn zu. „Hypjaðu þig!", brüllte sie, „hau ab!"

Sein Blick suchte ebenfalls nach einer Waffe. Nichts zu entdecken. Die Mistgabel kam bedrohlich näher. Er wich vor den ruckartigen Stößen zurück. „Du weißt wohl nicht, was tausend Meter Verbandsmaterial kosten. Du willst wohl im Krankenhaus frühstücken. Du Mistweib!"

Er ließ die Kette mit der Wolfssense rotieren. Mit aller Kraft schleuderte er das metallene Teil auf ihren Kopf.

Sólveig fiel zu Boden.

Sie rührte sich nicht mehr.

Mia und Sigurður in Island

"Wo bleibt bloß meine Mutter?" Sigurður drehte den Kopf nach allen Richtungen der Straße vor dem Flughafen Kevlavik. Kein roter Geländewagen zu sehen. "Sie hatte gesagt, sie holt uns ab."

Eine halbe Stunde über dem vereinbarten Termin. Leichtes Schneetreiben setzte ein. Noch weniger zu sehen bei dieser Dämmerung. Sigurður nestelte das Mobiltelefon aus dem Rucksack. Doch die Mutter war nicht erreichbar.

"Huh!", entfuhr es Mia.

"Was ist?"

Sie deutete auf die linke Seite, hin zu einer Eingangstür des Flughafens.

"Dort! Ich meinte, ich hätte den Hut von meinem verstorbenen Professor Schrickelbacher gesehen."

"Hüte gib es so viele wie Vulkangestein auf unserer Insel."

"Aber nicht diesen. Sein Hut ist eine spezielle Einzelanfertigung. Das erzählte er auf jeder Exkursion. Nur für ihn persönlich. Ein schwarzer, breitkrampiger Hut mit rotem Band und einer weißen Feder."

Mia stellte sich auf die Zehenspitzen. Nichts mehr zu sehen. Eine Verwechslung? Der Schneefall wurde kräftiger. Weiß in weiß ohne Unterlass. Sie standen noch immer unter dem Vordach des Flughafengebäudes. "Wo ist jetzt deine Mutter?"

Sigurður drückte nochmals auf die Wahlwiederholungstaste.

"Keine Antwort, komisch. Mutter hatte vor drei Tagen noch hoch und heilig versprochen, dass sie uns abholt. Ich hatte ihr zweimal gesagt, dass wir am 23. kommen."

Neben ihnen wartete ein junges Paar mit einem kleinen Kind. Ein rotes Auto bog ein. Aber es war nicht Mutters Wagen.

Das Kleinkind hüpfte aufgeregt umher und sang: „Allir krakkar, allir krakka, eru að fara heim."

Sigurður musste trotz der angespannten Lage lächeln. Das Kinderlied erinnerte an Mutter, die ihn allein, ohne den früh verstorbenen Vater, ein halbes Leben auf dem großen Pferdehof aufgezogen hatte.

„Hoffentlich hatte Mutter keinen Unfall."

Nach zwei Stunden organisierte Sigurður einen Leihwagen. Die dunkle Nacht legte sich wie ein Schleier über das Land.

Ein schwarzer Schleier.

Island: Ankunft am Pferdehof

„Dort vorne ist unser Haus. Seltsam, alles dunkel. Mutter lässt normalerweise die Leuchte am Eingang brennen."

Mia sah, wie Sigurður die Lippen zusammenpresste. Er hielt direkt am Haus, stürmte mit Riesenschritten hinein. Mia beeilte sich, hinterherzukommen.

Im Haus jaulte ein Hund zum Gotterbarmen.

„Sie hat Snorri eingesperrt? Das gibt es nicht", meinte Sigurður. Er rief nach der Mutter. Keine Antwort.

Mia konnte kaum Schritt halten mit ihm. Nur aus den Augenwinkeln bemerkte sie die etwas altmodische Möblierung.

Snorri hüpfte unbändig wild zu Sigurður, sprang zu ihm auf, wedelte heftig mit dem Schwanz. Dann sauste er zu seinen Näpfen. Laut schlürfend sog er das Wasser in sich ein.

Mia entdeckte einen großen Hundehaufen im Zimmer, zeigte ihn Sigurður.

„Wo ist Mutter?", presste Sigurður aus sich heraus.

Er rannte von Zimmer zu Zimmer. Mia wusste nicht, was sie sagen sollte. Sigurðurs Erschütterung nahm sie ganz gefangen. Bisher war ihr, als sei er der frische Optimismus in Person – und heute?

„Komm, wir schauen im Stall nach. Snorri, bei Fuß. Hoffentlich hatte sie keinen Unfall. Vor Monaten, zwei Tage vor ihrem 44. Geburtstag, hatte ein Hengst sie gebissen und getreten."

Sigurður knipste im Stall alle Lichter an. Die Pferde gaben keinen Laut von sich, sie rührten sich nicht von der Stelle. Standen wie angewachsen.

„Mutter? Bist du hier?"

Keine Antwort.

Er lief zu allen Boxen, Mia folgte auf dem Fuße.

Nichts zu sehen.

Sigurður deutete auf die Wand vorne. „Da hing das eiserne Andenken an Fellbach, das ich dir zeigen wollte. Es ist weg."

Mia senkte den Kopf. Was war hier los? Snorri jaulte, bellte kurz auf, legte sich hin. Jetzt sahen beide den Grund. Eine Blutlache, daneben Blutspritzer. „Snorri, such. Such Sólveig, such!"

Der Hund schnüffelte, sprang auf, schoss zur Stalltür. Sigurður und Mia rannten ihm nach.

„Blutflecken", entdeckte Mia auch kurz vor der Stalltür.

Snorri sauste wie ein Blitz, weg vom Stall, weg vom Haus. „Der rennt zum Berg", hörte sie Sigurðurs bedrückte Stimme.

Der Hund und Sigurður rannten in rasender Geschwindigkeit. Mia sah den sich entfernenden Lichtschein von Sigurðurs Taschenlampe. Plötzlich blieb Sigurður stehen, bückte sich. Als Mia ankam, zeigte er ihr einen Schuh. „Der gehört Mutter."

Snorri schnüffelte daran und wieselte bellend davon. „Der rennt zum kleinen Wasserfall", hechelte Sigurður und stiefelte eilig hinterher.

Snorri hatte sich niedergelegt. Sigurður leuchtete mit der Taschenlampe umher, in eine Eisfläche. „Snorri such, such Sólveig!"

Der Hund blieb liegen, gab nur ein jammerndes Wimmergeräusch von sich.

Sigurður leuchtete die zugefrorene Fläche entlang. Ein Schrei. Mias Augen folgten dem Lichtkegel. Ihr blieb die Luft weg. Im zugefrorenen Strahl des stummeligen Wasserfalles saß eine Frau. Mitten in der Eisfläche. Eine Körperhälfte von einer eisernen Kruste umgeben.

Sigurður und Mia gingen näher heran. Im Schein der Taschenlampe erkannten sie das ganze Ausmaß der bestialischen Gewalt. Das Gesicht der Frau verstümmelt, die Augen ausgestochen, im

Mund steckte ein Messer mit einem hölzernen Knauf.

„Sigurður ...", Mia brachte keinen Ton mehr heraus und schloss ihn in ihre Arme.

„Schnell zurück! Mein Telefon ist im Auto. Die Polizei muss sofort nach dem Mörder fahnden. Hier am Tatort nichts machen — keine Spuren verwischen — keine Zeit verlieren — schnell zurück!"

Er löste den Arm von Mia, bedeutete zu gehen. „Snorri, komm! Heim!"

Der Hund schlich sich mit eingezogenem Schwanz an den beiden vorbei, Sigurður folgte. Mia lief etliche Meter hinter ihm. Sie folgte dem Lichtkegel seiner Taschenlampe. Heftiges Schneetreiben setzte ein.

„Sigurður. Lauf nicht so schnell, ich komme nicht nach!"

Er reagierte nicht. Da passierte es. Mia kam an eine enge Wegstelle, rutschte aus, fiel in die Tiefe. Rutschte und rutschte, kein Halten mehr. Sie schlug mit dem Kopf gegen einen Stein, überschlug sich, glitt auf einer eisigen Fläche abwärts. Nach etlichen Überschlägen blieb sie an einem Felsgestein hängen.

Island: Mia im ewigen Eis

"Sigurður, Sigurður!" Mia schrie sich die Seele aus dem Leib. Das Schneegestöber ließ sie jegliches Raumgefühl verlieren. Wo war Sigurður? Wo lag der Hof?

Sie rappelte sich auf, versuchte einige Schritte. Wieder verlor sie den Halt, klappte zusammen wie ein Liegestuhl. Fiel der Länge nach auf den Rücken. Schneekristalle peitschten auf ihr Gesicht.

"Sigurður, Sigurður!"

Eiskalt. Der Sturm hörte nicht auf. Im Gefrierschrank der übermächtigen Natur. Wie lange bereits? Keine Ahnung, jegliches Zeitgefühl eingefroren. Die Eiseskälte durchzog die ehedem schützende Kleidung. Versteinerte Hände. Keine Bewegung möglich. Ohnmächtige Starre. Keine Kraft mehr. Jetzt nur Ruhe, Ruhe, Ruhe.

Mia krümmte sich auf dem Eisboden zusammen. Müdigkeit kroch heran, zauberte Glückseligkeit vor die erschlaffenden Augen.

Wohltuende Schläfrigkeit. Gefährliche Erschöpfung.

"Wenn ich jetzt einschlafe, bin ich bald hinüber. Im ewigen Eis angekommen. Egal! Keine Kraft mehr", dachte sie.

Hinüberschlafen in ein anderes Reich. Es nachtete immer mehr vor ihren Augen. Bilder aus ihrer Kindheit flackerten auf, zeigten seliges Geschehen wie in einem Spielfilm.

Hinweggedriftet, eingetaucht in eine Traumwelt der Ewigkeit. Da meinte sie, aus der Ferne Hundegebell zu hören. Gab es im Jenseits auch Hunde? Egal, das kümmert nicht, nur weiterschlafen.

Etwas Warmes stupfte über ihr Gesicht, massierte die Wangen. Mia blinzelte durch einen engen Augenlidspalt, durch einen eiskristallenen Schleier. Sie sah die Umrisse eines grau-weißen

Hundekopfes. Seine blauen Augen schienen sie hypnotisieren zu wollen.

Es gab also doch Hunde in der anderen Welt. Hatte sich hier die Seele eines Huskys wieder materialisiert?

Eine Frauengestalt in einem weißen Gewand tauchte neben dem Hund auf. Mia sah sie nur verschwommen, fast nicht auszumachen in diesem Schneetreiben.

„Hallo", lächelte sie Mia an, „ich bin Iðunn von der *Isländischen Roten Rune*, dem Rettungsdienst der Asen und Wanen. Du kannst nicht im Land der anderen Welten verbleiben. Viele Aufgaben auf der Erde warten auf dich. Wir transportieren dich ins Tal."

Mia hatte nicht die Kraft zu fragen, wer denn „wir" sei. Von Ferne hörte sie Hundegeheul, das rasch näher kam. Sie zogen eine Art Liege aus Baumstämmen. Iðunn hob Mia auf. Mia fühlte sich zusammengeschrumpelt, leicht wie eine Feder.

Iðunn legte ihr etwas auf ihren Bauch.

„Nimm dieses Tuch mit den heilenden Zeichen und einen Apfel. Deine Genesung wird dadurch beschleunigt." Mit einem dicken Strohmantel deckte sie Mia zu.

Mia erkannte noch, wie zwei mal vier Hunde den Schlitten zogen. Der grau-weiße Leithund rannte voran. Hinten auf dem Gefährt stand Iðunn. Sie donnerten ins Tal. Vor einem Häuschen hielten sie an, eine Frau in einem altertümlichen Gewand empfang sie.

„Nun", meinte Iðunn, „muss ich wieder weiter. Wir legen dich auf eine Liege. Großmutter Abnoba wird dir weiterhelfen."

„Danke!", mehr brachte Mia im Moment nicht über ihre Lippen.

„Ruhe dich aus." Abnoba beruhigte sie und entzündete eine Kerze neben der Liege. Sie deckte Mia mit einer dicken, wärmenden Decke zu.

Die Alte saß ihr gegenüber. Sie trug ein langes blaues Gewand mit einer weißen Schürze. Ihren Hals zierte eine Kette mit vielen schwarzen Steinen. Die weiß-blonden Haare reichten im Sitzen fast bis zum Boden. Eine dunkelblaue Mütze krönte ihr Haupt.

„Schön, dass du da bist, Mia", lächelte die Alte, „Mia, die längst erwartete Mia!"

Mia hob erschrocken den Kopf. Woher wusste die Frau ihren Namen? Hatte sie dies in ihren Papieren gesehen? Aber die Reisedokumente lagen samt Tasche im Auto bei Sigurður. Bevor sie fragen konnte, redete die Alte weiter.

„Hab keine Angst, Mia. Ich bin Abnoba, und vor rund zweieinhalbtausend Jahren lebte ich dort, wo du herkommst. Auf dem Berg. Unserem Frauenberg. Dem Berg der Seherin.

Eine schöne Zeit. In den Keltensiedlungen ringsum wurde ich verehrt. Sie nannten gar den großen schwarzen Wald nach mir: *Abnoba mons*. Hernach wanderte ich in andere keltische Lande. Hier in Island bin ich nur wenige Tage im Jahr, eingeladen zu den Feierlichkeiten von Þorri."

Mia schloss die Augen. Hatte sie Fieber? Hatte ein Delirium ihre Nervenzellen samt Synapsen durcheinandergebracht? Was erzählte die Alte? Zweieinhalbtausend Jahre?

Die Alte hob Mias Kopf leicht in die Höhe. Aus einer Schnabeltasse gab sie ihr zu trinken. „Ich lege noch etwas weißen Salbei auf", hörte sie Abnoba sagen.

Mia sog in tiefen Atemzügen die Düfte aus der neben ihr aufgestellten Räucherpfanne ein. Wohlige Wärme stieg in ihr auf. Ein Gefühl sanfter Ruhe. Sie schloss die Augen. Aus weiter Ferne hörte sie die gefühlvollen Heilgesänge der Alten. Die Töne legten sich wie eine flauschige Hülle um ihren Körper. Im Traum erschien Sigurður. Er reichte ihr die Hand.

Island: Zu Gast bei Abnoba

"Gestern war nach eurer Zeitrechnung der 24. Januar", hub Abnoba an, "bei uns begann der Monat des Þorri mit Bóndadagur. An diesem Tag feiern die Frauen den bedeutendsten Mann ihres Lebens."

"Bedeutendsten Mann feiern?", lachte Mia kurz auf. "Bis gestern dachte ich insgeheim, es sei Sigurður." Beim Gedanken an ihn fingen ihre Lippen an zu zittern. Sie hatte sich getäuscht, er hatte sie schändlich im Stich gelassen. Sie vergrub ihren Kopf in beide Hände, fing an zu schluchzen.

"Weine nicht", hörte sie Abnoba sagen, "es wird alles gut mit diesem dir zugedachten Mann. Jetzt bist du vorerst bei mir untergebracht. Du kannst einige Wochen zur Erholung hierbleiben."

"Ich möchte heim!", entfuhr es Mia.

"Du bist heimgekommen", erwiderte Abnoba in einem beruhigenden Tonfall, "heim zu uns. Wir verbringen eine schöne Zeit zusammen, ich kann deine weitere Ausbildung vorbereiten."

"Ich kenne Sie doch gar nicht." Mia schüttelte den Kopf. Was sollten diese absurden Worte?

"Du darfst ruhig du zu mir sagen, wie vor 800 Jahren."

Island: Krankenhaus Reykjavik

Sigurður drückte hastig den roten Knopf über dem Bett. „Schwester! Ich glaube, sie wacht auf!"

Er hielt Mias Hand und lächelte. Wird jetzt alles wieder gut? Die Krankenschwester kam, schaute auf die Medizingeräte. „Puls- und Herzfrequenz normalisieren sich."

Mias Augen zitterten, öffneten sich einen Spalt. „Was ist los? Wo bin ich?"

Sigurður streichelte ihre Wangen. „Im Krankenhaus in Reykjavik. Du bist drei Tage im Koma gelegen. Jetzt bist du wieder da. Dem Himmel sei Dank!"

„Was? Was ist passiert?"

„Du bist den Berg hinuntergerutscht. Wir haben lange gebraucht, um dich zu finden. Wegen des starken Schneesturms konnte der Rettungshubschrauber nicht so schnell zum Einsatz kommen. Als wir dich gefunden haben, bist du direkt hierher ins Krankenhaus geflogen worden."

„Aber mich hat doch eine Iðunn mit ihren Hunden gerettet und zu Abnoba gebracht. Und dann bin ich einen ganzen Monat bei ihr geblieben."

Die Krankenschwester stand daneben, flüsterte mit Sigurður.

„Sie hat Iðunn gesehen, die Göttin der Jugend und Unsterblichkeit? Sie war in der anderen Welt, aus der es eigentlich kein Zurück gibt? Iðunn gesehen? Unglaublich! Obwohl sie nicht mal von Island ist. Das muss eine besondere Frau sein."

Daheim?

Nach zwei nicht eingeplanten Wochen im Krankenhaus ging es zurück in die schwäbischen Lande. Wehmutsvoll huschten Mias Gedanken zu Sigurður, der in Island blieb und sich um den Pferdehof zu kümmern hatte. Eigentlich hatte er ihr die Schönheiten der Islandnatur zeigen wollen, doch dazu war augenblicklich keine Zeit mehr übrig.

Schade, gerne wäre sie mit ihm zusammen geblieben.

Für längere Zeit? Für immer?

Zuerst zog es Mia nach Tübingen, wo sie die Oma in den Arm nahm und nicht mehr loslassen wollte. Dann standen weitere Recherchen an. So machte sich Mia auf den Weg nach Fellbach. Zudem wollte sie mit einem Blumenstrauß der Mutter nachträglich zum Geburtstag gratulieren.

Mutter schien überglücklich, als sie Mia umarmte. Der Vater würdigte sie kaum eines Blickes. Seine Begrüßung fiel aus wie erwartet. „Selbst schuld an deinem sogenannten Unfall. Wärst du halt nicht von unserer Gemeinschaft weggegangen. Ja, der HERR übersieht nichts und straft sofort."

„Aber Gottlieb", entgegnete Mutter, „freu dich doch, dass die Mia wieder gesund zurück ist."

Bereits während die Mutter sprach, war Mia klar, dass der Vater diese Aussage nicht würde unkommentiert stehenlassen.

Tatsächlich, Vaters Gesichtsfarbe nahm eine auffallend rote Farbe an. „Der Prophet Hosea sagt im Alten Testament: *Samaria wird dafür bestraft, dass es sich gegen seinen Gott aufgelehnt hat. Die Männer fallen im Kampf, die Kinder werden am Boden zerschmettert, und den schwangeren Frauen schlitzt man den Leib auf.* Recht hat er. Du wärst auch beinahe am Boden zerschmettert worden.

Du bist nur knapp deiner gerechten Strafe entkommen."

„Aber Gottlieb …"

„Schweig endlich und merke, was im Neuen Testament bei Matthäus 25,31 steht: *Dann wird er zu denen auf der linken Seite sagen: Geht mir aus den Augen, Gott hat euch verflucht! Fort mit euch in das ewige Feuer, das für den Satan und seine Helfer vorbereitet ist!* So wird es auch dir ergehen, wenn du nicht auf den richtigen Weg zurückfindest. Bin ich froh, dass wenigstens unser Sohn Fürchtegott ein grundanständiger Mann geworden ist. Ein Sonnenschein für unseren Herrgott. Nimm dir an ihm ein Beispiel, du missratenes Stück."

„Aber Gottlieb …"

Namensfrage

"Frau Dr. Schweizer", fragte Mia, als sie wieder im Stadtarchiv Fellbach eingetroffen war, "Sie wissen doch bestimmt über die Herkunft des Namens ‚Fellbach' Bescheid. Er soll irgendwie von dem Weidenbaum abgeleitet sein, oder?"

Die Stadtarchivarin schüttelte den Kopf.

"Nun ja, in die Oberamtsbeschreibung von Cannstatt aus dem Jahr 1895 hat es irgendjemand so hineingeschrieben. Offiziell wird diese Version immer noch propagiert. Die Deutung gilt aber mittlerweile als überholt."

"Wie kamen die auf einen Weidenbaum, der an einem Bach gestanden haben soll?"

"Im Althochdeutschen ist die *felawa* eine Silberweide. Im Mittelhochdeutschen ist die *velwe* ein Weidenbaum. So weit, so gut. Nur: Würde die Theorie stimmen, hätte es eine Lautverschiebung geben müssen von *lw* in velwe zu *lb* in Fellbach. Eine solche Lautverschiebung erscheint in hiesigen Urkunden gegen Ende des 13. Jahrhunderts. Für die Bezeichnung *Velbach* gibt es hingegen viel ältere Belege aus den Jahren 1121, 1185 und weitere Dokumente bis Mitte des 13. Jahrhunderts, also lange vor der Lautverschiebung. Es muss also anders gewesen sein."

Sie reichte Mia eine Abbildung. "Das Siegel des Berthold aus dem Jahr 1289 mit den Wappensymbolen."

"Auf dem Siegel", sagte Mia, "lese ich *Sigillu Bertol de Velbac*. Hat man das *h* für Bach vergessen? Oder kann ich es nicht richtig entziffern?"

"Im Keltischen war *bac* ein Bergrücken, gleichbedeutend mit *buach*. Das althochdeutsche *bah*, welches in Flurnamen erscheint, kann für *Bach* stehen. Aber auch als Gattungsname für einen

Rücken respektive *Bergrücken*. Grundsätzlich sollte man bei den Flurnamen oder anderen alten Namen nicht eine heutige Wortbedeutung hineininterpretieren. Viele Flurnamen der hiesigen Gegend stammen aus keltischer Zeit und sollten unter diesem Gesichtspunkt untersucht werden. Vor allem sind die Deutungen von Flurnamen, wie sie in den örtlichen Heimatbüchern erscheinen, sehr mit Vorsicht zu genießen. Um es mal freundlich auszudrücken."

„Wie meinen Sie das?"

„Flurnamen und andere geologische Bezeichnungen beziehen sich nach meiner Auffassung nicht auf Tier- oder Pflanzennamen. Die betreffenden Tiere beziehungsweise Pflanzen gab es ja überall und, von Ausnahmen abgesehen, waren sie nicht wirklich ortsbestimmend."

„Aber es gibt doch viele Flurnamen mit Tierbezeichnungen."

„Ja, aber die ursprüngliche Bedeutung war eine andere. Der Klang der Worte hat sich überliefert, aber die ursprüngliche Bedeutung ging verloren und der Wortklang wurde an ein zeitgenössisches Wort angepasst. Die Kelten haben niemals eine Örtlichkeit nach irgendeinem Hasen, der dort vorbeihoppelte, benannt. Oder nach Gänsen, die schnatternd umherwatschelten. Niemals. Bei *Gans* ist beispielsweise zu beachten, dass die ursprüngliche Bezeichnung *gant* einen steil abfallenden Hügel in einer Flussschleife bezeichnete. Die Flurnamenforschung und die Forschung um die alten Namen sind ein eigenes Wissenschaftsgebiet. Sehr komplexe Angelegenheit. Leider nicht immer eindeutig im Ergebnis."

Kontaktaufnahme

Mia schaute kurz von ihren Unterlagen hoch und sah, wie die Stadtarchivarin Dr. Schweizer mit etlichen großformatigen Blättern aus dem Nebenzimmer hereinkam. Dr. Schweizer wandte sich an die andere Person, die gegenüber von Mia am Tisch Platz genommen hatte.

„So, Frau Haldenbacher, ich habe hier die genauen Zeichnungen der Lutherkirche mit den Maßangaben. Vielleicht können Sie damit etwas anfangen."

Die Angesprochene breitete die Blätter aus, fuhr mit einem mobilen Handscanner über die Aufrisszeichnungen.

Mia schaute interessiert zu. Die junge Frau mochte in ihrem Alter sein. Der mächtige brünette Haarschopf mit ungezählten Ringellocken ließ Mia fast ein wenig neidisch werden.

„Entschuldigung", begann Mia, „befasst du dich näher mit der Lutherkirche?"

„Ja, Studienarbeit. Architektur an der Uni Stuttgart."

„Ich komme von der Uni Tübingen, Mia heiße ich."

„Mein Name ist Karin. Auch Architektur?"

„Nein, Empirische Kulturwissenschaft. Masterarbeit."

„Oh, ich wäre froh, wenn ich auch schon so weit wäre. Aber ich habe vor meinem Studium eine Lehre gemacht, danach einige Jahre als Schreinerin gearbeitet. Dich interessiert die Lutherkirche?"

„Nur am Rande. Ich forsche nach Symbolen bei verschiedenen Gebäuden hier in Fellbach."

Karin Haldenbacher schaute verstohlen nach links und rechts, und sagte im Flüsterton: „Wenn du mehr Symbole finden möchtest, kann ich dir vielleicht helfen. Nicht hier. Gehen wir in den Park der Schwabenlandhalle."

Karin legte den Zeigefinger über den Mund. Sie nahm einen kleinen Zettel und schrieb darauf: *Im Nebenzimmer sind Mithörer, die mir nicht gefallen.*

❋ ❋ ❋

Auf einer Sitzbank im Park der Schwabenlandhalle, am Rande eines kleinen Teiches, nahmen sie Platz.

„Es ist kein Zufall", begann Karin, „dass ich dich im Stadtarchiv getroffen habe. Ich bekam einen Hinweis von deiner Professorin."

„Von der JWD?"

„Ja, von der Jacqueline."

„Jacqueline? Kennst du sie näher?"

„Sie ist in einem Frauenkreis, der mit unserem Fellbacher Frauenkreis befreundet ist. Dies ist auch der Grund, warum ich zu dir komme."

„Was für ein Frauenkreis?"

„Bislang waren wir acht Frauen", erklärte Karin, „wir haben auf die neunte gewartet. Es ist sicher, dass uns als Neunte die Richtige zugeführt wird."

„Das soll jetzt ich sein?", fragte Mia.

„Ja. Du wurdest von unseren Geistführerinnen geprüft und hierher geleitet. Mit dir wären wir endlich neun. Die vollständige Anzahl der Dienerinnen der Großen Göttin. Wir Acht repräsentieren jeweils die acht Feste des Jahreskreises. Jede von uns ist für ein Fest zuständig. In der Mitte steht die Neun. Das wirst du sein. Du wirst die leitende Frau. Die Druidin."

„Das ist sicher eine Verwechslung. Ich habe ehrlich gesagt keine Ahnung von all dem, was du da erzählst. Göttin, Druidin? Was soll das in der heutigen Zeit? Und außerdem: Mir reicht schon für ewige Zeiten das religiöse Brimborium meiner Eltern.

In so ein geistiges Gefängnis will ich nie wieder. Hörst du, nie wieder!"

„Da hast du sicherlich recht. Aber dich erwartet kein Gefängnis, sondern Freiheit. Innere Freiheit. Es dauert noch einige Zeit, bis du eingeführt werden wirst. Dann kannst du frei über weitere Wege entscheiden. Als Erinnerung an die Neun gebe ich dir einen Zweig von der Hasel. Das ist der neunte Buchstabe im keltischen Ogham-Alphabet, genannt *coll*. Ein mächtiges Symbol. Die Hasel trägt erst im neunten Jahr Früchte. Jetzt ist das neunte Jahr unseres Frauenkreises. Du bist die Frucht."

„Ich verstehe kein Wort!" Mia blickte Karin fragend an.

„Habe Vertrauen. Du wirst versorgt mit allem Wissen der weisen Frauen des alten Weges."

„Wie bitte? Was soll das? Weise Frauen? Alter Weg? Außerdem habe ich für so was absolut keine Zeit. Meine Masterarbeit ist mir wichtiger."

„Du wirst Zeit haben. Mehr als genug. Wir sehen uns demnächst. Im *Kreis der weisen Frauen*. Bis dann!"

Mia schüttelte nur den Kopf und sah der jungen Frau hinterher.

Neuer Weg

Nach Abschluss ihrer Tagesrecherche trat Mia aus der Tür des Stadtarchives. Ein wenig müde, aber auch froh, ihr Pensum geschafft zu haben, stieg sie die drei Stufen hinunter und blickte sich um. Ein halbdunkler Dämmerschein lag über der Stadt. Sie wandte sich nach links. Um die Ecke, vor dem markanten grünkegeligen Gebäude der Musikschule, hatte sie ihr Fahrrad abgestellt. Sie näherte sich dem Vorplatz der Musikschule und erkannte sofort die sieben verschieden großen Bronzekugeln. Da bemerkte sie, dass auf einer dieser Kugeln eine Frau zu sitzen schien, die ihr einladend zuwinkte.

„Hallo Mia."

Mia trat näher. Sie traute ihren Augen nicht.

„Abnoba?", rief sie. Vor Staunen blieb ihr der Mund offen stehen.

„Du hast mich also nicht vergessen? Freut mich!"

„Ich kann es nicht fassen", entgegnete Mia, „nach meinem Krankenhausaufenthalt in Reykjavik dachte ich, du wärst nur ein Traum gewesen. Jetzt gibt es dich wirklich?"

„Natürlich. Mich gibt es schon seit Urzeiten."

„Wie hast du mich gefunden?"

„Ist für unsereins kein Problem."

„Wollen wir einen Spaziergang unternehmen oder in ein Café gehen?"

„Nein, uns bleibt nur eine Viertelstunde in deiner Zeit. Dann holt mich eine Bekannte ab. Wir fliegen heute noch nach Lappland. Die Zeit eines Wimpernschlages ist als Flugzeit eingeplant. Wir wollen auf die Insel *Ukonkivi* im Inari-See, die heilige Stätte der Samen. Wohnsitz ihrer Götter und Geister. Verwandtenbesuch, weißt du ..."

„Ich hätte so viel zu erzählen."

„Demnächst gerne", entgegnete Abnoba, „aber ich bin aus einem wichtigen Grund zu dir persönlich gekommen. Deine Professorin sagte mir ..."

„Was? Die JWD? Du kennst sie?"

„Aber natürlich. Warum sollte ich die liebe Jacqueline nicht kennen? Also, wie ich gehört habe, wolltest du eigentlich ein anderes Thema für deine Abschlussarbeit: etwas mit Irland, Wales und Schottland."

„Ja, wollte ich", Mia stöhnte kurz auf, „sollte aber nicht sein."

„Nun, lausche meiner Nachricht. Hier habe ich deine Anmeldung zu einem Trimester."

„Trimester?"

„Etwas kürzer als deine üblichen Semester. Genauso inhaltsschwer, noch ausgefüllter, keinerlei Freizeit. Ich habe dich einschreiben lassen an einer speziellen Hochschule. Eine nichtöffentliche Universität. Nur für Ausgewählte. Die *Tuatha de Danann-Universität* in Irland. Mit Exkursionen nach Wales und Schottland. *Tuatha De Danann* heißt *Volk der Göttin Dana*. Unsere Urmutter. Es wird für dich eine hohe Zeit. Du studierst das *Geheime Alte Wissen.*"

„Nach Irland? Ich? Wann? Wieso?", stammelte Mia.

„In drei Tagen, am 23. Februar, geht dein Flugzeug. Du hast genug Zeit zum Packen. Hier die Flugkarte und die Einschreibe-Formalitäten. Im Umschlag ist Taschengeld, das dir eine Förderstiftung der Frau Professorin zukommen lässt."

Sie umarmte Mia, streichelte ihre Stirn. „Viel Erfolg beim Studium des Eigenen! Wir sehen uns. Bald."

❀ ❀ ❀

Daheim in Tübingen angekommen, war Mia immer noch fassungslos. Abnoba! Immer wieder schüttelte sie den Kopf. Es gab sie wirklich. Sie kniff sich in den Arm. Kein Traum.

Mindestens zehnmal las Mia den Flugschein und die Anmeldebestätigung der irischen Hochschule. Im Internet fand sie nicht den kleinsten Hinweis auf diese Universität. Aber offensichtlich gab es sie. Ein genauer Anfahrtsplan mit Skizze befand sich unter den Papieren.

In ihrem Kopf waberte und wummerte es in einem fort. Sollte sie diese Reise wirklich unternehmen? War die Masterarbeit nicht wichtiger? Was sollte das Ganze denn bringen? Aber andererseits: Irland! Schottland! Wales! Da wollte sie doch schon immer hin. Was sollte sie nur alles mitnehmen? Wann fuhr der Zug zum Frankfurter Flughafen? Wie lange dauert dieses Trimester genau? Oder doch lieber hierbleiben?

Sie telefonierte mit ihrer Professorin und bedankte sich. „Frau Licht, Sie erhalten sicherlich neue Anregungen für Ihre Abschlussarbeit. Es ist sinnvoll, sich mit der keltischen Mythologie und Spiritualität zu befassen. Die Kelten waren auch hier, in heute württembergischen Landen. Etliches scheint herüber in die heutige Zeit. Finden Sie Zusammenhänge, Analogien, symbolhafte Verbindungen. Ich wünsche Ihnen eine gute Reise!"

Nach Irland zur Universität der Einweihung

Gegenüber vom Mansion House in der Dawson Street, dem Sitz des Oberbürgermeisters von Dublin, wartete Mia kurz vor Mittag auf den Bus Richtung Wicklow Mountains. Der Bus kam pünktlich. Doch als sie dem Busfahrer ihren Zettel mit der Adresse zeigte, schüttelte er nur den Kopf. Er wisse nichts von einer Universität in diesem winzigen Ort, der noch vor Glendalough lag. Nur der örtliche Pub sei ihm bekannt, benannt nach der früheren Heilerin *Biddy Early*, die der Hexerei angeklagt worden war. Er könne aber gerne an der entsprechenden Abzweigung halten.

Als Mia aus dem Bus ausstieg, deutete der Fahrer mit einem Handzeichen die Richtung an. Ein schmaler Feldweg, in der Ferne ein kleiner Wald. Ein Birkenwald, wie auf der Skizze vermerkt. Mia schnappte sich ihren Rucksack und machte sich auf den Weg. Ringsum kleinere Hügel, die in den verschiedensten Grüntönen leuchteten. Noch nie hatte Mia so viele verschiedene Grünfarben in der Natur bewusst wahrgenommen. Sie sog die erfrischende Frühlingsluft mit tiefen Atemzügen ein. Bald hatte sie die ersten Birkenbäume des Waldes erreicht.

Das soll eine Hochschule sein? Mia blickte auf das silbern glänzende Schild an dem großmächtigen, mit verschnörkeltem Schmiedeeisen versehenen Tor. *Ollscoill / University Tuatha De Danann*.

Die Gebäude hinter dem Tor erinnerten an ein Bauerngehöft. Aus einem der niedrig gebauten Häuser ertönte lautes Hämmern. Sie näherte sich dem Geräusch. Behutsam öffnete Mia die hölzerne Tür mit den wuchtigen Beschlägen.

Der helle Feuerschein einer Esse blendete sie für einen Augenblick. Am Amboss stand eine junge Frau mit einer ledernen

Schmiedeschürze. In der linken Hand hielt sie eine große Zange mit einem glutroten runden Metallstück. Die andere Hand führte den Hammer, der in rhythmischen Schlägen das Schmiedeteil bearbeitete.

Mia ging zu ihr hin. Die Frau hielt inne.

„Hallo, ich suche die Frau Professor Brighid."

Die Schmiedin beäugte Mia kurz, wortlos schlenderte sie zur Esse. Sie hob das Werkstück in die glühenden Kohlen. Als es eine leuchtend hellrotgoldene Farbe angenommen hatte, ging sie zurück zum Schmiedeblock. Hammerschlag auf Hammerschlag.

„Was willst du von mir?"

Mia blickte in ihr rußverschmiertes Gesicht.

„Sind Sie Frau Professor Brighid?"

„Was ist dein Begehr?"

„Ich bin bei der Universität eingeschrieben. Bin ich hier richtig?"

Die Schmiedefrau runzelte leicht die Stirn. „Frau Professor Brighid. Das ist ja wohl etwas hochwohlförmlich ausgedrückt."

„Wie soll ich Sie denn sonst anreden?", fragte Mia höflich nach.

„Göttin. Genügt vollkommen." Brighid lächelte sie an. „Abnoba hat dein Kommen schon angekündigt. Alle Lehrkräfte der Weiblichen Göttlichkeit sind bereits da. Dich erwartet ein Unterricht der besonderen Art, geleitet von mir und den anderen Göttinnen. Gehe hinüber zum Haupthaus, dort wird dir dein Zimmer zugewiesen samt Lehrplan. Wir beginnen in einer Stunde."

Im Hinausgehen aus der Schmiede starrte Mia vor sich hin. „Die bezeichnet sich als Göttin!", dachte sie. „In was bin ich denn hier hineingeraten? Soll das ein seriöses Studium sein? Ich glaube, da hat die JWD wohl das Falsche herausgesucht. Bestimmt gut von ihr gemeint, aber das hier? Soll ich nicht lieber gleich wieder abreisen? Na ja, jetzt habe ich so eine lange Reise hinter mir. Ich höre mir mal die ersten Vorlesungen an und entscheide dann."

Nach einer guten halben Stunde war Mia zur Stelle. Sie wollte auf keinen Fall zu spät kommen. Hörsaal mit der Nummer drei? Gefunden.

Mia trat ein, schaute irritiert umher. Hatte sie sich im Zimmer vertan? Das sah ja nun überhaupt nicht nach Hörsaal aus. Im Raum standen nur zwei altmodisch aussehende Schreibtische mit je einem dreibeinigen Holzschemel davor etwas verloren herum. Mussten die Studierenden auf dem Boden sitzen?

Eine Tür an der Hinterseite des Raumes ging auf. Brighid trat herein. Kein Ruß befleckte mehr ihr makelloses Gesicht. Lange rotblonde Haare bildeten einen ansehnlichen Kontrast zu ihrem bis zum Boden reichenden hellsilbern schimmernden Gewand.

„Wir beginnen. Wir wollen keine Zeit verlieren."

„Gern, Frau Göttin", setzte Mia an.

„Du kannst ab sofort Brighid zu mir sagen. Auch die anderen Lehrkräfte darfst du mit Vornamen ansprechen. Du kannst sie leicht behalten: A, B, C. A steht für Abnoba, B für Brighid, C für Ceridwen. Wir drei vermitteln dir die ABC-Grundkenntnisse für deinen spirituellen Weg. Für deine Aufgaben. Die Aufgaben für dein Zuhause.

Setze dich bitte, damit wir beginnen können. Die anderen Studentinnen haben andere Unterweisungen. Du bekommst jetzt erst einmal Einzelunterricht."

Mia setzte sich auf den Schemel. Voll gespannter Erwartung schaute sie zu ihrer Lehrerin auf.

„Du hast Wurzeln", begann Brighid, „die bis in die keltische Zeit zurückgehen. In dir ist die Spiritualität der Alten angelegt. Du befindest dich hier in der Schule des druidischen Weges, um mit all deiner geistigen Gestaltungskraft dein eigenes Inneres Selbst wiederzuerlangen. Du wirst bei uns die Heilige Kraft des Baumreiches und aller heilenden Pflanzen kennenlernen. Du wirst mit dem Heiligen Tierreich kommunizieren lernen. Ein dir zugetanes Krafttier bekommst du zur Seite gestellt. Der Reichtum der fünf Elemente, Erde, Luft, Wasser, Feuer und Geist steht dir zur Verfügung: Die Erde als Heimat des Wachstums und die Luft für deinen meditativen Atem. Das Wasser der ewigen Gedächtnisquellen speichert abrufbar die Schwingungen des Lebens. Die Umwandlung der Materie durch das Feuer geschieht durch deine magischen Gedanken. Verbunden bist du mit allem. Mit allen Lebewesen über weite Räume hinweg durch den Äther, durch den allesdurchdringenden Geist. Die liebevolle Arbeit mit den Elementen lässt dich das umgebende Energiefeld anzapfen. Du wirst Kraft aus dem scheinbaren Nichts schöpfen. Ebenso an deiner Seite das Reich der Anderwelt und die Kraft deiner Ahnen. Schöpfe mit uns aus der zeitlosen Quelle der Mythen und Legenden, empfange deren ewige Lebendigkeit. Nimm den leuchtenden Faden der Erinnerung wieder auf. Entfache ein Feuer, das dir als Licht der Erkenntnis Wegweiser für deinen Weg sein wird. Du wirst eingeführt werden in die verschiedensten Künste: in die Dichtkunst, die Mythologie, das kreativ Musische und die Heilkunst. Der Künste der Seherinnen und Schamaninnen. Du wirst eingeweiht werden in die Rituale des Göttlichen. Du lernst, wie du dich und andere schützen und beschützen kannst. Du wirst im handwerklichen Bereich alle notwendigen Gerätschaften selbst erstellen können. All dies im harmonikalen Einklang mit der ewigen Natur, den Kräften der Erde und des ganzen Universums. Erkenne deine enormen in dir schlummernden Fähigkeiten. Dieser Bildungsweg dauert rund zwanzig Jahre. Du hattest diese Ausbildung bereits in einem früheren Leben durchlaufen. So können wir heutzutage darauf aufbauen. Wir werden bei dir die Rückerinnerung an deine frühere Druidinnen-Schulzeit aktivieren, zwanzig Tage lang. Jeder Tag steht für ein Jahr. Wir heben für dich das Raum-Zeit-Gefüge auf. Ein schwerwiegender Eingriff in die Welten. Außerordentliche Zeiten erfordern außergewöhnliche Maßnahmen."

„Ähm", stammelte Mia, „ich muss gestehen, ich bin gerade ein wenig durcheinander. Ich dachte, ich bin hierhergekommen, um meine Studien für die Masterarbeit zu vertiefen. Was sind das denn für Aufgaben, von denen du vorhin gesprochen hattest?"

Brighid schaute sie liebevoll an. „Herzlich willkommen in der Hochschule des Geheimen Alten."

Innere Pilgerreise

„Mia", kündigte Brighid an, „dir wird auf deiner Pilgerreise in dein Innerstes viel Ungewohntes zufallen. Der Weg führt durch geistige Räume und hinab zu Höhlen des Lebens. Hermetische Dunkelheit erwartet dich. Unter Umständen sucht dich eine tief gehende Depression heim. Trennungen sind bei einer Einweihung unumgänglich. Du bist eine Frau von uns, weißt besser damit umzugehen als andere. Lasse all deine Gefühle zu. Lasse sie ausbrechen aus dem schwarzen Dunkelreich, damit sie das Helle erreichen. Das Leben ist ein ewiger Kreislauf, das verstehst du aufgrund deiner weiblichen Fruchtbarkeit am besten. Es kann keine Erneuerung geben, wenn nicht zuvor das Alte verdorrt und abstirbt. Diese Reise wird dich verändern. Du wirst überkommene Rollenverständnisse ablegen, wirst bestimmte Äußerlichkeiten überwinden, damit dein eigenes *Inneres Selbst* Luft zum Atmen bekommt. Dies wird für den Rest deines Lebens bestimmend sein. Die Anwesenheit des Göttlichen in dir selbst wird dich erneuern. Lass dich davon nicht erschrecken, du wirst es als erlösend empfinden. Der Weg ist hart, bedeutet Arbeit und Mühe. Aber am Ende der Pilgerreise wirst du ein neues Leben erhalten. Du wirst *Du Selbst*. Deine ureigene Seele wird zur Geltung kommen. Sie erlaubt dir Zugang zu deiner intensivsten Energiequelle. Das wird ein Zeitabschnitt in deinem Leben, in dem du die eigene Freiheit wiederfindest. Ohne all den Ballast, den dir eine fehlgeleitete Erziehungsumwelt aufgepfropft hat. Du als eine von uns, du wirst das ursprüngliche Mysterium erkennen. Du wirst es erkennen und in zielbewusstes Handeln umsetzen. Alles was du suchst, ist in dir vorhanden. Alles! Du wirst zu deiner eigenen Ganzheit gelangen. Heilung kommt aus dem Inneren des Selbst."

Brighid schaute Mia lange in die Augen. „Bist du versöhnt mit deinen Vorfahren? Mit Mutter, Großmutter und der Urgroßmutter? Versöhnt mit der väterlichen Linie?"

Mia dachte kurz nach. „Nur teilweise, vor allem nicht mit der Vaterseite."

„Du bist noch nicht heil. Deine Ahnen sollten dir eigentlich Kraft geben. Wir versuchen jetzt gemeinsam ein Ritual der Befreiung von allem Unversöhnlichen. Setze dich bequem hin. Mit meinen Händen übermittle ich dir die nötige Kraft. Schließe die Augen. Wir beginnen bei deiner Mutter ..."

Das Heilritual begann und führte in die Tiefen der Ahnenreihe bis zur Urgroßmutter. Mia hatte nach kurzer Zeit das Gefühl einer alles durchdringenden Wärme. Wohlig vom Kopf bis zu den Zehen fühlte sie sich. Mit jedem bewussten Abgeben von altem Groll und Unmut der verschiedensten Ausprägungen wurde ihr leichter ums Herz. Es war ein ganzheitliches Abgeben: vom Herzen – vom Sitz des Seins; vom Kopf – vom Denken; vom Solarplexus – vom Fühlen; vom Punkt zwischen Herz und Solarplexus – von der seelischen Einstellung.

Die rituelle Heilhandlung wirkte in Mia. Sie wirkte für die eigene Befreiung, für die seelische Reinigung von negativen Energien und Blockaden. Sie wirkte für die Befreiung von eingeprägten Mustern, festgebrannt in Herz, Seele und Geist.

Am Schluss fühlte Mia ein herrliches Gefühl der Erleichterung. Sie atmete tief durch. Der unterschwellige Unmut, den sie oft in sich gespürt hatte, war verschwunden.

Schamanische Reise

Der Lehrplan kündigte für die nächste Stunde die Göttin Ceridwen in einem anderen Raum an. Mia saß zwei Armlängen entfernt auf einem runden Hocker. Das Gesicht der Ceridwen war nur teilweise zu erkennen. Die stattliche Kapuze eines roten Umhanges umhüllte das Haupt.

„Mia, dich erwartet nun eine schamanische Reise, die dich zu deinem Krafttier führen soll." Ceridwen hielt eine metergroße Rahmentrommel in der linken Hand. Mit der anderen Hand führte sie einen hölzernen Doppel-Schlegel. „Gleich werde ich beginnen zu trommeln. Du wirst merken, dass ich sehr schnell schlagen werde, zwischendurch auch etwas langsamer. Mit der Zeit wirst du in einen anderen Bewusstseinszustand kommen. Trotzdem wirst du das Rückholsignal am Schluss erkennen können: Sieben mal vier langsame Schläge, danach eine kurze Pause, schließlich drei mal drei langsame Schläge. Das Rückkehren ist sehr wichtig, damit du nicht in den endlosen Dimensionen der anderen Welt haften bleibst. Hast du verstanden, bist du bereit?"

„Ja", antwortete Mia.

„Also schließe die Augen und folge meinen Anweisungen."

Die Trommel schleuderte ihre Schwingungen auf Mia. Ihr Körper ging in wallende Resonanz. Ein Gefühl der Verbundenheit mit den ankommenden Tönen breitete sich in ihr aus.

„Begebe dich im Geiste zu einem deiner Lieblingsplätze in deiner Heimat. Ruhe dich ein wenig aus, entspanne dich. Blicke auf den Boden. Du siehst eine hölzerne Türe. Mache sie auf. Eine Steintreppe führt nach unten. Tief nach unten. Du kommst zu einem Gewölbe. Hier verweilst du, bis Tiere vorbeikommen. Frage jedes Tier, ob es dein Krafttier ist."

Mia wartete und wartete. Sie hörte und spürte den donnerstürmischen Trommelklang. Kein tierisches Lebewesen schien sich in das Erdgewölbe zu verirren.

Trommelschlag um Trommelschlag. Der Kopf wurde immer schwerer. Mia nahm wahr, dass ihr der Kopf vornüber sackte. Keine Kraft zum Aufrichten. Mia sank in sich zusammen.

Weiter Schlag um Schlag. Kein Besuch erschien. Mia hätte sich gern hingelegt, um wegzudösen. Doch die Töne gaben keine Ruhe. Sie spürte die geballten Schwingungen auf ihrer Haut. Ihr ganzer Körper schien mitzuschwingen. Alles pulsierte.

Da, ein Tier!

„Bist du mein Krafttier?", fragte sie die Schlange.

„Nein".

Wie auf Kommando kamen nun nacheinander die verschiedensten Tiergestalten vorbei. Ein weißer Bär, ein buntgescheckter Papagei, eine bräunlich-gelbe Schildkröte, ein junger Fuchs, ein schwarzes Pferd und eine dunkelgraue Katze. An jedes Tier die gleiche Frage, jedoch nur abschlägige Antworten.

Eine Zeit lang ließ sich kein Lebewesen mehr blicken. Da bog plötzlich ein grauweißer Wolf um die Ecke. Er war es, der auf ihre Frage mit einem klaren „Ja!" antwortete.

Mia schaute das Tier an. Es sah nicht zum Fürchten aus. Zumindest erzeugte es in ihr kein Gefühl der Angst. Sie schaute dem Wolf von vorne direkt in die Augen, um Kontakt mit ihm aufzunehmen. Da wandelte sich das Wolfsgesicht in das Gesicht einer uralten Frau. Doch schon im nächsten Augenblick wandelte sich das Bild zurück in ein Wolfsgesicht.

„Ich bin stets bei dir", sprach die Wölfin, „gebe dir gerne die nötige Kraft und Weisheit. Ich habe dich in allen deinen vergangenen Leben begleitet. Du brauchst mich nur zu rufen. Ich bin die Eagna. Erinnerst du dich?"

Die Wölfin entfernte sich, schaute sich noch kurz um, bevor es um die Ecke ging.

Die vereinbarten Abschluss-Trommelschläge führten Mia wieder aus der Erdhöhle heraus. Sie schloss die Türe. Nach kurzer Zeit gelangte sie zurück ins Hier und Jetzt.

„Du hattest Erfolg mit der Suche nach dem Krafttier!"

„Ja", sagte Mia, „die ..."

Ceridwen winkte ab.

„Es freut mich, dass deine Suche erfolgreich war. Ich habe deine Begegnung mit der Wölfin Eagna gesehen. In deiner Sprache bedeutet Eagna Weisheit. Sie ist eine alte Weise, wandelt zwischen den Welten und kann dir in unterschiedlichen Gestalten hilfreich zur Seite stehen. Geh bewusst, überlegt und bedachtsam mit ihr um!"

Gerätschaften

Die nächste Unterrichtseinheit war wieder bei Ceridwen eingeplant.

„Mia", begann Ceridwen, „manche suchen ihre innere Erleuchtung an vielen Stellen der Welt. Sie pilgern in die Wüste in den Nahen Osten, nach Indien, nach Innerasien, wohin auch immer. Weltweit suchen sie, sind kurz erhellt, dann erlischt das Licht wieder. Suche den Weg, der in dir selbst von Natur aus erleuchtet ist. Von den Lichtfunken der Göttlichkeit, vom Sterngefunkel der Göttin in dir. Diese Lichtquelle leuchtet den Weg zur nächsten Blume, zum nächsten Baum, zum nächsten Fluss, zum nächsten See, zum nächsten Berg. Dort findest du die Offenbarung, dass alles vorhanden ist. In dir, um dich herum. Wie im Großen, so im Kleinen, sagen die uralten hermetischen Gesetze. In deiner Umgebung findest du alle Weisheit der Welt. Schau und erkenne. Liebe dieses Nahestehende. Versöhne dich mit deinem Land. Vertrage dich mit deinen Ahnen. Sei ein harmonischer Teil der allgegenwärtigen Schöpfung."

„So habe ich das bislang nicht gesehen", warf Mia ein, „und ehrlich gesagt auch niemals darüber in dieser Art und Weise nachgedacht. Das ist eine ganz neue Sichtweise, die du mir da eröffnest."

Ceridwen deutete auf die Gegenstände, die auf dem Tisch lagen. „Mia, hier sind verschiedene Hilfsmittel. Du darfst im Laufe der Ausbildung solche Gerätschaften auch für dich selbst anfertigen. Dadurch bekommen sie eine andere Qualität. Etwas von deiner spezifischen Wesensart wird auf sie übergehen."

Ceridwen nahm einen Stein in die Hand. „Dieser Stein ist ein Symbol für deine Wurzeln, die in der Erde haften. Er steht für die unterweltliche Quelle des Daseins, für die dunkle Mitternacht in der Zeit der Wintersonnenwende. Damit bekommst du ein Verbindungselement zu deinen Ahnen, zum ewigen Lebensrad von der Geburt bis zum Tod."

Mia fasste den Stein an, streichelte kurz darüber. An manchen Stellen fühlte er sich spiegelglatt an, an anderen wie ein Reibeisen. Je nach Oberflächenbeschaffenheit spürte Mia unterschiedliche Wärmegefühle.

Ceridwen legte Mia ein Gefäß in beide Hände. „Dieser altehrwürdige Kessel ist ein Symbol für die Geburt und das Wachstum. Das Werdende kommt im dämmrigen Zustand der Frühlings-Tag- und Nachtgleiche ans Licht. Wir feiern das Fest Imbolc, das unserer Brighid geweiht ist. Der Kessel sammelt und vermehrt die Wurzelenergie des Ursprunges."

Mia betrachtete die Figuren auf der Außenseite des Behälters. Sie kannte die Gestalten nicht und doch waren sie ihr irgendwie vertraut. Ihr Blick blieb an einer Mannsgestalt mit einem prächtigen Geweih hängen.

Ceridwen schien ihre Gedanken zu ahnen. „Vielleicht erinnerst du dich bald wieder an Cernunnos, den Herrscher der Anderwelt, das fleischgewordene Naturreich. Der Grüne Wilde Mann. Er wird dir in einer praktischen Vorlesung im Wald begegnen. Aber kommen wir zum nächsten Gegenstand, dem Speer."

Sie ergriff einen Wurfspieß und reichte ihn Mia. „Dieser Speer ist ein Symbol für das einfallsreiche Ergebnis des zur Reife gelangten Erdenwesens. Er zeigt das mittägliche Licht der Sommersonnenwende."

Mia verstand kein Wort, traute sich aber nicht, zu fragen.

„Wenn du Fragen hast? Ich kann nachvollziehen, dass dir vieles nicht mehr geläufig ist."

Mia meinte nur, sie wolle manches erst sich setzen lassen. Danach würden sich vielleicht genauere Fragen ergeben.

„Gut, machen wir mit dem Schwert hier weiter." Ceridwen reichte Mia das kleine Kunstwerk. Es war reich verziert mit keltischen Spiralen, Knotenmustern, Ornamenten und Tiergestalten. „Das Schwert ist Symbol für die sensible Macht des Verstandes. Es steht für die abendliche Herbst-Tag- und Nachtgleiche. Zeit der Ernte. Beginn der Rückkehr zur ursprünglichen Quelle."

Ceridwen blickte Mia mit einem freundlichen Lächeln an. „Wie du mit Stein, Kessel, Speer und Schwert auf deinem häuslichen Göttinnentisch meditativ im achtfach geteilten keltischen Jahreslauf arbeiten kannst, das nehmen wir später durch."

Für Mia verging die Zeit mit rasender Geschwindigkeit und sie verschwendete keine Sekunde mehr für ein Nachgrübeln. Sie hatte alle möglichen Gerätschaften zwischen den Unterrichtsstunden nach Anleitung hergestellt. Mia lernte die Bedeutung und die geheimen Hintergründe aller zwanzig Ogham-Zeichen kennen.

Zudem übte sie, übersinnliche Wege zu betreten, um zusätzliches Wissen zu erfahren. Ohne alle Hilfsmittel gelang es ihr durch rein mentale Eingebung, ihr sogenanntes *zweites Gesicht* zu aktivieren. Nicht als Zukunftsvorhersage, sondern um verborgene und versteckte Seiten der Gegenwart zu erkennen.

Durch praktische Übungen erarbeitete sich Mia die Kommunikation mit dem Baumreich. Sie stellte den Bäumen die verschiedensten Fragen. Jedes Mal staunte sie über die von den Baumwesen angebotenen Lösungen. All ihr oftmals jahrhundertealtes Wissen um die Dinge offenbarten ihr die Baumfreunde.

Mia hatte zunehmend Freude daran, das Gedächtnis der Natur anzuzapfen. Ein unendlicher Wissensspeicher.

Spezielle Heimatkunde

Mia liebte die Unterrichtsstunden bei Abnoba besonders.

„Heute", kündigte Abnoba eines Tages an, „heute ist es an der Zeit, dass wir uns mit spezieller Heimatkunde befassen. Ich zeige dir die alte Zeit in deiner Heimat."

„Alte Zeit?", fragte Mia.

„Wir gehen jetzt tausende Jahre zurück."

„Warum?"

„Du wirst dich bald erinnern, glaube mir. Es ist alles in dir gespeichert. Alles! Sammle sie auf, die Historientropfen im weiten Meer der Gedankenbilder."

Abnoba stand auf und bedeutete mit einer einladenden Handbewegung, ihr zu folgen. „Komm mit, Mia. Ich führe dich durch meine Behausung. Mein Archiv des Geheimen Wissens mit über dreihundert Zimmerchen. Ich zeige dir einen Teil davon."

„Wie bitte?", Mia blickte sich um. „Dreihundert Zimmer? Dein Häuschen kann unmöglich so viele Zimmer haben."

Die Alte lächelte sie an. „Es ist wie bei den Menschen. Manche Menschen sehen ganz unscheinbar aus. Doch sie haben in ihrem Inneren so viele wertvolle Kämmerchen und Schatzhöhlen."

Vor der Tür des nächsten Zimmers angelangt, blieb Abnoba stehen. Über dem runden Türbogen war die Aufschrift zu lesen: *Unser Berg.*

„Hier", so fuhr die Alte fort, „beginnt dein Studium der Erkenntnis. Ein Studium des Lebens, der anderen Welten."

Abnoba zeigte auf ein gemaltes Bild, das eine Zimmerwand vollständig einnahm. „Vor weit über zweitausend Jahren saßen wir bei einer Weihezeremonie auf dem *Berg der Pferde*. Wir nannten ihn in unserer alten Sprache *Berg Capall*."

Mia horchte auf, betrachtete das riesige Gemälde. Die Bergform kam ihr bekannt vor. „Du meinst jetzt aber nicht unseren Kappelberg?"

„Genau den meine ich", erwiderte Abnoba.

„Moment, Moment. Soviel ich weiß, hat der Kappelberg seinen Namen von einer Kapelle, die im 17. Jahrhundert erbaut wurde – und später abgerissen wurde."

„So, so, Kapelle", lächelte die Alte wie ein Honigkuchenpferd mit drei Dutzend Rosinen darauf, „und wie hieß der Berg zuvor? Hatte er keinen Namen?"

„Weiß nicht."

„Auf dem Berg Capall wurden die Pferde der Göttin Epona gezüchtet. Diese kamen dann ins Tal, in ihren heiligen Stutengarten."

„Stutengarten? Stuttgart?", kombinierte Mia.

„So war es. Auf der Hochfläche des Berges, der damals noch nicht bewaldet war, lebten wir. In einer Heidelandschaft. Die Bauern ringsum hielten zu uns, versorgten uns mit Essen und Trinken. Wir heilten dafür ihre Krankheiten mit all den Kräutern des Berges. Damals wirkte auch eine Völuspa, eine Seherin. Sie war eine Vele, wie das Volk sagte und: Die Bauern bezeichneten damals mit dem Ausdruck *bah* einen Hügel, der sich direkt an den Berg anschmiegte. Dort wirkte die Seherin segensreich für sie. Ihr zu Ehren nannten sie ihn *vele bah*. Berg der Seherin."

Ungläubig warf Mia ihren Kopf zurück. „Du willst mir doch nicht glauben machen wollen, dass daher der Name Fellbach entstammt?"

Abnoba deutete auf ein anderes Bild, das den Berg in einer anderen Ansicht zeigte. „Grundsätzlich bezeichnet beispielsweise die frühnordische Bezeichnung *ve* einen *geweihten Ort*. Der Wortstamm der keltischen Seher, der Veles oder Fili, geht zurück auf die Silbe *will* oder auch *bil*. Diese deuteten auf ihnen zugeordnete Symbole. Im Englischen hast du noch die Bezeichnung *wheel* für ein Rad, deutend auf Sonnenrad oder Mondscheibe."

„Die offizielle Stadtgeschichte hört sich aber völlig anders an." Innerlich sträubte sich Mia gegen diese noch nie gehörte sonderbare Geschichtsdeutung.

„Allerdings. Einer schreibt vom anderen ab, keiner weiß es wirklich. Also, deine Vorfahren, die Kelten ..."

„Ich weiß nicht", zweifelte Mia, „ob es meine Vorfahren waren. Woher soll ich das wissen?"

Abnoba senkte mit einem Seufzer den Kopf und verharrte ein Weilchen mit geschlossenen Augen. Dann setzte sie sich wieder aufrecht hin, öffnete die Augen und begann von Neuem. „Ich werde dir in diesem Trimester noch vieles mitteilen müssen. Nimm es einfach mal zur Kenntnis. Dann vergleiche das Neugelernte mit dem, was du seither gehört hast."

Abnoba warf ihr einen wohlwollenden Blick zu. „Also, zurück zu den Kelten. Ihnen verdankt ihr viele Bezeichnungen von Orten, Bergen und Flüssen."

Sie deutete auf einen Plan von Fellbach. Eine alte Schreibschrift bezeichnete die Namen der Fluren. „Diese Flurnamen stammen aus keltischen Zeiten. Sie sind nur zu verstehen, wenn man sich auf die alte Sprache bezieht. Nicht auf das, was ein Wort heute bedeutet."

„Das hat unsere Stadtarchivarin auch gesagt!"

„Ja, die Ingrid. Die hatte es schnell kapiert."

„Du kennst Frau Dr. Schweizer?"

„Natürlich kenne ich sie. Aber zurück zum Thema." Abnoba zeigte mit dem Finger auf einige Namen dieser Karte, die Mia schon gehört hatte. „Hier beispielsweise, Wolfsäcker."

„Hat das etwas mit unserem Stadtwappen zu tun?"

„Gemach, gemach", bremste Abnoba, „nicht so hastig. Äcker deutet auf eine alte Bestattungsstelle. Und was den zweiten Teil des Wortes angeht: Als Heiden und Wölfe wurden die Getreuen unserer mütterlichen Urreligion von den Anhängern einer neu aufgekommenen Glaubenslehre bezeichnet."

Rückführung

Sie gingen weiter und Mia schaute in das Halbdunkel des nächsten Zimmers. Es roch nach irgendwelchen Kräutern. Nicht unangenehm. Mia sog den Duft tief in sich hinein. Ihr Blick schweifte umher.

Auf einer Wand war ein großes Bildnis aufgemalt. Es zeigte neun Frauen, die um ein kleines Feuer saßen. Eine Person hatte einen Wolfskopf auf und war mit einem grau-weißen Fell umhüllt.

Abnoba deutete darauf. „Das geschah vor achthundert Jahren. Hier unter dem Wolfskopf steckst du. Druidin Urda, die Seherin vom Berg."

„Was? Ich?". Mia schaute genauer hin, konnte sich aber beim besten Willen nicht an diese Aufmachung erinnern.

„Damals hattest du schöne lange rötlich-blonde Haare. Die äußere Gestalt ist nicht immer gleich, nur deine Seele wandert immerdar."

Mia schaute die Abbildung skeptisch an. „Das sollte sie sein?, schoss es ihr durch den Kopf, „na, das kann jeder behaupten." Andererseits machten Abnobas Worte sie neugierig. Woher wusste diese Alte so viel von ihrem Heimatort? Es kam ihr beinahe vor wie ein Traum. Mia zwickte sich unauffällig in den Oberarm. Nein, doch kein Traum.

„Entschuldigung", ergriff Mia das Wort, „aber das ist so unglaublich, was du hier sagst. Woher soll ich denn wissen, ob ich wirklich die Person auf dem Bild bin?"

„Es ist angenehmer, nicht alles genau zu wissen."

„Doch, das möchte ich jetzt schon gern wissen. Das kann man ja heute im Nachhinein überhaupt nicht beweisen, oder?"

Abnoba nahm ihre Hand, führte sie zu der dem Gemälde gegenüberliegenden Wand. Dort lagen verschiedene Wolldecken übereinander. Die oberste Decke war schwarz mit weißen eingesponnenen Zeichen und Symbolen.

„Lege dich auf das Schutzzeichen, das dir Geborgenheit auf der Reise in deine innere Vergangenheit geben wird. Sei unbesorgt, es wird dir nichts geschehen."

Mia legte sich hin und sah, wie Abnoba eine armgroße Rahmentrommel von der Wand nahm und zu trommeln begann. Der Trommelrhythmus wirbelte. Mia verfiel in einen Trancezustand.

„Wir begeben uns jetzt", begann Abnoba, „auf eine Wanderung in die Tiefen der Zeiten. Schließe deine Augen, gehe die Stufen hinab in die Untere Welt. Wir gehen durch die Jahrhunderte hindurch. Bleib nicht stehen. Du musst all die Leben heute nicht sehen. Gehe achthundert Jahre zurück. Bis du auf dem Berg in der Runde am Feuer bei den anderen Frauen bist."

Mia folgte den Anweisungen und sah sich urplötzlich inmitten der Frauen stehen. Sie blickte an sich herab. Da entdeckte sie durch einen engen Schlitz der Wolfsmaske ein weißlich-graues Fell.

„Was siehst du?", hörte sie Abnoba sagen.

„Ich sehe acht Frauen. Wir stehen am Feuer."

„Sieh dich um, was siehst du noch?"

„Ich sehe Feuerschein von anderen Bergkuppen. Wenn ich nach oben blicke, sehe ich die volle Mondin."

„Was siehst du noch?"

„Eine Frau fuchtelt mit den Händen. Zeigt mit ihrem Arm auf die Richtung hinter uns. Ich drehe mich um. Sehe eine Horde Männer, die auf uns zustürmt."

„Was siehst du noch?"

„Wir springen davon. Die anderen Frauen nach links, den Berg hinauf. Ich nach rechts. Die Männer sind jetzt dicht hinter uns. Ich höre ihr Gebrüll, jetzt haben sie mich gefangen."

„Was siehst du noch?"

„Die Männer haben meine Hände an Seile gebunden. Sie führen mich ins Tal. Unterwegs nehmen sie meine beiden Töchter mit. Sie waren an Bäume gebunden. Wir kommen zu einem großen Haus mit einem großen Platz davor. Aus dem Haus tritt ein Mann mit einer edlen grauen Gewandung. Rotes Kreuz auf der Brust. Er klopft den Männern auf die Schulter."

„Was siehst du noch?"

„Wir drei müssen niederknien. Der Mann holt aus dem Umhang ein schwarzes Kreuz. Er hebt es in unsere Richtung."

„Was sagt der Mann?"

„Kann ich nicht verstehen."

„Höre hin, verstehst du einzelne Worte?"

„Wolfsgesindel, Zauber brechen, Zauberinnen töten. Salve Christe Vobisculi Rex, es lebe Christus, euer Herr."

„Was siehst du noch?"

"Drei Knechtsgestalten kommen. Jeder eine Eisenkette in der Hand. An einem Ende der Kette hängt ein halbrundes Eisen."

„Was siehst du noch?"

„Der einen Tochter schlagen sie mit einer Eisenstange und einem Hammer die scharfe Spitze in Mund und Rachen. Sie heben sie auf, hängen sie mit der Kette an einem Baum auf. Das Gleiche mit meiner zweiten Tochter ..."

Mia zitterte, ihr ganzer Körper bebte.

„Es ist nicht auszuhalten ... Ich kann nicht helfen ... Ich schreie! Jetzt kommen sie zu mir. Sie halten mir das Eisen vor die Augen. Stecken es in meinen Mund. Jetzt holt der Knecht mit dem Hammer aus."

Tiefe Nacht. – Dunkle Nacht. –Stille Nacht.

Schluss der Ausbildung

Zwei Praxistage gegen Ende der Ausbildung führten nach Wales zur Insel *Ynys Môn*, der *Insel der Druiden*, sowie zu einer anderen Druideninsel, der schottischen Insel Iona, die ihre drei Lehrerinnen in der alten Sprache als *Chaluim chille* bezeichneten. Für Mia eine Traumexkursion, verbunden mit einem tiefen Gefühl der Verbundenheit mit der Spiritualität der alten Zeit.

Die zwanzig Tage der Einweihung gingen dem Ende zu. Mia war überwältigt von der Fülle neuen Wissens, neuer Erkenntnisse und Erfahrungen. Sie dachte an den ersten Zweifelmoment bei der Ankunft zurück und lächelte. Jetzt sah sie die Welt mit etwas anderen Augen.

Am letzten Tag fanden sich die drei lehrenden Frauen unter einem uralten Eibenbaum ein: Die junge Frau Brighid in einem langen weißen Gewand, die reife Frau Ceridwen in einer roten Robe und die weise Alte Abnoba in einem schwarzen Umhang. Sie stellten sich Mia gegenüber.

Abnoba hielt ein dünnes, schon etwas ausgefasertes Seil in ihren Händen. „Ich übergebe dir meine alte Druidinnenschnur. Wie du siehst, hat sie drei, vier und fünf Knoten. Du kannst damit den genauen rechten Winkel bestimmen. Damit kannst du den senkrechten Stab errichten als Symbol der Erdachse und des Weltenbaumes. Die Druidinnenschnur misst einen megalithischen Fuß, unser Urmaß."

Mit beiden Händen überreichte Abnoba das Seil. „Deine weise Wölfin Eagna sei dir eine treue Begleiterin durch dunkle Wege und düstere Seelenpfade. Die fünf Elemente Erde, Wasser, Feuer, Luft und Äther mögen dir treue Gefährten sein. Möge der Erdboden in der Hand der Naturmutter eine Heimat für das Keimen und Wachstum bieten. Mögen sprudelnde Quellen der höchsten Berggipfel den Gedächtnisspeicher des Lebens ans Tageslicht bringen. Mögen helle strahlende Flammenkinderchen wie Schlangen zwischen magischen Gedanken hin und her züngeln und die Umwandlung der Materie beginnen lassen. Möge auf dem tragenden Hauch der Lüfte die Lerche ihr Lied über die Morgenröte des Waldes trällern. Möge der alles durchdringende Geist des Äthers in dir mit allem verbunden sein. Möge er dir über weite Entfernungen hinweg immerdar Energie zum Auftanken der müden Seele bieten. Nimm den Segen mit, für alle eure heilenden Quellen. – Nimm meinen Segen mit, für das Alte Land am Neckar. – Nimm diesen Segen mit, in deine Heimat."

Ceridwen trat einen Schritt nach vorne und verkündete mit einer ausladenden Handbewegung und einem strahlenden Lächeln: „Mia, es freut mich, dass du künftig mit uns in das Dunkel der Tiefe hinabsteigen möchtest. Du brauchst keine Angst zu haben, lasse deiner Intuition freien Lauf. Das Hinabsteigen geschieht langsam, es kann eine qualvoll beißende Einkehr deines Inneren bedeuten. Doch lasse Erkenntnisse zu, die sich dir unterhalb von deinem anerzogenen Selbst eröffnen. Du wirst die Erkenntnisse weiterhin durch traumhafte Bilder oder durch verschiedene Körperreaktionen vermittelt bekommen, nicht durch irgendwelche Worte. Du wirst dich rückerinnern: an vergangene Zeiten und Welten, an vergangene Taten und Leben. Dein jetziges Sein wird mit dir selbst wiedergeboren. Du wirst in der Dunkelheit sterben, du wirst im hellen Schein erneuert wiedererstehen. Du selbst bist der Kessel der Wiederbelebung des unsterblichen Alten. Du hast deine Bestimmung. Du bist eingeweiht in den alten Pfad der Druidinnen. Den alten Weg der Naturkräfte. Den alten Steg hinüber zu den anderen Welten. Du bist auserwählt! Du hast in Zukunft Aufgaben zu erledigen, die nur du erledigen kannst."

Brighid ging zu Mia und legte beide Hände auf ihren Kopf.

„Drei Dinge hast du von mir gelernt: Schmiedekunst, Dichtkunst und Heilkunst. Beim Schmieden bewegt der Geist die Hände für Zange und Hammer. Bei der Dichtkunst ergreift der Geist die Hände für den Bleistift, der über das Papier wandert. Bei der Heilkunst fließt der Geist von Oben durch die Hände und harmonisiert fehlgeleitete Schwingungen. Im Kreislauf des Werdens und Vergehens bekommst du die Kraft, die ewige Wiedergeburt des Lebens zu feiern. Aus alter Zeit leiten wir das magische Feuer zu dir. – Aus alter Zeit wirst du die heiligen Worte weiter beleben. – Aus alter Zeit wird in dir das alte Wissen weitergetragen. – Gehe nun zurück. Arbeite am Aufbruch zu einem neuen Zyklus in der Lebensspirale des Ewigen."

Mia verneigte sich vor den Dreien. Sie überreichte einer jeden aus ihrem Korb einen Strauß Blumen. Sodann verabschiedete sie sich mit einem Gedicht. Nie zuvor hatte sie Gedichte geschrieben. Brighid hatte in ihr eine seither nicht gekannte Kreativität an die Oberfläche sprudeln lassen.

„Im Weiß der schönen Blume
Seh' ich der Göttin Gruß
Das Leuchten und das Scheinen
Des Aufbruchs Frühjahrsgruß.

Im Rot der schönen Blume
Hör' ich der Göttin Wort
Das Beben und das Lieben
Des Lebens Dankeswort.

*Im Schwarz der schönen Blume
Fühl' ich der Göttin Rat
Das Ahnen und das Wirken
Des Menschen Lebensrad.*

*Im Glanz der schönen Blume
Spür' ich der Göttin Schein
Das Dreifach und das Hohe
Der Seelen Augenschein."*

Rückkehr nach Fellbach

Mia wollte eigentlich einen Besuch im elterlichen Haus vermeiden. Doch die Mutter hatte um ihr Kommen gebeten. Sie begrüßte ihre Mutter mit einer liebevollen Umarmung.

„Ach Mia, danke, dass du gleich gekommen bist. Heute Morgen haben sie den Vater ins Krankenhaus nach Bad Cannstatt gebracht. Bruch im Bereich des Oberschenkelhalses. Er wurde bereits operiert. Ich sollte jetzt ins Krankenhaus. In einer halben Stunde kommt aber die Erna und bringt den Stapel Schriften zum Verteilen her. So lange solltest du bitte da bleiben."

„Ja, gut. Richte dem Vater schöne Genesungswünsche von mir aus. Wenn ihn das nicht zusätzlich aufregt."

„Übrigens", fügte die Mutter an, „demnächst komme ich in eine Kurklinik. Wegen meiner Melancholie-Krankheit. Der Doktor meinte, ich sollte mal raus aus meiner Umgebung." Nach den letzten Worten fing die Mutter an zu weinen. Mia nahm sie wortlos in die Arme und streichelte ihren Rücken. Nach einer Zeit gab ihr die Mutter einen Kuss auf die Wange und verabschiedete sich.

Mia winkte, als die Mutter aus dem Haus in Richtung der Stadtbahn-Haltestelle ging. Eigentlich eine gute Gelegenheit, im Haus nach dem angeblich vorhandenen Archiv zu suchen, überlegte Mia. Aber wenn sie überall herumstöberte und die Mutter käme überraschend zurück? Vielleicht, weil sie was vergessen hätte – was dann? Wie sollte sie sich dann rechtfertigen? Mia ging nochmals zum Fenster. Nein, die Mutter war nicht mehr zu sehen.

Mia ging in das oberste Stockwerk. Eine Zeichnung der Tante hatte auf ein Dachzimmer hingedeutet. Die Zugangstüre war verschlossen, doch an der Türe, neben einem großen Bügel, hing ein kleines Kästchen mit Zahlen wie bei einem Telefon.

„Wie? Ein Zahlenschloss?", murmelte Mia, „und welche Kombination brauche ich?" Ihr Blutdruck schoss empor, sie hielt die Luft an.

Mia nahm Vaters Geburtsdaten. Nichts rührte sich. Eine kleine Lampe blinkte rot auf. Gab es in der Familie Daten, die man sich leicht merken konnte? Auch Mutters Geburtsdaten brachten keinen Erfolg.

Ein weiterer Versuch.

Grün!

„Natürlich, hätte ich mir gleich denken können", sagte sie zu sich, „Vaters Liebling. Fürchtegott!"

Ein schneller Blick auf die Uhr. In dreißig Minuten kommt diese Erna. Mias Forscherdrang zerrte sie förmlich hinein. Drei Zimmer gab es im Obergeschoss, von denen Tante Magdalena zwei bewohnt hatte. Warum nicht auch das dritte Zimmer? Bei früheren Tantenbesuchen war dieses Zimmer immer verschlossen gewesen.

Sie schaute in das erste Zimmer. Mehrere laufende Meter Archivschränke, vollgepfropft mit irgendwelchen Ordnern und Gegenständen. Die anderen Zimmer waren ähnlich eingerichtet. Im letzten Zimmer stand in der Mitte ein Tisch.

Ein leichter Luftzug ließ auf Klimatisierung schließen. An einem elektronischen Anzeigegerät konnte sie Temperatur und Luftfeuchtigkeit ablesen. Seltsam, sie kannte ihren Vater nur als absoluten Technikfeind. *Teufelszeug!* Jetzt das hier. Mia konnte sich keinen Reim darauf machen.

Was war das für ein Archiv? Warum hatte ihr Vater so gereizt reagiert?

Keine Zeit zum weiteren Nachdenken, jetzt schnell in die Wohnung zurück, um das Klingeln von Erna nicht zu verpassen.

Bei anderer Gelegenheit wollte sie genauer nachschauen.

Wenn sie mehr Zeit haben würde, um all die Schränke, Regale und Kisten durchzusehen.

Der Oberbruder der Bruderschaft heftete den Blick auf das Smartphone. Eine Wortnachricht meldete sich akustisch: *Archiv offen.*

„Ah, der Archivar. Wieder fleißig", dachte er, „demnächst muss ich auch wieder einen Blick hineinwerfen. Damit ich auf dem aktuellen Stand bin. Mist, dass ich die Überwachungskameras noch nicht eingebaut habe. Sie liegen immer noch daheim. Spätestens in drei oder vier Tagen sollte dies nachgeholt sein. Gleich nach der beruflichen Fortbildung, wenn ich wieder im Lande bin."

Kurz dachte er an die Zeit, als sie diese Archivräumlichkeiten ausgebaut hatten. Alle Brüder hatten sich mit ihren jeweiligen handwerklichen Fähigkeiten beteiligt. „Wenn man sie ruft, sind alle bereit!"

Neue Suche

Mia wollte gerade das Elternhaus verlassen, als ihr Mobiltelefon klingelte. Die Stimme der Mutter meldete sich.

„Mia, könntest du bitte noch im Haus bleiben?"

„Gerade bin ich zur Haustür heraus. Die Erna hat alles abgeladen."

„Es ist so, dass es Vater nervlich nicht gut geht. Der Arzt meinte, es wäre besser, wenn eine Angehörige die nächsten drei Stunden dabliebe. Eventuell noch länger. Bis er am Abend eingeschlafen sei, meinte der Doktor. In drei Stunden kommt der Daniel und bringt den reparierten Kühlschrank zurück. Musst du unbedingt gleich nach Tübingen zurück? Ich weiß sonst nicht, was ich machen soll."

„Nein, nein, geht schon. Mach dir keine Sorgen."

Mia grinste in sich hinein. Diese Gelegenheit wollte sie nutzen. Sie kehrt um und eilt die Treppen hinauf ins Archiv.

Regale, voll mit kleinen schwarzen Pappkartonkisten nahmen Mia im Dachgeschoss in Empfang. Alle in der gleichen Größe. Dazwischen Ordner. Eine chronologische Ordnung, erkennbar an den einzelnen Beschriftungszetteln.

Am Anfang der Reihe ein Schild: *13. Jahrhundert.*

Nicht zu fassen! Derartige Archivalien gehören doch ins Stadtarchiv oder gar ins Landesarchiv!

Nachlass der Herren und Knechte von Fellbach stand auf der ersten Schachtel. Was wurde hier verwahrt? Mia öffnete vorsichtig die Schachtel. Ein pergamentartiges Papier kam zum Vorschein, beurkundet mit einem schwarz-roten Siegel. Zusätzlich weitere Aufzeichnungen in einer altertümlichen Schrift. Mia fotografierte hastig alle Dokumente. Zum genauen Entziffern fehlte die Zeit.

Neben der ersten Schachtel stand eine mit der Aufschrift *Die*

Wolfssensen der Gerechtigkeit. Das aufgemalte Wappen war in den Farben Schwarz und Gold gehalten, nicht in Rot und Weiß wie beim Fellbacher Stadtwappen.

In der Kartonschachtel lagen auf einem samtartigen roten Tuch zwei Metallstücke. Mia zuckte zusammen, als ob ein Blitz durch sie gefahren wäre. Gedankenbilder ihrer Rückführung bei Abnoba schossen ihr ins Bewusstsein. Hatte sie jetzt das originale Tötungsinstrument in der Hand?

Es sah geradewegs so aus wie das Eisenteil von Professor Schrickelbacher, das er dem Schreiben an ihre Professorin beigelegt hatte. Das zweite Metallstück glich dem ersten, doch es trug eine Gravur: *Gruß aus Fellbach. Rölfle, 1805.* Sigurðurs gestohlenes Erbstück?

Sollte sie die Stücke mitnehmen? Instinktiv zog sie ihre Hand zurück. Nein, lieber erst einmal nur fotografieren. Von allen Seiten.

Mit dem Durchforsten der Kartons und der Ordner verging die Zeit wie im Flug. Mittlerweile war sie im 18. Jahrhundert angelangt, nahezu alle Ordnungskisten hatte sie kurz angeschaut. All die Ordner, gebundenen Bücher, lose Schriften. Unmöglich, jetzt alles abzulichten.

Noch kurz ein Griff zu einem Einwohnerverzeichnis aus dem Jahr 1758 – „Nein", sagte Mia halblaut, „für heute reicht es. Ich weiß sowieso nicht genau, was ich überhaupt brauchen kann."

Schon näherte sie sich der Eingangstür. Da wurde ihr Blick wie magisch auf ein kleinformatiges schwarzes Buch im vorletzten Regal gelenkt. Unerklärlicherweise wurde ihr plötzlich heiß und kalt zumute, ein Schauer lief durch ihren Körper. Als ob sie gelenkt werden würde, griffen ihre Hände nach diesem Buch. Auf dem Buchrücken stand kein Titel, aber nach dem Herausnehmen las sie auf der Vorderseite die eingeprägten

Goldlettern. *Verborgene Begebenheiten der Gemarkung Stuttgart.* Gedruckt worden war es in Stuttgart im Jahr 1852.

„Aha, Sagen und Legenden", murmelte Mia. Sie blätterte, suchte nach Fellbach. Unter ‚Fehlbach' wurde sie fündig. Sie hielt die Luft an, als sie die einzelnen Zeilen der Frakturschrift entzifferte.

In der alten keltischen Zeit befand sich ein Heiligtum einer Göttin auf dem Berge Capall nahe dem Dorfe Fehlbach. Capall bedeutete in der Sprache unserer Vorfahren Pferd. Auf dem Capall-Berge wurden die heiligen weißen Pferde der Göttin Epona gezüchtet. Diese wurden daselbst in das Thal zu dem Stutengarten geführt. Das Weiß der Tiere war Sinnbild für die Weisheit und das göttliche Licht für ihre Schauungen. Zu Urzeiten hieß Fehlbach noch Velebah. In der Sprache der Alten bezeichnete bah einen Bergrücken. Eine Vele war eine Seherin. So war dies fürdem der Berg der Seherin. Mündlich wurde ihr Name mit Urda überliefert.
In heutigen Tagen nennen Fehlbachs Bürger diesen Berg Kappelesberg, weil fürdem eine Wallfahrtskapelle zu Ehren der Heiligen Jungfrau Maria auf dem Berge thronte. Dieser Berg war in der tiefen dunklen Vergangenheit ein Buchberg. Buchberge waren geheime Frauenberge mit allerhand Heimlichkeit. Tunlichst zu meiden für brave Christenseelen.

„Wow", murmelte Mia, „hatte Abnoba doch recht mit ihrer alternativen Heimatkunde? Und Urda! Das war ich in der Rückführung! Ich fasse es nicht."

Der Frauenkreis meldet sich

Am 21. März, der Frühlings-Tag-und-Nacht-Gleiche Alban Eiler, war Mia der Einladung von Karin Haldenbacher gefolgt und wartete am Brunnen vor der neuen Fellbacher Kelter. Nach wenigen Minuten gesellten sich acht Frauen hinzu. Auf dem Weg bergwärts ging Karin neben Mia.

„Der Kappelberg", begann Karin, „ist unser uralter Frauenberg. Aufgrund der mündlichen Überlieferungen über all die Jahrhunderte wissen wir, wo sich die heiligen Haine befinden. Ein heiliger Platz bleibt ein heiliger Platz."

Der Weg führte über die weite Ebene hinauf zu den Waldungen.

„Wir gehen", fuhr Karin fort, „zu einem Nemeton, einem heiligen Hain der Druidinnen. Wir hatten vor Jahren gemeinsam die alte Weihestätte wiederentdeckt. Wir alle, die sich heutzutage in unserem *Kreis der weisen Frauen* zusammengefunden haben."

Zweige überspannten den inneren Platz in Form eines schützenden Mantels.

„Direkt in der Mitte des Platzes", erklärte Karin, „ist eine energetische Stelle, die ich geomantisch als *blind spring*, als *blinde Quelle* detektiert habe. Eine Quelle, dessen Wasser kurz vor dem Austritt aus der Erde wieder einen Bogen zurück macht. Mit meinen Radiaesthesie-Werkzeugen habe ich den anderen die nach außen verlaufenden Energiewellen gezeigt. Anschließend haben wir diesen Punkt markiert."

Karin deutete auf einen ausgehöhlten Stein. „Die Öffnung im Stein ist für uns das Sinnbild für die Achse des Weltenbaumes. Eine geistige Verbindung einerseits zur Mondin, zur Sonne, zu Sternen und den Räumen aller Welten. Andererseits zum eigenen Land. Zum Geist der Landschaft, zum Geist des Ortes. Ein

Durchgangsweg, der einen neuen Tanz mit der Endlosigkeit begann, hin zu einem zeitlosen Bewusstsein. Ein Schwebereigen direkt zurück zur Allmutter Natur."

Um diese Mitte legten die Frauen – im Schutz des Zweigenhimmels, der Naturkrone der Andachtsstätte – mitgebrachte Gegenstände, die mit den verschiedenen Himmelsrichtungen im Einklang standen.

Mit einem kleinen Gedicht begrüßte Karin die Göttin des Haines.

„Der Stein am alten Platze
ein Gruß aus alter Zeit
markiert geheime Stätte
der Göttin' Ewigkeit.

Der Baum am alten Platze
ein Gruß vom neuen Jahr
zeigt hoffnungsvolles Grünen
ein Lebenslicht wird wahr.

Das Wasser am alten Platze
ein Gruß aus ewigem Fluss
mit andachtsvollem Geben
der Quelle Überfluss."

Aufnahme von Mia an Alban Eiler

Alle Frauen hatten inzwischen ihre Ritualgewänder angelegt: ein bodenlanges weißes Kleid, geschmückt mit einer Art Stola – vier von ihnen in blau, die anderen vier in grün. Nur bei Mia glänzte das schmale Umhängetuch in einer besonderen Farbe: goldstrahlend. Verziert war es mit gestickten keltischen Symbolen in der gleichen Farbgebung. Unauffällig, nur für die Wissenden sichtbar. Mia bemerkte die heimlichen Blicke der anderen.

Karin wandte sich an die im heiligen Hain Versammelten. „Liebe Schwestern, wir haben heute die langgesuchte Neunte in unserer Runde. Mit ihr sind wir jetzt komplett. Meine Aufbauarbeit der letzten Jahre findet damit ihren Höhepunkt. Mia wird künftig unseren Kreis führen. Dadurch sind wir bereit zu neuen Schöpfungen. Verbunden mit der Kraft der Ahnen, der ewigen Wiedergeburt. Mia, bevor wir uns einzeln vorstellen, möchte ich dich bitten, uns von dir zu erzählen."

Mia nickte und nahm reihum Blickkontakt auf mit den Bardinnen und Ovatinnen. Sie sprach in einem ruhigen Tonfall und schilderte ihren seitherigen Weg: vom Anfang der Masterarbeit, über den Unfall in Island und ihren nahtodhaften Traumzustand in der Anderwelt bis hin zu den Studien und Einweihungen bei Abnoba, Brighid und Ceridwen in Irland.

Die Zuhörerinnen schauten sie mit weit geöffneten Augen an, als sie erzählte, dass sie die normalerweise zwanzigjährige Ausbildung in zwanzig Tagen absolviert hatte. Mia berichtete, dass dies aufgrund der Reaktivierung der Rückerinnerungen an ihre Zeit als Druidin Urda vor achthundert Jahren möglich gewesen war.

„Die Druidinnen der alten Zeit am und auf diesem Buchberg", erläuterte Mia, „hatten unter den Frauen viele Helferinnen auf allen denkbaren Gebieten. Sie alle waren kundig mit allen Kräutern, halfen bei Geburten. Mit Geschichten, Sagen und Märchen bewahrten sie die alte Religion über die Zeiten. Sie waren hilfreich tätig für alle Bewohner. Auserwählte konnten in geheimen Zusammenkünften zusätzliche Fähigkeiten erlernen.

In späterer Zeit loderten die Feuer der weltlichen und kirchlichen Scheiterhaufen. Die Flucht gelang nicht sehr vielen. Die Wenigen gingen in abgeschiedene Wälder, um dort die Ausbildungen bis in die heutige Zeit fortzusetzen. Die offizielle Geschichtsschreibung behauptet, die Druidenschulen wären alle zur Römerzeit vernichtet worden. Meinen sie, da sie es nicht besser wissen können. Die mystisch-magischen Lebensfunken gingen von Eingeweihter zu Eingeweihter. Weitervererbt, über all die Jahrhunderte hinweg. Alte Unterlagen stehen heute noch zur Verfügung. Wir hatten in der Verfolgungszeit Kontakt zu allen Freundinnen, die bei den umzäunten Hecken als Hagedisen arbeiteten. Wir lernten von ihnen die Gestaltwandlung, das Schaffen von Unwirklichkeiten und vieles mehr. Der Hauch der gesegneten Spiritualität weht bis in die Jetztzeit. All mein Wissen, das mir in Irland gegeben wurde, werde ich in den nächsten Jahren an euch alle weitergeben. Damit ihr es ebenfalls weitertragen werdet."

Am Ende ihrer Ausführungen nahm Mia einen mitgebrachten Kräuterbuschen. Sie legte ihn in die Mitte neben den Stein mit den Worten: „Große Göttin, Hüterin der Himmel und der Erden, Königin aller Götter und Göttinnen, segne alle diese Kräuter. Lasse sie zum Wohl der Menschen wirken. – Segne du unser Leben. – Segne du unser Land."

Nach diesem Zeremoniell begannen die Frauen sich vorzustellen. Mia konzentrierte sich. In der Ausbildung in Irland hatte sie verschiedene Merktechniken gelernt, die sie nun anwenden wollte.

„Ich heiße Heidrun, die Alte vom Moor, zuständig für das Fest Samhain." Heidruns lange rotbraune Haarmähne ließ sie auf den ersten Blick recht jung erscheinen. Als sie aber den Haarbusch kurz nach hinten streifte, zeigte sich im Haaransatz ein Silbergrau. Ganz feine, wie mit einer Rasierklinge eingeschnittene Kerben umgaben die grünlich-grauen Augen. Heidruns zartfeines Lächeln und ihr nach innen gewandter Blick kamen Mia vertraut und bekannt vor. Aber sie hatte diese Frau zuvor noch nie gesehen, zumindest nicht wissentlich. Heidrun übergab das Wort an eine Frau, die Mia als die Älteste in der Runde ausmachte. Ihre Haare schlohweiß, das Gesicht hager. Sie breitete beide Arme auseinander. „Ich heiße Sünne, die Mutter aus der Höhle, zuständig für das Fest zur Wintersonnenwende Alban Artan."

In betont aufrechter Haltung begann die nächste sich vorzustellen. Die pechschwarzen Haare waren von blauen und grünen Strähnen durchzogen. Ein silberglänzender Ring schillerte an ihrer Unterlippe. An den Ohren glitzerten mehrere edel aussehende Steinchen. „Ich heiße Dagny, das junge Mädchen vom See, zuständig für Imbolc."

Die Handflächen der Nächsten waren wie zu einer Gebetshaltung zusammen gelegt. Die weiß-blonden Haare hatte sie zu einem Pferdeschwanz zusammengebunden. Fein geschnittene Gesichtszüge verliehen ihrem Blick ein elfenhaftes Charisma.

„Ich heiße Ute, die Jugendliche mit dem Pferd, zuständig für das heutige Fest zur Frühlings-Tag-und-Nacht-Gleiche Alban Eiler."

Weiter ging es in der Runde zu einer Frau, die mit all ihrem Wesen Lebensfreude pur ausstrahlte. Ihre großen Augen leuchteten, ein gewinnendes Lächeln ihrer vollen Lippen unterstrich die von ihr ausgehende Dynamik. Aus allen Poren verströmte sie Wohlbefinden wie ein Säckchen voll mit Lavendel. „Ich heiße Liberta, die Mutter aus dem Wald, zuständig für Beltaine."

Mit einem kurzen Nicken übernahm die nächste Frau. Sie hatte ein längliches, schmales Gesicht. Die Backenknochen ragten heraus. Eine spitze Nase, ein vorstehendes Kinn sowie die extrem kurz geschnittenen dunklen Haare verliehen ihr eine ernste Ausstrahlung. „Ich heiße Asa, die Jägerin vom Fluss, zuständig für das Fest zur Sommersonnenwende Alban Hefin."

Die neben ihr Stehende hatte ein auffallend rundes Gesicht mit einer kleinen Knubbelnase. Sie lächelte offen und freundlich. Ihre brünetten Haare standen ungestüm in alle Richtungen ab. Innerlich amüsierte sich Mia ein klein wenig. Diese Frisur! Sah wirklich selbstgeschnitten aus. Oder war das jetzt Mode in Fellbach? „Ich heiße Herta, die Weise vom Erntefeld, zuständig für Lughnasad."

„Ich heiße, wie du schon weißt, Karin, die Heilerin vom Meer, zuständig für die Herbst-Tag-und-Nacht-Gleiche Alban Elfed", schloss die junge Frau die Vorstellungsrunde ab.

Mia holte tief Atem und war sich ihrer Aufgabe bewusst. Sie stellte sich in die Mitte, neben den Stein und den Kräuterbuschen. Die Frauen standen in der Reihenfolge des Jahreskreises um sie herum. Mia drehte sich um die eigene Achse. Bei jeder Frau blieb sie kurz stehen, verneigte sich. Dabei wiederholte sie jeweils den Namen und das dazugehörige Fest.

Mia wusste, dass jedes Fest – mit ihr in der Mitte – wie mit einer unsichtbaren Speiche mit seinem Gegenpol auf der gegenüberliegenden Seite des Kreises verbunden war. Im Keim einer jeden Sache ist gleichzeitig ihr Gegenpol angelegt.

Beltaine und Samhain, die Gegensätze von Leben und Tod, die miteinander verbunden sind. Imbolc als Symbol für die Kindheit, Lughnasad für die Familie. Verbunden über die innere Mitte, den Ort der Ruhe und Inspiration, das Herz des eigenen Wesens, der Seele. Platz der Göttin, der Quelle des Allumfassenden. Mysterien, denen die Frauen gemeinsam mit Mia nachspüren wollten.

Zum Schluss trug die Bardin Ute ihre neuesten geschmiedeten Verse vor.

„Direktverbindung

Ruft die Glocke in die Kirche
Bleib ich stehen wie ein Baum
Verbunden mit dem Gras der Erde
Und der Göttin' Himmelssaum.

Mein Gebet, das fliegt nach Oben
Und die Antwort gibt mir kund
Ohne Umweg, ohne Andere
Direkt aus der Göttin Mund.

Und so brauch ich kein Gemäuer
Das der Göttin Wege weist
Denn die liebe Mutter Erde
Die Gedankensprache speist."

Maßnahmen

Zwei Tage nach dem Treffen der Frauen versammelte sich die Bruderschaft in ihren neuen Räumlichkeiten.

„Liebe Brüder", begrüßte der Oberbruder die Anwesenden, „die neuheidnische Weiberhexengruppe beginnt verstärkt aktiv zu werden. Bruder Traugott, du hast hierzu Erkenntnisse. Bitte berichte."

Der Angesprochene stand mit Schwung auf und legte los.

„Ich machte mich vorgestern auf die Spuren dieser Karin Haldenbacher. Die wohnt in einem Haus in unserer Straße. Ich folgte ihr. Sie traf sich mit dem anderen Weibervolk und sie dackelten hoch auf den Kappelberg. Ich musste Abstand halten, damit ich nicht auffiel. Das neue Richtmikrofon, das mir vor einigen Tagen unser Oberbruder hatte zukommen lassen, hatte ich mitgenommen. Sie watschelten auf der Höhe zur Ebene, ihrem alten Hexentanzplatz. Dort blieben sie nur kurz stehen, gingen links in den Wald hoch. Plötzlich rannten sie wie auf Kommando mit dem Wind um die Wette. Waren nicht mehr zu sehen. Wie vom Erdboden verschwunden. Ich hechelte mir die Lunge aus dem Leib, aber ihren verfluchten Kultplatz konnte ich nicht ausmachen. Geschweige denn genau orten und einsehen. Mit dem Mikrofon gelang es mir, wenigstens ihre Stimmen einzufangen. Ich habe alles digital mit dem Diktiergerät aufgenommen. Die Aufnahmen sind nicht sonderlich gut, ich musste etwas verstärken. Ich spiele es euch einmal vor."

Er drückte eine Taste seines Laptops.

„Ist das nicht ungeheuerlich!", empörte sich der Oberbruder, „in der heutigen Zeit! Göttinnen und Götter! Schämen sollten sie sich!"

„Die sind doch alle geisteskrank!", übertrumpfte ihn Bruder Glaubrecht. „Die haben doch nicht nur einen Vogel, sondern ein ganzes Nest im Oberstübchen."

Seine Nase nahm eine dunkelrote Färbung an, stand noch mehr im Kontrast zu seinem aschfahlen Gesicht. „Denen hat der Teufel ins Gehirn geschissen und vergessen umzurühren!"

„Wie kann man nur so einen heidnischen Müll verzapfen?", schimpfte Bruder Frohmut und schaute mit noch finsterer Miene als sonst drein. „Unmöglich das Ganze, nicht einen Eimer Spucke wert!"

„Ich kaufe mir jetzt gleich ein paar Festmeter Holz und eine neue Motorsäge, damit genügend Brennmaterial für die kommenden Scheiterhaufen vorhanden ist!", ereiferte sich Bruder Erdmann.

„Dieses Gesindel kommt mit keltischen Feiertagen daher. Eine Schande ohnegleichen für unsere christliche Kultur", rief Bruder Liutbrecht. Er schüttelte sich kurz, als hätte er eine Nacht in einem Esslinger Essigfass geschlafen. „Am schlimmsten ist ihre neue Anführerin, diese Mia. Die hat wohl die meisten Tollkirschen gefressen."

„Ja, ihr habt recht", grollte Bruder Gottlieb mit gepresster Stimme, „eine Schande! Ich schäme mich für meine Tochter Mia. Ich schäme mich, so eine Ausgeburt der Hölle großgezogen zu haben. Der HERR möge mir gnädig sein."

„Bruder Gottlieb", beschwichtigte Bruder Liutbrecht, „du hast es bestimmt gut gemeint. Und du hast dich sicherlich stets bemüht. Und wenigstens dein Sohn ist ja ein Rechtschaffener im wahren Glauben geworden."

Die anderen der Runde pflichteten bei.

„Wir müssen", verkündete der Oberbruder entschieden, „ab sofort diesen Weiberkreis noch besser auskundschaften. Wir müssen ihre Schwächen erkennen, damit wir am Tag der Rache gezielt zuschlagen können. Von meiner Seite stelle ich alle technischen Hilfsmittel zur Verfügung. Richtmikrofone, Aufnahmegeräte, Abhörwanzen. Das erfordert natürlich vermehrten Zeitaufwand unsererseits. Wer von euch ist dabei?"

Alle Arme ragten empor. Alle außer der Hand von Bruder Gottlieb.

„Liebe Brüder", stammelte Bruder Gottlieb kleinlaut, „ich verwalte gerne das Archiv. Aber mit diesen technischen Dingen komme ich leider nicht zurecht. Ich bin derzeit auch nicht gut zu Fuß unterwegs, brauche noch Rollator und Krückstock. Aber um eines bitte ich euch: Meine Tochter ist nicht zu schonen! Ihr gebührt die gerechte Strafe des HERRN!"

Spurensuche Fünfeck

Zwei Tage waren seit dem Treffen mit den acht Frauen vergangen und der Alltag hatte Mia wieder in Beschlag genommen. Sie saß in Omas Häuschen und ihre Gedanken kreisten um die Anregung der Professorin, dass sie das *Pentagramm von Fellbach* suchen sollte. Etliches hatte sie zwischenzeitlich recherchiert. Dabei war sie auch auf einen Hinweis gestoßen, dass es eine Beziehung geben soll zwischen Pentagramm und Venus.

„Wenn das Pentagramm ein Symbol der Venus war", murmelte Mia halblaut, „wo ist eine Venus-Spur in Fellbach zu finden?"

Sie blätterte in einem dicken Wälzer. Eine Grafik blitzte sie an. Diese zeigte die Konjunktion von Sonne und Venus mit dem Mittelpunkt Erde. Alle paar Tage war eine gedachte Linie von der Sonne zum Planeten Venus gezogen worden. Nach genau acht Jahren vollendete sich der Umlauf hin zum Ausgangspunkt. Die Zeichnung zeigte in der Mitte die wunderschöne Form einer fünfblättrigen Rose.

„Ah!", Mia stieß einen Freudenruf aus. Sie erinnerte sich an einen Besuch auf der Wartburg vor vielen Jahren. Ihre Mutter hatte ihr im Andenkenladen auf der einstmaligen Heimstatt von Martin Luther eine Medaille mit einer Öse gekauft. Mia hatte sie gleich an ihren Schlüsselbund angehängt. Das Gedenkabzeichen zeigte die sogenannte Luther-Rose: eine fünfblättrige Rose mit einem Herz in der Mitte und einem Kreuz.

Diese Rose war gleichbedeutend mit einem Fünfstern, das wusste sie. Anscheinend hatten die Altvorderen das Symbol Pentagramm nicht nur zum Spaß der Venus zugeordnet. Dem Planeten und der Göttin Venus.

Wenn diese Rose mit einem Pentagramm identisch war, zeigte diese Luther-Rose ein auf dem Kopf stehendes Pentagramm, das Symbol der Schwarzmagier! Und zudem: Stand das Luther-Wappen samt Rose und Kreuz mit dem geheimen Zirkel der Rosenkreuzer in Verbindung, von denen sie in einem alten Werk gelesen hatte?

Eine Spur nach Fellbach, zur Lutherkirche?

Nein, nicht sehr wahrscheinlich, die Lutherkirche hatte diesen Namen erst im Jahr 1927 erhalten. Erst nachdem ein weiteres Gotteshaus im evangelischen Kirchensprengel Fellbach gebaut worden war, erschien eine Namensgebung für die im Mittelalter als Gallus-Kirche bezeichnete, später aber über Jahrhunderte namenlose Kirche notwendig.

Gab es noch andere Möglichkeiten, über das Thema Venus der Frage nach einem ‚*Pentagramm in Fellbach*' auf die Spur zu kommen?

Die Göttin Venus, verbunden mit dem Fünfstern, wurde auch als Morgenstern bezeichnet. In katholischen Zusammenhängen galt der Himmelskörper Venus als Stern der Maria, das hatte ihr einmal die Oma erzählt.

Meerstern ich dich grüße, o Maria hilf. Dieses Lied hatte ihre katholische Großmutter zur Maienzeit gern in der Maiandacht mitgesungen. Mia klang das Lied noch in den Ohren. Dazu die eindringliche Mahnung der Großmutter: „Nichts von der Maiandacht dem Vater erzählen!"

Überhaupt war die Oma in Anwesenheit ihres Vaters meistens sehr mundfaul. Er hatte sie einmal bei einer Familienfeier als „katholische Laus im Pelz" bezeichnet.

„Dui mit ihrem Katholika-Schürzle ond Katholika-Hütle", lästerte er lauthals über ihre bunte Kleidung, nachdem sie empört den Raum verlassen hatte, „dui falsche, verlogene Papistennachrennerin! Sauf doch dein Weihwasser ohne uns!"

„Aber Gottlieb!", wollte ihn die Mutter wie üblich beruhigen. Doch damit hatte sie nur noch Öl ins Feuer gegossen.

„Diese Vatikanfahnenaufhänger kann ich absolut nicht leiden! Mit ihrem gelben und weißen Fetzen! Weiß ist die Farbe der Unschuld. Die haben die schon lange verloren. Weiß? Dass ich nicht lache. Das steht haargenau für die Missbrauchsheuchelei der katholischen Seelsorgerdarsteller. Und das gelbe Gold ist ihr oberster Gott. Zweitausend Jahre katholische Kirche sind zweitausend Jahre Erfahrung in Geldgeschäften. Elendige Weihrauchstinker!"

Mia gruselte es im Nachhinein beim Gedanken an die Ausfälle ihres Vaters. So ein peinlicher Fettnäpfchen-Marathon. Noch peinlicher als das hämische Gefeixe der übrigen Verwandtschaft.

Meerstern ich dich grüße, das Lied blitzte wieder auf.

Maria?

Gab es in Fellbach nicht eine Kirche für die Himmelskönigin? Maria Regina?

Vielleicht könnte es sich lohnen, diese Kirche bei den nächsten Recherchen in Fellbach einmal aufzusuchen?

Könnte eine katholische Kirche irgend etwas mit einem Pentagramm zu schaffen haben?

Noch ein Buch

"Hallo Frau Licht, könnten Sie bitte schnell mal bei mir vorbeikommen. Bitte." Die Stimme der Professorin Wackernagel-Dümperling klang ausnehmend höflich, aber drängend, sodass Mia sich eiligst auf den Weg zum Institut machte.

Im Büro führte die Professorin Mia ohne Umschweife zu einem Stahlschrank.

"Die Haushälterin von Professor Schrickelbacher brachte mir gestern ein altes, handgeschriebenes Buch. Er hatte es ihr einen Tag vor seinem Tode übergeben und sie gebeten, es in einem Schrank oben auf dem Dachboden zu deponieren. Sie hatte seine Bitte aber nicht gleich ausgeführt, sondern das Buch in ihrem Zimmer zwischengelagert. Offensichtlich war sie ein klein wenig neugierig, wollte gern wissen, um was für ein Buch es sich handelt. Sie hat sich jetzt auch wortreich dafür entschuldigt: Es war aber insofern gut, weil das Haus von Gerhard leergeräumt wurde. Ratzeputz leer, ich weiß nicht, von wem. Auf dem Buchdeckel war ein Klebezettel angebracht, auf dem ‚Fellbach' stand. Da dachte ich gleich an Sie. Nehmen Sie es mit."

Mia packte das großformatige Werk in ihren Rucksack und eilte zurück. In Omas Häuschen angekommen, nahm sie sofort das großformatige Buch zur Hand. Sie strich mit dem Zeigefinger über den schwarzen, ledernen Bucheinband. Der Buchtitel war vertieft eingeprägt: *geheimisch wolfs-segense*.

Als sie das Buch öffnete, fiel ihr eine Zeichnungsskizze entgegen. Offenbar waren zwei sich kreuzende Straßen dargestellt. Der eine Richtungspfeil nach rechts war mit *rumoldeshusen* beschriftet, der andere nach unten mit *buochberc* und *velebah*. Bei der Kreuzung stand: *zehan vuoz tiuf*.

„Hm", murmelte Mia, „das könnte Rommelshausen und Kappelberg bedeuten. Der Schnittpunkt der Straße nach Rommelshausen mit der Straße zum Kappelberg – das müsste der Kreisel sein. Doch was bedeutet der Rest?"

Die Zeichnung zeigte ausgehend von dem Schnittpunkt noch eine dicker gemalte schnurgerade lange Linie nach oben. Links davon ein Kreuz mit der Bezeichnung *gallus*. Dieses Kreuz war mit dem Schnittpunkt ebenfalls mit einer dickeren Linie verbunden.

„Gallus? So hieß doch ursprünglich die heutige Lutherkirche, lange vor der Reformation." Aus welcher Zeit stammte denn das Werk? Mia drehte und wendete es, konnte aber keinen Anhaltspunkt finden. Am Ende der langen Linie war ein Fünfstern eingezeichnet. Daneben stand die Bezeichnung *vinf thusunt vuoz* und darunter: *zehan vuoz tiuf*

Sie hob das Buch hoch, wollte umblättern. Da fiel aus dem Buchrücken ein Metallstab heraus. Auf dem Stab war eingraviert: *einaz vuoz*.

„Ah, schau an. Das könnte die Maßeinheit sein." Mia hüpfte fast an die Decke, als ihr dieser Zufall im wahrsten Sinne des Wortes zufiel. „Vuoz bedeutet bestimmt Fuß."

Sie kramte aus ihrer Tasche ein ausziehbares Maßband. 28,3 Zentimeter.

„Ach herrje", Mia klatschte in die Hände, „jetzt sehe ich's erst. Fünfstern, das ist doch ein Pentagramm."

Das Pentagramm von Fellbach? Von dem die Professorin sprach? Wäre der Hammer!

Ganz oben auf der Zeichnung stand *norden-halp*.

War hier die Himmelsrichtung Nord gemeint?

Was hieß jetzt dieses *zehan vuoz tiuf*, das dreimal vorkam: An der Kreuzung, bei der Gallus-Kirche und am Ende des Striches bei dem Pentagramm.

151

Was bedeutet *vinf thusunt vuoz?*

Sie blätterte in einem Buch, das ihr die Großmutter zu Beginn des Studiums geschenkt hatte. Oma hatte es damals auf dem Dachboden gefunden.

Etymologisches Wörterbuch der gothisch-teutonischen Mundarten.

Nur kurz hatte Mia damals in das modrig riechende Werk aus dem Anfang des 19. Jahrhundert hineingeschaut, hatte es gleich wieder weggelegt.

Konnte es jetzt weiterhelfen?

Mia wurde fündig. Das eine hieß im jetzigen Deutsch *10 Fuß tief,* das andere *5000 Fuß.* Jetzt hatte sie die genauen Angaben.

Aber Pentagramm und 5000? Was mochte es damit für eine Bewandtnis haben? Zweimal die Fünf?

Sie rechnete die neben dem Pentagramm stehenden 5000 Fuß in Meter um. 1415 Meter.

Aus dem untersten Fach ihres Regales fingerte sie einen Stadtplan von Fellbach heraus, Maßstab 1:7500.

„O je, jetzt auch noch rechnen!", stöhnte sie. Doch es half nichts. Sie schrieb penibel und konzentriert alle Zahlen auf einen Block. Das Ergebnis lautete 187 Millimeter.

Mia breitete den Stadtplan vor sich aus. Am Kreisel, dem Schnittpunkt von Vorderer Straße, Rommelshauser Straße, Burgstraße und Kappelbergstraße legte sie ein Lineal an. Von hier 18,7 cm haargenau nach Norden. Wo würde sie ankommen?

Mia stockte der Atem. War das richtig? Sie wiederholte die Prozedur. Das gleiche Ergebnis. Der Stadtplan zeigte einen roten Kreis mit einem weißen Kreuz.

Darunter stand: *Maria Regina-Kirche.*

Auf der Zeichnung war die kurze Linie vom Straßenschnittpunkt zur Gallus-Kirche und die lange Linie zur Maria Regina-Kirche mit einer dickeren Strichstärke ausgeführt gewesen. Sah aus wie ein Pfeil, bei dem der linke Haken fehlte. Hatte dies auch etwas zu bedeuten?

Was befindet sich an den angegebenen Stellen in der Tiefe von 10 Fuß, von 2,83 Metern?

Wie war das herauszufinden? Graben?

Nein, das ging nicht. Was sollte hier auch vergraben sein?

Aber warum dann diese Linie?

Mia blätterte das Buch weiter durch. Nach wenigen Seiten stieß sie auf eine umrahmte Zeile: *zehan vuoz tiuf liggen wolfssegense.*

Fellbacher Pentagramm

Die Recherchearbeit im Stadtarchiv war auf Wunsch von Dr. Schweizer kurzfristig auf Nachmittag verschoben worden. Zeit für eine kleine Auszeit.

Mia saß kurz nach zehn Uhr in einem Café in der Nähe des Fellbacher Rathauses. Der Cappuccino mit Mandelmilch schmeckte himmlisch gut, dazu eine köstliche vegane Apfeltasche. Sie hatte nur wenig Geld zur Verfügung, aber ab und zu gönnte sie sich so einen kulinarischen Luxus.

Mia ließ ihren Gedanken freien Lauf. Alles was in den letzten Wochen und Monaten passiert war, war aufregend und teilweise auch beängstigend. Wie ruhig war dagegen ihre vorherige Studienzeit dahingeplätschert. Nun hatten die Wochen in Irland ihr seitheriges Weltbild völlig infrage gestellt. Erinnerungen an den ermordeten Professor Schrickelbacher keimten auf. Was hatte diese seltsame Bruderschaft vor, fragte sie sich. Steckte sie womöglich hinter dem Mord?

Ihr leerer Blick blieb an der Serviette haften, auf der ein blauer fünfzackiger Stern aufgedruckt war. Ein kurzes Lächeln huschte über ihr Gesicht. Jetzt verfolgte sie das Pentagramm schon bis zum Kaffeetrinken. Die Spitze des Fünfsterns schaute nach oben. Sie ging die einzelnen Zacken durch. Hatte sie dererlei schon in der Stadt gesehen? Nein.

Sie drehte die Serviette um einige Grad. Eine Spitze zeigte jetzt nach unten. Mit der Hand deckte sie einen Teil ab, betrachtete die geometrische Figur. Wieder nichts.

Ihre Hand bewegte sich über die Grafik – unbewusst, als ob sie geführt werden würde. Nun war nur noch der Zacken zu sehen, der auf der rechten Seite nach unten zeigt.

Blitzschnell leuchtete die Erkenntnis auf.

Das war es!

Sie kramte ihren Notizblock aus der Tasche, riss ein Blatt heraus und legte es behutsam darüber.

Die Lösung lag vor ihr und Mias lautstarke Begeisterung brach hervor: „Wow!"

Die Aufmerksamkeit der anderen Gäste huschte aufgeschreckt zu ihr herüber. Entschuldigend hob sie ihre Hand vor den Mund und blinzelte verlegen. Für Mia hatte die Grafik mit dem Blatt Papier so kreislaufanregend gewirkt wie drei doppelte Espressi auf einmal.

Hatte sie soeben das Pentagramm von Fellbach entdeckt?

Eine Idee kam angeflogen, wie sie das herausfinden konnte. Mia verließ rasch das Café. An der Lutherkirche vorbei radelte sie zur nahegelegenen Kirche St. Johannes. In der Pfarrer-Sturm-Straße betrat sie das Gemeindebüro der katholischen Kirche.

Hier bekam sie von der freundlich lächelnden Sekretärin die Auskunft, ja, man könne im Pfarrarchiv nachschauen. Dort lagerten die gewünschten Pläne. Sie solle doch in einigen Tagen nochmals vorbeikommen?

„Oh, bin ich dann wohl umsonst eigens von der Universität Tübingen angereist?", bedauerte Mia und übertrieb dabei ein klein wenig.

„Ah jaaaa, da hätten Sie schon vorher anrufen müssen. Einen Termin ausmachen."

„Tut mir echt leid", entgegnete Mia, „das wusste ich nicht. Könnten Sie nicht freundlicherweise eine Ausnahme machen?"

„Ah jaaaa, dann will ich mal nicht so sein. Wenn Sie extra den weiten Weg auf sich genommen haben. Kommen Sie mit."

Sie gingen eine Treppe tiefer durch einige Kellergänge. Im Archiv breitete die Sekretärin verschiedene Baupläne aus den 1960er Jahren aus. Mia konnte von den Blaupausen gleich Kopien mit dem großen Fotokopiergerät anfertigen. Alle Details und Maßangaben waren eingezeichnet.

„Für was genau in Ihrem Studium brauchen Sie das denn?", fragte die Sekretärin.

„Für meine Masterarbeit."

„Ah jaaaa, so ist das. Na dann, viel Erfolg."

Nur wenige Meter vom Pfarrbüro setzte sich Mia auf eine Bank vor der St. Johannes-Kirche. Aus ihren Unterlagen holte sie eine Zeichnung eines Pentagrammes mit allen Winkelangaben. Ihr Blick sauste hin und her.

„Bingo, passt!"

Ihre Hände flatterten, als sie die Zeichnung des Pentagramms mit dem Bauplan der Kirche verglich. Ein Winkel von 36 Grad! Kein Zweifel, der Umriss der Kirche passte haargenau in eine Dreiecksspitze des Pentagramms. Es wurde nur ein Teil des Pentagramms ausgefüllt, aber die Professorin hatte doch wörtlich darauf hingewiesen: *pars pro toto*, ein Teil, der für das Ganze steht.

Das Gehirn des Betrachters konstruiert aus einem Teil das Ganze. Ob es der Betrachter will oder nicht, ob er es merkt oder nicht, spielt keine Rolle! Das Gehirn verrichtet automatisch die Arbeit, speichert es im Unterbewusstsein ab.

Mia nahm die Seitenansicht des Gebäudes, wie es von der Südseite her sichtbar ist. Dann ergänzte sie den Rest des Pentagrammes. Sie schüttelte den Kopf, betrachtete nachdenklich das Gezeichnete.

Konnte es sein, dass diese Kirche vom Architekten unter diesem Gesichtspunkt konstruiert wurde?

Zufall? – Versteckt vor der Öffentlichkeit? – Wissen dies die Verantwortlichen der Kirche überhaupt? – Oder wurde es vor den Kirchenleuten geheim gehalten? – Die Form des auf der Spitze stehenden Pentagrammes. Symbol der Schwarzen Magie – und dies bei der Kirche Maria Regina?

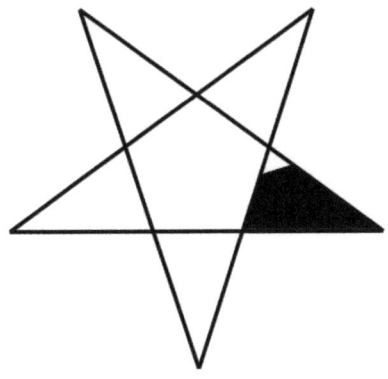

Der geneigte Kegel

Mia fuhr mit Mutters uraltem schwarzen Fahrrad, das noch aus der Zeit vor der Erfindung der Gangschaltung stammte, zur Kirche Maria Regina. Bis zum Nachmittagstermin im Stadtarchiv hatte sie noch über zwei Stunden Zeit.

Schon seit 1967 stand die Kirche an diesem Platz. Doch noch nie war Mia hineingegangen. Schließlich war sie mehr als streng evangelisch erzogen worden. Da war es nicht schicklich, in eine Kirche der Katholiken zu gehen. Immerhin erinnerte sie sich, dass das Bauwerk als kühnster Kirchenbau Europas bezeichnet wird, als Kulturdenkmal ersten Ranges.

Mia betrachtete das Gebäude von außen. Von der Südseite sah das Gebäude aus wie ein schräg in den Boden gerammter Kegelstumpf. Die Faserzementplatten, die das Bauwerk verkleideten, schimmerten in allen Grauschattierungen von leuchtend hell bis unansehnlich dunkel. Mia lief um das seltsame Gebilde herum und nahm drei kubische Eingänge wahr. Sie wandte sich dem mittleren Würfel zu, dem Haupteingang. Das auf dem Vorplatz verlegte rotscheinende, granitene Kopfsteinpflaster setzte sich in der Kirche fort.

Langsam trat Mia ein. Sie glaubte eine dunkle Höhle zu betreten. Nur durch eine Aussparung vorne oben strahlte Licht in den Kirchenraum. Keine ornamentprächtigen Heiligenfiguren zu sehen, keine frommen Bilder. Die Innenwände blank und kahl, weißlichgrauer aufgerauter Verputz. Schmucklose Nüchternheit. Mias Blick wanderte nach oben. Eine mehrere Meter große Öffnung, mit vielen sechseckigen transparenten Bausteinen verschlossen, die von ihrer Form her an Bienenwaben erinnerten.

Mia setzte sich in eine der halbrund angeordneten Sitzbänke

und schaute umher. Orange und blaue Farbenpracht an Empore und Orgel übertünchte das Betongrau. Vorne ein runder Altar aus weißem Marmor. Daneben als Farbkontrast ein golden scheinender Tabernakel. Zwei Bronzefiguren. Maria neben ihrem Kind, beide in Gebetshaltung mit erhobenen Händen dargestellt. Die Madonnenfigur mit einer Krone auf dem Kopf.

Maria. – Regina, Königin. – Himmelskönigin. Der alte Name der Venus.

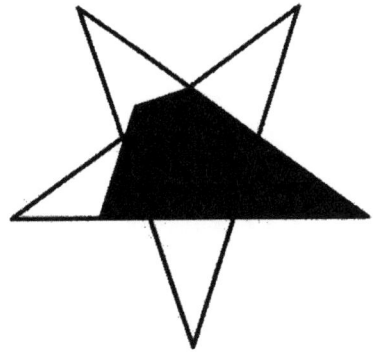

Besuch

Mia blickte einen Tag später mit gesenktem Kopf aus ihrem Zimmer in Tübingen auf den Kanal. Nahm das Wasser ihre Gedanken mit?

„Hallo Mia!"

Sie glaubte, ihren Augen nicht zu trauen. Am gegenüberliegenden Ufer stand er. In voller Größe.

„Sigurður! Moment, ich komme!" Sie schwebte über die steile Treppe nach unten, zur Haustüre hinaus und umarmte ihn mit Schwung. „Schön, dich zu sehen. Warum hast du vorgestern am Telefon nicht gesagt, dass du kommst?"

„Wollte dich überraschen."

„Das ist dir gelungen. Was ist denn jetzt mit dem Pferdehof? Komm, wir gehen spazieren in die Stadt."

Sie kehrten in ein Café ein und Sigurður erzählte. „Den Hof betreuen mein Cousin Ansgar und seine Freundin für die nächsten Monate. Ich überlege noch, was es längerfristig für Möglichkeiten gibt. Und was machst du gerade so?"

„Ich bin mit meiner Masterarbeit beschäftigt", erwiderte Mia.

„Und, was möchtest du danach machen?"

„Weiß ich noch nicht genau."

„Oder anders gefragt", Sigurður schaute ihr lange in die Augen, „was wäre dir im Leben wichtig?"

„Tja, die Wochen in Irland, Wales und Schottland haben mir gezeigt, dass ich etwas machen möchte, das zu mir passt. Vielleicht auch etwas, womit ich für die menschliche Gemeinschaft etwas Sinnvolles tun könnte. Und auf jeden Fall Aufgaben erledigen, die mir das Leben noch stellen wird."

„Und was wäre mit Island? Könntest du dir ein Leben dort vorstellen."

Mia kramte in ihrer Tasche, zeigte Sigurður ein Bild eines Bauwerkes und sah ihn erwartungsvoll an. „Pars pro toto. Ein Teil steht für das Ganze!"

„Äh was? Um was geht's? Was soll denn das sein? Wenn dies ein Teil sein soll, was ist das Ganze?"

„Selbst wenn du es nicht bewusst siehst, vervollständigt dein Gehirn das Bild. Weil hier das sogenannte Gesetz der Erfahrung eine Rolle spielt. Deine Erfahrung weiß beispielsweise, wie ein Pentagramm aussieht, oder?"

„Na klar. Stern mit fünf Zacken. Und warum zeigst du mir das jetzt? Gibt es sonst nichts zu besprechen als so ein dummes graues Bauwerk? Ich hatte dich eigentlich etwas zu Island gefragt."

„Warte ab. Jetzt zeige ich es dir mit einer Zeichnung. Dann wird es deine Augen öffnen. Du bist der Erste, dem ich meine Entdeckung zeige."

Mia nahm eine Zeichnung, die den geneigten Kegelstumpf der Kirche Maria Regina von der Südseite zeigte. Sodann legte sie ein Transparentpapier mit einem aufgezeichneten Pentagramm darüber.

„Siehst du, der Schattenriss der Kirche passt genau hinein, wenn die beiden Spitzen nach oben zeigen."

Sigurður beugte sich über die Aufrisse. „Zufall.", kommentierte er mit etwas tonloser Stimme.

„Seltsamer Zufall. Wie kommt so ein krummer Winkel von genau 36 Grad zustande? Die Erbauer hätten doch 30, 33 oder 35 Grad nehmen können. Nein, es sind 36. Damit passt es genau in ein Dreieck des Pentagrammes. Eines auf der Spitze stehenden Pentagrammes. Symbol des Bösen."

„Symbol des Bösen? Glaube ich nicht. Nicht bei einem Kirchenbau. Unmöglich. Es ist nur zufällig so."

„Aber das ist der Beweis!"

„Glaube ich trotzdem nicht, weil es außer dir noch nie jemand so gesehen hat. Die Leute haben doch auch Augen im Kopf. Es wäre doch bestimmt jemandem aufgefallen, all die Jahrzehnte seit der Erbauung."

„Ich zitiere normalerweise nicht mehr aus der Bibel. Für meine Masterarbeit habe ich mir dennoch ein Zitat von Matthäus 13 als Überschrift für das entsprechende Kapitel ausgesucht:

Denn sie sehen, aber erkennen nichts; sie hören, aber verstehen nichts. Ihr dagegen dürft euch freuen, denn euere Augen können sehen und euere Ohren hören."

„Mia, du verrennst dich. Jagst einem Phantom nach. Interpretierst Dinge hinein, die außer dir niemand sieht!"

Mia lächelte Sigurður an. „Nach der Veröffentlichung meiner Arbeit werden es alle sehen. Sie werden sich verwundert die Augen reiben. Dann werden Leute von weither nach Fellbach pilgern, um diesen Pentagramm-Ausschnitt in Form einer Kirche zu bestaunen. Fellbach wird dann womöglich noch berühmt. Ich sehe schon die Schlagzeilen."

„Ja, ja, Mia, träum weiter", erwiderte er und klimperte ihr mit seinen langen Wimpern zu.

„Niemand hatte zuvor das Mysterium bemerkt. Unsichtbar und doch sichtbar. Die Seelen der Betrachter nahmen das Sinnbild mit ihren inneren Augen auf. Der Verstand blockierte das Gesehene. So blieb es nur als Gast im Unterbewusstsein. Von dort aus wirkte es weiter, bis mein Unterbewusstsein ein Signal an meinen Kopf sendete. Das war der Grund dafür, dass ich etwas gesehen habe, was vor mir niemand sah. Ist das nicht eine bedeutende Entdeckung?"

„So bedeutend wie ein Furz eines Islandpferdes an einem trüben Novembertag."

Am Kreisel

Mia traf sich am letzten Märztag mit Karin Haldenbacher am Kreisel bei der Burgstraße in Fellbach. Sie zeigte Karin die Skizze aus dem handgeschriebenen Buch.

„In der Tat", bestätigte Karin, „wir stehen hier an der Kreuzung zweier uralter Handelsstraßen. Wenn du nach Symbolhaftem suchst, vielleicht kannst du ja dieses Kunstwerk aufnehmen, das vor ein paar Jahren mitten im Kreisel aufgestellt wurde?"

„Weißt du, was die Figur darstellen soll?" Mia sah Karin fragend an.

„Nach offizieller Version einen Weingeist. Aber schau dir unter anderem die Hörner und die lüsterne Sitzhaltung an – das kann nur ein Satyr sein."

„Ein Satyr?"

„Ja, der Überlieferung nach waren das dämonische Zechkumpane des Weingottes Bacchus. Sie standen für Ausgelassenheit und auch für Lüsternheit. Bei der Errichtung hatte es zahlreiche Diskussionen gegeben. Die Gegner monierten, dass mit Steuergeldern heidnische Symbole im Oberdorf bezahlt werden würden. Alles nur ein Spaß, hieß es dann, es sei nur ein launiger Weingeist."

„Da klingt deine Deutung schon logischer", bejahte Mia. „Eine Bacchus-Figur thront ja auch nur wenige hundert Meter oberhalb beim Brunnen vor der neuen Kelter. Zufall?"

„Es gibt keine Zufälle", erwiderte Karin und zeigte auf die Figur. „Noch etwas anderes könnte dich interessieren. Schau, der Satyr stellt den Zeigefinger empor. Wie eine Antenne."

„Antenne?"

„Empfangen mit dem Finger. Abgeben mit dem Glied zwischen den gespreizten Beinen."

„Karin! Jetzt aber!"

„Hier am Schnittpunkt uralter Wege treffen die Himmelsrichtungen aufeinander und geben ihre Botschaft direkt in der Mitte ab. Die Verkündigung zielt nach Norden. Pfeilgenau trifft sie den Eingang der Kirche Maria Regina.

Anders ausgedrückt: Sie trifft direkt auf das umgekehrte Pentagramm, wie du neulich herausgefunden hast. Wurde der Künstler geleitet von einem morphogenetischen Feld, das alles und jedes verbindet?"

Mia schaute Karin mit großen Augen an.

„Natürlich", räumte Karin ein, „wird der Symbolgehalt von Bauwerken offiziell abgestritten. Im Rahmen meines Architekturstudiums hatte ich ein Wahlfach belegt zum Thema ‚*Gebaute Symbole weltweit*'. In Karlsruhe zum Beispiel steht ein freimaurerisches Pyramidendenkmal. In Washington wimmelt es nur so davon. Der Professor zeigte uns viele Beispiele, bis hin zu zahlreichen Logos von Firmen und Zeichen auf Bauwerken. Die Symbole sind für alle sichtbar. Sie stehen öffentlich da, die Mehrheit der Leute weiß jedoch nichts von der eigentlichen Bedeutung.

Das Wahlfach fand übrigens nur in einem Semester statt. Danach ging der Professor in den vorzeitigen Ruhestand. Besser gesagt, er wurde gegangen."

„Au Backe. Da muss ich dann wohl aufpassen beim Formulieren."

Wanderungen ringsum

Karin kannte sich gut mit den Bauwerken rings um Fellbach aus. Aber auch die sonstigen örtlichen Gegebenheiten waren ihr vertraut. So nahm Mia gerne Karins Angebot zu ausgedehnten Spaziergängen an. Karin war ihr mittlerweile eine treue Begleiterin und Freundin geworden.

Bei einer kleinen Wanderung Mitte April vom Ende der Esslinger Straße durch die Weinberge Richtung Rotenberg kam Karin ins Erzählen.

„Erst unter der Frankenherrschaft kam das Christentum zu den Alemannen. In ihren Volkssitten und Gebräuchen, in ihrer naturnahen Welt-Anschauung überlebte jedoch der angestammte Glaube. Die frühen Missionare versuchten, die alten Göttinnen und Götter zu verteufeln, wenn auch nicht immer mit Erfolg. Eine andere Strategie der Schwarzkutten bestand darin, die Götterstätten mit ihren Kapellen und Kirchen zu überbauen. Oder sie ersetzten die Gottheiten durch angebliche Heilige. Beispielsweise Ziu durch den Erzengel Michael oder Wotan durch den Heiligen Martin. In Cannstatt findest du die Altenburg mit einer Martinskirche, in Wangen und Waiblingen jeweils eine Michaelskirche.

Viele alte Kultstätten sind also bis heute an ihren Namen zu erkennen – sei es, dass sie verteufelt wurden, sei es, dass man sie umgewidmet hat.

Zu Zeiten der Reformation hat die protestantische Kirche aber auch religiöse Stätten vernichtet, von denen keine Namen überliefert sind: Gebetsstätten auf Fluren und Feldern, Feldkapellen und Bildstöcke. Doch auch viele von diesen Stätten lassen sich heute noch auf-spüren im wahrsten Sinne des Wortes. Denn oftmals sind sie mit einer hohen energetischen Ortsqualität verbunden. Dagegen kommt nicht einmal eine totale protestantische Kehrwoche an."

Karin deutete auf die sanften Erhebungen des Schurwaldausläufers. „Schau mal, der Kappelberg. Geomantisch betrachtet gilt er wegen seines sanft geschwungenen Bergrückens als *Venusberg*. Als ein Berg der Frauen. Unterhalb des Berges soll es im Flur Frauenwengert eine Kapelle gegeben haben, geweiht der Gottesmutter Maria. Auch eine Wallfahrtskapelle oben auf dem Kappelberg soll zu Ehren Marias erbaut worden sein. Angeblich hätte dort ein Bursche eine Marienerscheinung gehabt."

„Aber lange vor Maria", ergänzte Mia, „wurde auf dem Berg eine Göttin, eine Muttergottheit, verehrt."

Eine hölzerne Bank lud zu einer kleinen Ruhepause ein. Karin erzählte weiter. „Das Thema *Heilige Orte* hat mich in seinen Bann gezogen. Viele Kultplätze, Kultstätten, Kapellen, Kirchen und Klöster durfte ich mittlerweile untersuchen. Dabei habe ich selber erfahren, dass Kultplätze tatsächlich energetisch über lange Distanzen verbunden sind. Oftmals werden diese energetischen Linien durch Steine erzeugt: geklobte Steine, also gespaltene. Ein Teil bleibt an einem Ort, der andere wird an eine andere Stelle verbracht. Spannende Sache. Bislang haben wir im Frauenkreis aber noch keine derartigen Experimente durchgeführt."

„Aber ich", meldete sich Mia zu Wort, „nämlich in Irland."

„Wie bitte? Du befasst dich klammheimlich mit Geomantie? Und ich rede mir den Mund fusselig?!"

„Nein, nein", wiegelte Mia ab, „nicht in der Tiefe. Aber wir haben beim Thema Kultplatzbau mit jeweils drei Quadersteinen Sender und Empfänger hergestellt. Wir legten sie im richtigen Abstand und mit unterschiedlichen Polungen aus. Ceridwen zeigte uns, wie dadurch in der Mitte ein energetischer Strahl entsteht. Links und rechts davon entstanden jeweils zwölf Strahlen. Damit wurden Heilige Orte miteinander verbunden. Sogar Gedanken und Mitteilungen konnte man übertragen. Das funktioniert anscheinend über hunderte von Kilometern hinweg. Pfeilgerade! Das Internet der steinernen Zeiten."

Schweigend betrachteten sie die Umgebung, bis Karin schließlich zum Weitergehen mahnte. Nach einer steilen Wegstrecke über viele Weinbergstaffeln erreichten sie die Höhe. Sie ließen noch zahlreiche Gartengrundstücke hinter sich und gelangten schließlich zu einer großen Wiese.

„Hier sind wir", sagte Karin, „die Egelseer Heide."

„Hat dieser Name eine spezielle Bedeutung?", fragte Mia. „Habt ihr im Frauenkreis darüber geforscht?"

„Haben wir. Ob hier vor Zeiten ein Waldsee war, weiß ich nicht. Was ich aber sagen kann: Ein Egelsee hat nichts mit den Egeln, den Blutsaugern, zu tun. Es handelt sich hier um eine Durchgangspforte in die Anderwelt. Das kommt aus dem keltischen *aios* und bedeutet *heilig*. Ein heiliger Platz als Tür zur anderen Welt. Hier wachen die *Sidhé*, das *Volk von den Zauberbergen*. Sie sorgen dafür, dass kein Unbefugter Einlass erlangt. Heute ist die Egelseer Heide ein großer Spielplatz für Jung und Alt. Ein Treffpunkt für den Sonntagsausflug. Aber nachts, wenn alle Menschenmassen weg sind, hörst du die feinen Gesänge der *Sidhé*. Die überlieferten Weisen aus der Keltenzeit. Weisen und Weisheit in einem. Wenn du absolutes Glück hast, zeigen sie sich sogar, aber erst nach vorheriger Prüfung deiner Person. Sie erscheinen mit ihren langen, wallenden Gewändern. Ihr Gesang ist so überirdisch faszinierend, gar nicht in Worte zu fassen. Du bist bezaubert von ihrem Aussehen. Obgleich tausende Jahre alt, sehen sie aus wie junge Frauen. Es scheint, als schwebten sie über die Egelseer Heide. Sie lieben den Hügel, das sanftgrüne Gras. Wenn sie gut gelaunt sind, geben sie dir die Möglichkeit, in die Anderwelt zu schauen, jenseits des umzäunten Menschenhages zu wandeln, Kontakt mit andersartigen Lebewesen aufzunehmen. Du wirst von ihnen geleitet und zurückgebracht. Aber Vorsicht! Auf verschiedenen Hügeln rund um die Egelseer Heide leben auch noch andere Wesen des verborgenen Volkes. In Ausnahmefällen erlauben sie einem Besucher den Blick auf ihr altes Reich. Heimat der Ahnengeistwesen, der Krafttiere, der ortsbestimmenden Geister. Sie locken die Besucher in das Innere der Hügel und versprechen ihnen den Zugang zu den Ursprungsbrunnen des künstlerisch und musisch Erhabenen. Aber so ein Besuch kann gefährlich sein: In den Tiefen der Hügel herrscht eine andere Zeit! Manch Besucher tappte in diese Falle der Zeitnischen. Er tauchte ein in die Schattenwelt der Dimensionen und kam erst Jahrzehnte später wieder zurück zu seinen Lieben. Nur wenige Minuten Aufenthalt im Hügel können lange Jahre unserer Zeitrechnung bedeuten."

„Ja", stellte Mia fest, „rund um den Kappelberg gibt es noch viel zu entdecken."

Der Oberbruder meldete sich am Telefon.

„Bruder Traugott, was gibt es?"

„Ich hatte die stecknadelgroße Wanze am Rucksack dieser Karin Haldenbacher befestigt. Jetzt habe ich die Sprachaufnahme in eine Wortdatei umgewandelt. Ich sende sie dir nachher zu. Nach meiner Meinung ist die harmlos. Sturm im Wasserglas. Erzählt nur Märchen. Von irgendwelchen unterirdischen Wesen. Spinnereien. Kinderkram. Totale Quatschkacke. Lohnt hier eine weitere Überwachung überhaupt?"

„Lass dich nicht täuschen. Bei den Wesen handelt es sich um Dämonen. Diese Haldenbacher und ihre Teufelinnen sind reißende Wölfe im Schafspelz. Wie es in der Heiligen Schrift steht."

Auf dem Berg

Trotz Arbeitsbelastung durch die Masterarbeit war es Mia wichtig, ihrer Verantwortung als Leiterin der Frauengruppe gerecht zu werden. Die wöchentlichen Zusammenkünfte fanden abwechselnd bei Sünne und in der freien Natur statt. An diesem Dienstag ging die Gruppe wieder auf den Fellbacher Hausberg. Erst vor drei Tagen war Mia mit Karin auf dem Berg gewandert.

Für jedes Treffen bereitete jeweils eine der neun Frauen ein Thema vor, das sie gemeinsam bearbeiten wollten. Diesmal führte Mia durch die Zusammenkunft.

„Heute", begann Mia, „möchte ich euch einige Gegebenheiten aus alten Tagen erzählen. Aus der Zeit vor 800 Jahren, wie sie mir in verschiedenen Rückführungen offenbart wurden."

„Mia", warf Heidrun ein. „Entschuldigung, wenn ich unterbreche. Aber Rückführungen wären eigentlich für jede von uns interessant. Wäre es denn möglich, so etwas für uns alle anzubieten?"

„Nun", meinte Mia, „ich möchte es nicht selbst durchführen. Aber ich könnte dies für euch einmal organisieren, wenn allgemein Interesse daran besteht. Wir haben ja Verbindung zu entsprechenden Kreisen."

Fast alle Frauen nickten zustimmend. „Aber nur, wenn es nicht zuviel kostet", dämpfte Herta.

„Das bekommen wir hin", erwiderte Mia, „aber es soll absolut freiwillig sein. Möglicherweise werden dabei nicht so angenehme Dinge ans Tageslicht kommen."

„Also ich", meldete sich Liberta, „ich würde es lieber lassen. Zuviel Neugier ist auch nichts."

„Das hat doch nichts mit Neugier zu tun! Ich möchte es einfach nur wissen. Und Wissen schadet nicht!", erwiderte Heidrun.

„Vielleicht vertagen wir die Entscheidung noch etwas", begann Mia erneut, „heute habe ich mir eigentlich ein anderes Thema vorgenommen."

Die Gruppe ging einige Schritte und versammelte sich unter einer großen Fichte.

„Ah", Dagny schnaufte hörbar ein, „ah, das rieche ich gerne. Fichtennadel. Erfrischend. Belebend. Wunderbar!"

„Nehmen wir doch gemeinsam einige tiefe Züge", schlug Mia vor, „dann beginnen wir."

„Dagny, du hast recht", stellte Sünne fest. „Es ist wirklich herrlich entspannend. Ich könnte stundenlang so einatmen. Es erinnert mich an eine Wanderung in Oberösterreich. Von der muss ich euch mal einige mystische Erlebnisse erzählen."

„Also", Mia machte einen erneuten Anlauf und klatschte dazu dreimal in die Hände, „ich möchte euch heute von der *vele ze bah*, der Seherin vom Hügel, erzählen. Sie sah Dinge, die andere nicht sahen. Verborgene Dinge. In ihren tranceähnlichen schamanischen Reisen erblickte sie die Unterwelt mit den einzelnen Krafttieren. In der Oberwelt nahm sie Kontakt zu den Geistführerinnen auf. Sie war auch eine weise Heilerin und kundige Kräuterfrau. Zu jeder Zeit war sie bereit, den anderen Frauen des Ortes unter dem Buchberg zu helfen. Sie war eine Wissende, sie kannte die Geheimnisse der Überlieferungszeichen – Mysterien, die nur die speziell Eingeweihten erfuhren, damit kein Missbrauch geschah. Als Seherin deutete sie die Zeichen der Natur und entschlüsselte die Botschaften der Göttin. Mit ihrem zweiten Gesicht informierte die Seherin ihren Stamm über ihre Schauungen. Früh sagte sie beispielsweise die Zerstörung des nahegelegenen Ortes Imerott voraus."

„Imerott? Noch nie gehört. Das soll hier in der Gegend gewesen sein? Wo denn?", fragte Liberta.

„Auf damaliger Fellbacher Gemarkung", schaltete sich Karin ein, „in Richtung Untertürkheim. Der Flurname Simonsrot, etwas südwestlich vom Gebiet Lämmler gelegen, deutet noch darauf hin."

„Also", fuhr Mia fort, „nach Jahren des Lernens und des Wirkens als Völva, als Vele, als Seherin wurde sie als eine Druiwid anerkannt. Nach ihrer Einweihung durch den landesweiten Verbund der geheimen Frauenkreise nahm sie ihre Verantwortung an und wirkte als Druidin, als Druidin Urda. Verbunden mit dem göttlichen Geschehen und der Erhabenheit der Natur leitete sie den *Kreis der weisen Frauen* vom Buchberg. Frauen von Imerott und Rotimberc schlossen sich an."

„Ich verstehe doch richtig", meldete sich Asa, „dass du diese Urda in einem früheren Leben warst? Oder? Ich meine, weil du von ihr wie von einer anderen Person sprichst."

„Ja, so ist es. Ich war die Urda", betätigte Mia.

Die Gruppe ging durch den Wald Richtung Kernenturm. An einer Weggabelung zeigte ein Schild das Wort *Buchberg*.

„Der Ausdruck Buchberg oder Buchenberg", erklärte Mia, „hat auch mit dem keltischen *buach* zu tun. Das bezeichnet einen Buckel, einen Bergrücken. Andererseits steht *Buch* in Verbindung zu dem mittelhochdeutschen *Purk*, das bedeutet Burg, Fluchtburg, auch Erdwall. Oftmals verbirgt sich dahinter eine keltische Viereckschanze. Nicht weit von diesem Gewann mit dem Flurnamen *Buch* oder *Buchenwald* ist der Flurname *Beiburg* zweimal vorhanden. Der Ausdruck *Buch* führt zur Burg, kommt von *bergen*. Ein Ort der Geborgenheit, einer mythischen Geborgenheit. Auf zahlreichen Buchbergen allüberall im Land finden wir Frauen-Kultstätten, oftmals als Hexenberge verteufelt. Doch haben Verteufelungsbegriffe eine gute Seite. Die heiligen Plätze der alten Religion lassen sich so auf einfache Weise finden."

„Die Frauenplätze", fügte Karin an, „sind in vielen Fällen

Mond-Einstrahlpunkte, sie förderten die Fruchtbarkeit der Frauen. Eine Teilnahme an den Ritualtänzen an diesen Orten ist heute, wie früher nur uns Frauen vorbehalten."

Mia lief der Gruppe voraus. Nach nicht allzu langer Zeit gelangten sie zu einer großen Wegkreuzung.

„Mia, du wolltest doch zur Ebene, oder nicht?", fragte Karin.

„Ja, warum?", erwiderte Mia.

„Wir sind hier nicht richtig. Wir müssen zurück und dann links abbiegen."

„Also, alles zurück", wies Mia die anderen an und schaute dabei in einige mürrische Gesichter. „Karin, könntest du bitte bei mir bleiben, damit wir uns nicht wieder verlaufen."

Mia und Karin gingen der Gruppe voraus. Kurz darauf hörte Mia, wie Liberta einige Meter hinter ihrem Rücken leise zischelte: „Da tut sie immer so erleuchtet. Und findet nicht mal den richtigen Weg. Die soll eine Seherin gewesen sein? Da hat sie wohl schon einiges verlernt."

Mia wollte gleich darauf antworten, aber Karin neben ihr flüsterte ihr zu: „Lass es, das bringt nichts."

Liberta schien sich aber nicht zu beruhigen. „Es wäre besser gewesen, wenn Karin unserer Gruppe vorstehen würde. So wie seither. Hatte doch alles immer gut geklappt."

Karin flüsterte Mia mit einer abwinkenden Handbewegung zu: „Jetzt keinen Streit anfangen, das spaltet nur die Gruppe. Sie war schon vor der Wanderung leicht auf Krawall gebürstet. Sprich hinterher persönlich mit ihr."

„Außerdem", so hörte Mia Liberta von weitem grummeln, „ist die Mia viel zu weich und nachgiebig. Sie ist noch lange keine wirkliche Leiterin. Das sollten wir ihr mal deutlich zu verstehen geben."

Mia nahm es zur Kenntnis. Ja, sie war sich bewusst, sie hatte noch viel an sich selbst zu arbeiten.

Die Frauen wanderten weiter zum Platz der Ebene. Von Ferne grüßte der Rotenberg, der alte Württemberg, der dem Land seinen Namen gab. Die letzten Sonnenstrahlen des Tages blitzten durch die Bäume des Waldrandes. Sie stellten sich im Kreis auf und fassten sich an den Händen.

„Karin hatte zuvor völlig richtig von den Frauenplätzen berichtet", erhob Mia das Wort, „genau hier ist so ein Platz. Ein alter Tanzplatz, bei dem wir demnächst zum Fest der vollen Mondin unsere Kreistänze zelebrieren werden."

Mit einem Kopfnicken blickte Mia auf Ute. Die Bardin Ute hatte zunehmend Gefallen am Schreiben von Gedichten gefunden. Unablässig brachte sie Gedanken zu Papier. Sie drechselte Sätze, hobelte, feilte, schliff an der Sprache, schrieb sich eine Hornhaut an Daumen und Finger. Mittlerweile trug sie zur Beendigung einer jeden Zusammenkunft etwas vor. Ihren weiß-blonden Pferdeschwanz hatte sie heute mit schmalen, bunten Bändern verziert.

„*Leisen Klang*

Der Bäume Lieder
Hör ich mit der Seele Ohr
Und die Noten seh' ich wieder
Oben in dem Sternentor.

Leisen Klang
Der Vögel Lieder
Hör ich voller Andacht hin
Und die Texte les' ich wieder
Im Planetenbuche drin.

Leisen Klang
Der Steine Lieder
Hör ich mit den Augen weit
Und die Schwingung spür' ich wieder
In dem Gleichklang mit der Zeit".

Nicht jammern

Zum Jahreskreisfest Beltaine traf sich der *Kreis der weisen Frauen* im uralten Fachwerkhaus, wo Sünne wohnte. Das weitgefasste Feld der Selbsterfahrung war der Arbeitsbereich, dem sich die Runde widmete. Neben dem Rüstzeug des Geistigen gehörte dazu auch das praktisch zu Begreifende.

In der Werkstatt neben dem Gewölbekeller werkelten sie mehrere Stunden. Ihre Gedanken konzentrierten sich dabei auf eine Archetyp-Gestalt ihres eigenen Selbst. Welcher Archetyp das bei jeder Einzelnen sein sollte, hatten sie zuvor durch Ziehen aus einem Stapel Druidinnen-Tarotkarten ermittelt.

Jede der Frauen hatte auf der Werkbank einen großen Batzen Tonerde vor sich. Nach einer kurzen Meditation begannen sie mit verbundenen Augen zu formen. Eingebungen und Ideen des eigenen Unterbewusstseins gelangten an die Oberfläche. Verschiedenartigste Werke entstanden: Symbole, Köpfe, Abbilder des eigenen Geistleibes. Nun sollten sie in einer Räucherzeremonie geweiht werden.

Im Gänsemarsch stiegen die Frauen im Wohnhaus einen Stock höher. Die Innenwände dort waren teilweise entfernt, nur einzelne Holzstützen erinnerten an die ursprüngliche Zimmeraufteilung.

In der Mitte des weitläufigen Raumes zog ein ungewöhnliches Arrangement die Blicke auf sich. Zweige von neun verschiedenen Bäumen ragten aus einer irdenen Vase. Neunerlei Mineralien umkränzten das Gefäß, verziert mit drei mal drei Heilkräuterbuschen. Dazwischen lag ein blauer Stein, ein kleiner kupferner Kessel, ein silberglänzendes kleines Schwert und ein kleiner hölzerner Speer.

Die Frauen setzten sich ringsum auf den Boden. Vor ihnen standen vier Räucherschalen bereit, für jede Himmelsrichtung eine. Eine Räuchermischung wurde herumgereicht.

„Wacholder in Verbindung mit Ginkgo, Dammar und Kardamom", erläuterte Asa. Das unterstützt kreative Schaffenskraft."

Räucherkohlenrundlinge wurden entzündet, glühten auf bis zum vollständigen Durchglimmen. Die Kräutermischung wartete bereits auf ihren Einsatz.

Vier verschiedene Räucherfedern lagen neben den Räucherschalen griffbereit: Federn von Rabe, Truthahn, Eule und eine Adlerfeder. Sie standen für die Ausrichtungen nach West, Süd, Nord und Ost. Die Frauen fächelten den aufsteigenden Rauch raumfüllend bis in die letzten Winkel. Der Duft der Räuchermischung umschmeichelte die Nasen und bahnte sich sanft den Weg in verborgene Bereiche der Gehirne.

Mia nahm die prächtige Adlerfeder und wedelte den Rauch weihevoll über die von ihr gefertigte Figur.

Die Bardin Ute hatte spontan einige Zeilen aufnotiert.

„Hände formen tönern Wesen
Aus dem Urgrund blinder Macht
Unbewusst die Worte lesen
Greifen Finger wild und sacht.
Was ist innen, wird jetzt Außen
Geheimnisvolles Tief und Hoch
Seelenwege führen draußen
Eigen Spiel und wandeln doch."

Kerzenlichter verströmten einen harmonischen Schein. Das monotone Plätschern des Wassers eines Zimmerbrunnens über eine Steinformation tönte in beruhigender Geräuschkulisse. Urlaub für die Hin und Her huschenden Gedanken. Eine friedvolle Stimmung breitete sich aus.

„Mia, du lehrst uns in letzter Zeit viel Neues. Das muss ich erst verinnerlichen. Bei deinem Tempo kommt meine Seele nicht so schnell mit", bekannte Sünne und schaute in der Runde umher. „Oder geht das nur mir so?".

„Danke für den Hinweis", meinte Mia, „wahrscheinlich sollten wir uns in der Tat mehr Zeit lassen. Dann hätte ich auch wieder mehr Kapazität für meine Masterarbeit. Andererseits ist da so ein eigenartiges Gefühl in mir. Irgendetwas ist in mir in der letzten Zeit hervorgebrochen. Als müsste ich schnellstmöglich eine gewaltige Arbeit zu Ende zu bringen."

„Mia, es ist nicht kritisch gemeint", beteuerte Sünne, „versteh' mich bitte nicht falsch. Vielleicht liegt es an mir selbst. Vielleicht am Alter. Ich kann einfach nicht mehr so schnell alles aufnehmen."

Mia schüttelte den Kopf. „Nicht das Alter vorschieben. Das erzeugt nur Denkblockaden. Bei dieser Gelegenheit möchte ich mal grundsätzlich bemerken, dass ich mich ungemein freue, in eurer Runde dabei sein zu dürfen. Hier bei euch habe ich das Gefühl, angekommen zu sein. Angekommen in einer Großfamilie, in einer Art Heimat. So, als würden wir uns seit Ewigkeiten kennen."

„Aber seit Ewigkeiten", fuhr Liberta auf, „verfolgt und unterdrückt man uns. Alle unsere Kultplätze wurden geschändet und im Laufe der Jahrhunderte entweiht. Überbaut mit steinernen Kapellen, Kirchen und Klöstern."

„Wir müssen den Vorteil sehen", dämpfte Mia die Aufregung, „schon von Weitem erkennen wir so unsere heiligen Plätze. Sie sind nach wie vor alle vorhanden. Wir können sie jederzeit besuchen. Dort meditieren, Kontakt mit Oben aufnehmen."

„Meditieren?", rief Dagny erschrocken, „dort meditieren? Zwischen all dem Pfaffengerümpel?"

„Genau", ergänzte Herta, „könnte ich auch nicht. Da käme mir sofort der Kaffee von der Konfirmation hoch."

„Meditieren kann man überall", erwiderte Mia, „selbst mitten auf dem Schlossplatz in Stuttgart. Du brauchst nur die Augen zu schließen. Dich konzentrieren. Umgeben vom größten Lärm kannst du zur eigenen Mitte kommen. Alles Übungssache.

Es ist besser, den Unmut, auch wenn er berechtigt erscheint, in sinnvolle aufbauende Energie zu verwandeln. Nicht gegen etwas sein, sondern für etwas. Lasst die zerstörerische Energie durch euch hindurchströmen, verwandelt sie in Liebe und lasst die Liebe aus euch herausstrahlen. Wer liebevolle Worte ausschwingt, den umrahmen die Schwingungen wie ein schützender Mantel."

„Aber Mia", sagte Heidrun, „wir haben keinen besonderen Schutz. Es wird uns schwergemacht, öffentlich zu wirken. Wir müssen uns auch heutzutage noch tarnen, um den verschiedenen subtilen Vernichtungsmechanismen zu entkommen. Die Scheiterhaufenentzünder haben ihre speziellen Nachfahren. Die Hexenverbrennung wird derzeit nur auf eine etwas andere Art bewerkstelligt."

Aufmerksam schweifte Mias Blick von Frau zu Frau. Zu jeder Einzelnen nahm sie Blickkontakt auf.

„Jammert nicht über die Hexenverfolgung vergangener Jahrhunderte.
Jammert nicht um die im Feuer umgekommenen Schwestern und Brüder.
Jammert nicht über die Ausrottung des Wissens Eurer Vorfahren.
Jammert nicht!
Wir sind doch schon alle wieder da!"

Zur Lutherkirche

Karin hatte sich mit Mia verabredet. Gemeinsam wollten sie eine Woche nach Beltaine die Fellbacher Lutherkirche erkunden, um sich gegenseitig in Sachen Architektur und Symbolik zu befruchten.

Sanftes Glockenspiel ertönte. Mia blieb im Rathausinnenhof stehen. Sie schaute nach oben zu den dreißig weißen Glocken aus Meißner Porzellan, die hinter vier länglichen Fenstern aufgehängt waren. Ein Geschenk der Stadt Meißen, einer der Partnerstädte Fellbachs. Mia liebte diesen Glockenklang mit den alten Liedern. Er war für sie eine heimelige Erinnerung an die Stadt ihrer Kindheit.

Mia schaute auf die Kirchturmuhr der Lutherkirche. Kurz vor zehn. Über der Turmspitze bemerkte sie einen Hahn. Immer wenn ihr ein Symbol begegnete, erhöhte sich inzwischen automatisch Mias Aufmerksamkeit. Offiziell galt wohl ein Hahn auf einer Kirche als Erinnerung an den dreifachen Hahnenschrei, als ein gewisser Petrus seinen HERRN verleugnete. Doch in alter Zeit war der Hahn auch ein heidnisches Lichtsymbol, das die Auferstehung eines neuen Tages verkündete. Mia notierte ihre Gedanken in ihr kleines Notizbuch, das sie überall dabei hatte.

Karin wartete bereits am Eingang der Kirche.

„Hier", Karin deutete auf die Steine über dem Tor, „hast du einen Hinweis aus dem Jahr 1519. Das rechte Wappen zeigt zwei sich kreuzende, schwertähnliche Stäbe, dessen obere Enden mit einem Querbalken verbunden sind. Darüber ein gleichschenkliges Kreuz. Vielleicht sind dies Zeichen der damaligen Baumeister? Hast du eine Idee, was das symbolisieren könnte?"

Mia betrachtete die in Stein gehauenen Sinnbilder. „Die zwei Schwerter sind bestimmt Zeichen der Wehrhaftigkeit."

„Könnte sein", dachte Karin nach. „Im 14. Jahrhundert war diese Kirche eine Wehrkirche, geschützt von Mauern und vier runden Türmchen an den Ecken. Sie war sogar von Wasser umgeben. Wo die Türme standen siehst du dort vorne im Boden durch andersfarbige Steine markiert."

„Die Schwertstäbe kreuzen sich in der Mitte. Der obere Teil formt mit dem Querbalken ein gleichseitiges Dreieck. Da das Dreieck mit der Spitze nach unten zeigt, deutet es auf den weiblichen Aspekt. Das gleichschenklige Kreuz oben drauf könnte als ein Zeichen der Göttlichkeit gedeutet werden.

Zusammen mit dem Dreieck möglicherweise ein Zeichen für eine Göttin?"

„Tja, wer weiß. Die Baumeister versteckten ihre Botschaften oftmals in behauenen Steinen."

Gemächlichen Schrittes gingen sie um das alte Gotteshaus.

„Da schau", Mia zeigte auf ein Fenster des Chores der Lutherkirche, „sieht aus wie eine Triskele. Das erinnert mich gleich an das, was ich in Irland gelernt habe. Eine Triskele ist ein Hinweis auf die Göttinnen-Trinität. Dreiheit gab es lange vor dem christlichen Glauben: Die Muttergöttin war eine dreifache in ihren Aspekten junge Frau, reife Mutter und alte Frau. Zugeordnet zu diesen Aspekten die Farben weiß, rot und schwarz. Weiß ist das Symbol für Licht und Weisheit, Rot steht für die Fruchtbarkeit und Schwarz für das Schützen und Heilen. Diese Drei-Einheit der Göttinnen fand sich bei den Kelten ebenso wie bei den nordischen Völkern."

„Apropos Farben", ergänzte Karin, „weiß, rot und schwarz findest du auch in den Fellbacher Stadtfarben. Aber wahrscheinlich haben die eine andere Bedeutung, oder?"

„Ja, bestimmt", meinte Mia bedauernd, „wäre sonst zu schön."

Mia und Karin gingen um den Chor herum und umrundeten

das kirchliche Bauwerk. Als sie wieder am Triskelenfenster angelangt waren, bemerkte Karin: „Aber schau, das Fenster zeigt nach Süden."

„Genau. Die Triskele weist ...", Mia deutete mit einer Handbewegung, „direkt zum Platz der Göttin auf dem Berg."

„Womöglich ein Gruß der alten Meister?"

„Zum größten Teil waren die frühen Baumeister im Herzen Anhänger der vorchristlichen Religion. Die freien Maurer der Bauhütten haben vieles in Steinen verewigt."

„Dann lass uns schauen, ob wir hier noch mehr geheime Symbole finden." Karin deutete nach links zur Eingangstür.

Heute geschlossen, verkündete ein handgeschriebenes Schild.

Karin lächelte triumphierend: „Das Schild ist von mir, damit uns niemand stört. Ich habe den Schlüssel. Von meiner Tante, sie arbeitet im Gemeindebüro. Bevor wir auf den Kirchturm gehen, zeige ich dir noch etwas anderes."

Im hinteren Teil des Mittelganges erlaubte eine durchsichtige metergroßen Platte den Blick auf den ursprünglichen darunterliegenden Boden. Das Mosaik zeigte ein gleichschenkliges rotes Kreuz, eingerahmt von vier Halbbögen, die an die Blätter einer Blume erinnerten.

„Dieses Kreuz", erläuterte Karin, „nennt man Lilienkreuz. Jeder Arm endet in drei stilisierten, sich entfaltenden Blütenblättern, die eine Lilie darstellen sollen. Das Gleiche ist im vorderen Bereich Richtung Altar vorhanden. Schau mal in die Mitte des Kreuzes, da wo sich bei einer Blüte die Staubbeutel befinden. Vier schwarze Blätter liegen hier über einem roten Vierzack."

„Eine Windrose?", fragte Mia.

„Meines Erachtens nicht. Du bist doch an Symbolen interessiert. Vielleicht ist der innere Teil mit den insgesamt acht Zacken die Darstellung des keltischen Jahreskreises. Was meinst du?"

„Hmh, keltisch?"

„Ich komme darauf, weil die acht Zacken unterschiedlich in der Farbe sind. Rot und schwarz. Wie die keltischen Jahreskreisfeste abwechselnd für Sonne und Mond."

„Hmh, da müsste ich in Ruhe meine grauen Zellen strapazieren", meinte Mia ausweichend, „auf jeden Fall fotografiere ich es."

„Bevor wir in die Höhe steigen, noch ein kleiner Hinweis. Bei einer radiaesthetischen Untersuchung nahm ich mir hier dieses Bodenkreuz vor. Genau hier liegt ein kosmischer Einstrahlpunkt, der bei Überforderung und Erschöpfung hilft. Hier konnte man zu Wehrkirchenzeiten auf energetischer Basis neue Kraft tanken. Ist doch genial!" Karins Begeisterung kannte keine Grenzen. „Außerdem kannst du tiefgehender nachforschen, was das Lilienkreuz symbolhaft gesehen bedeutet. Mir ist nur ein Lilienkreuz in schwarz-weiß in Erinnerung. Symbol der Dominikaner, Symbol der Inquisition. Du findest bestimmt noch mehr Zusammenhänge."

Mia und Karin stiegen auf die obere Empore. Ein erhebender Anblick des Kirchenschiffes erwartete sie. Vor allem die altehrwürdige Kanzel und die prächtige Orgel im Rokoko-Stil hinter dem Altar zogen ihre Blicke auf sich. Sie drehten sich um und Karin führte Mia zu einer verschlossenen Tür.

„Mia, warst du schon einmal auf dem Turm?"

„Nein. Würde mich aber mal interessieren. Hoffentlich wird mir nicht schwindelig dabei."

Über eine Holztreppe ging es aufwärts. Die Wände waren geschmückt mit Aufrisszeichnungen und Reproduktionen alter Gemälde, auf denen die Lutherkirche dargestellt war. Ein Schwarz-Weiß-Foto zeigte die alte Schule, in der seinerzeit der Komponist Friedrich Silcher als Lehrer gewirkt hatte. Karin und Mia bewunderten das prächtige Uhrwerk mit vielen Zahnrädern. In einer

Ecke hingen drei Bodenbretter aus der Restaurierungszeit des Jahres 1934 mit Aufschrieben irgendwelcher Zeitgenossen einschließlich Hakenkreuzen. Die Holzstücke galten offensichtlich als Zeitdokumente, sonst wären sie bestimmt schon entsorgt worden.

Ehrfürchtig berührte Mia die voluminösen Glocken *Glaube, Liebe, Hoffnung* mit den Psalmensprüchen. Die Kirchenglocken hatte sie noch nie aus unmittelbarer Nähe gesehen. Nur von Erzählungen ihres Vaters kannte sie die *Osterglocke* von 1519 und die *Maickler-Glocke* aus dem Jahr 1625.

„Hoffentlich fangen die jetzt nicht an zu läuten", bemerkte Mia.

„Wenn man so nahe dransteht, klingen sie schon mächtiger als ein Rockkonzert", schmunzelte Karin, „aber man überlebt es. Komm, schauen wir aus dem Fenster."

Mia war überwältigt von dem Panorama, das sich ihr bot. Direkt nach Süden, über das Rathaus hinweg, ging der Blick zum Kappelberg. Das andere Fenster schaute direkt nach Norden, hin zum Hardtwald in Oeffingen.

„Hier siehst du", erklärte Karin, „die alten gegensätzlichen Kultplätze: Im Hardtwald der männlich dominierte Platz oberhalb vom Hundsbuckel, im Süden der Kappelberg, unser Frauenberg!"

Der alte Fluchtgang

Eine Viertelstunde vor 24 Uhr zeigte die Turmuhr an. Was wollte ihr Heidrun um diese Uhrzeit zeigen? Wozu hatte sie Mia zwei Tage nach dem Treffen mit Karin wieder zur Fellbacher Lutherkirche bestellt? Mia dachte kurz an die heutigen Recherchen im Fellbacher Stadtarchiv und im Stadtmuseum. Das war vor fast vier Stunden. Danach hatte sie noch einige Gebäude angeschaut, um die Zeit zu überbrücken.

Mia ging zwischen Turm und dem Kriegerdenkmal auf und ab. Dass Heidrun für den *Kreis der weisen Frauen* verschiedene besondere und wertvolle Gegenstände hütete, hatte Karin ihr erzählt. Sollte sie heute Zugang zu diesen Dingen bekommen?

Mias Blick fiel auf das Kriegerdenkmal, das sich auf einer etwas erhöhten Fläche an die Kirche anschmiegte. „DIE DANKBARE GEMEINDE IHREN IM WELTKRIEG 1914-18 GEFALLENEN SÖHNEN", stand zu lesen.

Viele Namen waren darunter in zwei Steinwände eingemeißelt, in alphabetischer Reihenfolge samt Abkürzungen ihrer soldatischen Einheiten. In der Mitte auf einem steinernen Sockel lag ein Soldatenhelm über zwei gebrochenen Schwertern. Der Löwe auf einer meterhohen Säule neben der Treppe blickte mit grimmiger Miene nach Westen – zum damaligen französischen ‚Erzfeind'?

Im Schein der Strahler notierte Mia Stichworte in ihr Notizbüchlein. Überall sah sie mittlerweile Symbole.

Da kam Heidrun aus Richtung des Marktplatzes herbeigelaufen.

„Nur wenige vom Frauenkreis haben Kenntnis von dem, was ich dir gleich zeige", bereitete sie Mia nach einer herzlichen Begrüßung auf das Kommende vor.

„Du machst es aber spannend!"

„Nicht von ungefähr", erwiderte Heidrun. „Also, pass auf. Als Wehrkirche hatte die Lutherkirche zwei Haupt-Fluchtgänge mit mehreren Verzweigungen. Unterhalb der Kirche und unterhalb des umgebenden Wassergrabens waren diese Gänge. Im Ernstfall boten sie eine Fluchtmöglichkeit für die Eingeschlossenen."

„Karin hatte mir eine Bauzeichnung der Lutherkirche gezeigt. Aber da waren keine unterirdischen Gänge zu sehen. Davon habe ich, ehrlich gesagt, auch noch nie gehört."

„Komm mit."

Die beiden durchquerten den Rathaus-Innenhof und bogen nach links ab. Vorbei an der Polizeiwache im ehemaligen Alten Rathaus bogen sie in die Pfarrstraße ein. An einem in die Jahre gekommenen Haus blieben sie stehen. Mia schaute sich um. Niemand zu sehen.

Heidrun lotste sie zu einem Gärtchen hinter dem Haus. Leise knarrend öffnete sie die Tür des Holzschuppens. Ein schwacher Lichtstrahl fiel auf eine Schiebetür an der gegenüberliegenden Seite, die durch ein Vorhängeschloss abgeschlossen war. Mit einem altertümlichen Schlüssel öffnete Heidrun den Einlass. Ein rund ein Meter breiter und zwei Meter hoher Kasten kam zum Vorschein.

„Unser Aufzug in die Tiefe", erklärte Heidrun. „Wir haben ihn vor einiger Zeit vom Handbetrieb auf Elektro umgestellt."

„Hier hinein? Da bekommt man ja Platzangst."

„Die Fahrt dauert nur wenige Sekunden."

Unten angekommen erklärte Heidrun: „Wir sind hier im alten Fluchtgang."

„Riecht auch nach alt. Muffig."

Mit eingezogenem Kopf überstiegen sie die Eingangsstufe. An der rechten Seite war ein Lichtschalter. Ein fahler Lichtschein erhellte notdürftig die Treppen, die in ein erdig duftendes Kellergewölbe hinabführten. Mia wischte sich mit einem Taschentuch den Angstschweiß von der Stirn. Kurzzeitig hatte sie das Gefühl, keine Luft mehr zu bekommen. Nach wenigen Metern verzweigte sich der Weg in drei schmale Wege.

„Wir gehen geradeaus", bestimmte Heidrun. „Die beiden anderen Wege sind noch nicht erforscht. Sie sind gleich nach der nächsten Biegung zugeschüttet."

Heidrun zeigte mit dem Finger nach oben: „Hier sind wir direkt unter dem Kriegerdenkmal. Mindestens dreißig Meter tief."

Vor einer Holztüre blieben sie stehen. Heidrun öffnete die Tür. „Mia, geh voraus in den großen Raum. Ich muss noch mal kurz zum Aufzug zurück. Habe vergessen abzuschließen. Ich komme gleich nach."

Mia versuchte, sich zu orientieren, doch im schummrigen Licht konnte sie kaum etwas erkennen. Langsam gewöhnten sich ihre Augen an die Lichtverhältnisse. Sie erkannte kleine, schmale Tische und an der Wand dahinter lange Reihen mit Bücherregalen. Auf jedem Tisch lag ein Buch.

Über der Bücherwand hing ein handgeschriebener Zettel: *Tagebücher*. Mia trat näher und neugierig lugte sie in das erste Buch.

Tagebuch von ..., dann entzifferte sie *Ausatreu* in einer altdeutschen Schrift. Ein Name, der ihr nichts sagte, den sie auch noch nie gehört hatte. Im Vorwort des Buches las Mia, besagte Frau *Ausatreu* habe ihr Wissen nur mündlich an ihre Schülerinnen weitergegeben. Ausschließlich für dieses Bucharchiv sei alles aufnotiert worden. Die Schülerinnen waren namentlich aufgeführt. Über hunderte Jahre ging die Reihe bis in die Jetztzeit.

„Was? Die?", entfuhr es Mia, als sie auf den Namen einer ihr bekannten Frau stieß. Sie hatte einmal eine Ringelblumensalbe bei einem Kirchengemeindefest von ihr bekommen. Ewig war das her!

Das Inhaltsverzeichnis der mündlichen und praktischen Schulung erstreckte sich über mehrere Seiten. Von Kräuterwissen, Pflanzen und Bäumen bis hin zum Kalender der Aussaat und Ernte. Von Zeichen und deren Deutungen bis zu Runen, zu Gebeten und Anrufungen von Tieren und Gottheiten. Es folgte noch eine ellenlange Auflistung von allerlei anderem geistigen Rüstzeug.

Als *Freundinnen des alten Weges* bezeichneten sich die Frauen. Oberstes Ziel schien die tätige Unterstützung für Hilfesuchende zu sein; des Weiteren Begleitschutz beim Begehen der Pfade jenseits des umzäunten Diesseits-Gebietes hin zur anderen Welt.

Das kurze Überblättern aller Wissensgebiete schien auf ein jahrelanges Lernen hinzuweisen. Mia schaute sich nach Heidrun um, aber sie war noch nicht zurückgekehrt.

Mia blätterte nochmals zurück zur Namensliste der Schülerinnen. Irgendwem schien diese Hilfe nicht gefallen zu haben. Hinter sehr vielen Namen stand eine Zusatzinformation:

erhängt
erwürgt
ertränkt
verbrannt
gevierteilt
geköpft
gemartert
Zunge abgeschnitten
Augen ausgestochen
Hand abgehackt
Herz durchstochen
gesteinigt
gespalten

zerdrückt
zermalmt
zerstückelt.

Mia hielt inne. Sie merkte, wie Übelkeit in ihr hochstieg.

Da kam Heidrun auf Mia zu und legte die Hand auf ihre Schulter. Mia zuckte zusammen, ihre Hände vibrierten.

„Willkommen im *Alten Archiv des geheimen Ewigen*", sprach Heidrun mit sanfter Stimme. „Gehe zu allen Stationen. Lese, lese, lese. Wenn du Fragen hast, rufe mich."

Mia nickte nur kurz.

„Doch bevor ich dich alleine lasse", ergänzte Heidrun, „gebe ich dir diese bronzene Scheibe. In den alten Dokumenten steht, dass sie von Brighid persönlich geschmiedet worden war. Eine Schmiedearbeit, gefertigt für die Druidin Urda. Die nach vielen Wiedergeburten, so ist es aufgezeichnet, als Schülerin von Abnoba, Brighid und Ceridwen erneut wirken wird. Die Scheibe ist für dich bestimmt!"

Die Bronzescheibe

Am nächsten Tag traf sich Mia mit Sigurður in ihrem Lieblingscafé in Tübingen. Mia legte die Bronzescheibe vor Sigurður auf den Tisch. Sigurður wiegte die fingerdicke, handtellergroße Platte auf und ab.

„Oh, schwer! Wie kommst du denn zu dieser Scheibe, was ist das?", fragte er.

„Ich weiß es nicht genau. Vielleicht eine Art Schlüssel. Eine Freundin aus Fellbach hat sie mir geschenkt."

„Schlüssel? Hier auf der Vorderseite", bemerkte er und strich mit dem Finger darüber, „sind einige Stellen erhaben. In der Mitte, das könnte eine Sonne sein. Oder ein Mond? Links und rechts davon, das fühlt sich an wie Sicheln, die ihre Öffnung jeweils nach außen haben."

„Auf der Rückseite ist etwas eingraviert, schau mal."

Sigurður drehte die Scheibe herum. „Das obere Zeichen", meinte er, „sieht aus wie eine Rune; die unteren wie Zeichen vom keltischen Ogham-Alphabet. Aber Runen und Ogham beieinander? Hab ich noch nie gesehen. Entweder das eine oder das andere."

„Wenn es eine Rune wäre, was würde sie denn bedeuten?"

„Eine Rune hat immer zweierlei Bedeutungen. Zum einen sind es Buchstaben, zum anderen Symbole mit einem mythologischen oder spirituellen Hintergrund."

„Und das bedeutet hier was?"

„Dies ist die Rune *Lögur*, sagen wir in Island. Sie steht für den Buchstaben L."

Mia kramte mit wuseligen Fingern aus der Tasche die Zeichnung aus dem Buch mit den alten Fuß-Angaben, das ihr die Professorin gegeben hatte, heraus.

„Gerade fällt mir auf: Diese Rune schaut doch genauso aus wie das Zeichen, von dem ich zuerst gedacht hatte, das sei ein Pfeil. Kein richtiger Pfeil, sondern ein quasi halber Pfeil. Mit nur einem Haken. Hier, die längere Strecke verbindet den Platz der Kirche Maria Regina mit dem Kreisel, auf dem heute eine Satyrfigur steht. Von hier aus zweigt eine kürzere Strecke ab zur früheren Galluskirche. Beide Geraden schauen aus wie eine solche Rune, die in Richtung Berg zeigt. Direkt auf dem Berg ist sie nochmals winzigklein zu sehen, neben der Bezeichnung *heilictuom*."

„Interessant", meinte Sigurður, „neben dem Heiligtum ein Zeichen wie auf der Bronzescheibe. Übrigens, die Hintergrundbedeutung der Rune Lögur ist unter anderem: Erkenntnis."

„Erkenntnis? Das muss doch einen Grund haben."

„Die Rune dient zudem, wenn ich mich recht entsinne, als Hilfsmittel für die Erhöhung der Eingebung. Lögur ist auch eine Unterstützung bei Umbrüchen im Lebensweg."

„Was du alles weißt, Sigurður!"

„Weiß in Island jedes Kind. Na ja, fast jedes. Es gibt bei uns noch viele Runenritzer. Bei uns auf der Insel der Elfen, im Rückzugsgebiet der alten Göttinnen und Götter."

Er entzifferte die Ogham-Zeichen. „Hier steht: *Brighid*. Sagt dir das etwas?"

Mia schaute in die glänzenden blau-grauen Augen von Sigurður und lächelte.

Die Bruderschaft ist kampfbereit

„Liebe Brüder unserer *Bruderschaft der Scharfrichter des HERRN!*", eröffnete der Oberbruder das Treffen. „Bevor ich auf den aktuellen Stand der Entwicklung eingehe, noch ein paar Worte zu den historischen Hintergründen. Auf dem Kappelberg befand sich vor Zeiten nach unseren Unterlagen eine Bernhard-Kapelle. ‚Eine Kapelle für den Heiligen Bernhard?', mag sich der eine oder andere fragen. Bernhard von Clairvaux war der Gründer des Ordens der Zisterzienser. Er war zudem ein Verfechter der Kreuzzüge gegen die Ungläubigen im Heiligen Land und ein Unterstützer des Templer-Ordens."

„Tempelritter? Hier in Fellbach?", erwiderte Bruder Liutbrecht ungläubig und schob seine dicke Hornbrille wieder auf die Nasenwurzel.

„Das weiß ich nicht. Ich weiß aber, dass einer der Herren von Fellbach aus dem Rittergeschlecht derer von Stain eine Beziehung zum Zisterzienserorden hatte."

Der Oberbruder hielt ein Papier in die Höhe. „Hier ein Duplikat einer Urkunde aus dem Jahre 1335. Da steht, soweit ich es ins heutige Deutsch übertragen konnte, dass der Herr Heinrich, Ritter von Velbach auch ein grauer Mönch zu Bebenhausen war. Graue Mönche waren, aufgrund der Farben ihrer Wander-Kutten, die Zisterzienser. In Bebenhausen bei Tübingen befand sich eines ihrer Klöster. Heinrich, der Letzte derer von Velbach, verkaufte alle Güter an den württembergischen Grafen Ulrich. Unsere Vorfahren dienten diesen Rittern. Wir bewahren heute das uns übertragene Erbe. Wir stehen in der Tradition dieser betenden Kämpfer und der kämpfenden Mönche. Nun steht uns wieder ein Kampf bevor."

Der Oberbruder griff in eine Metallkassette. „Ich habe hier die Kette samt Wolfssense unserer dritten Blutlinie, aus der ich entstamme. Sie hatte und hat ihren Ort in unserem Bruderschaftsarchiv."

Nach einer kurzen Pause entnahm er dem Behältnis ein weiteres Wolfseisen. „Hier das zweite Exemplar, das der Bruder Rölfle im Jahr 1805 bei der Auswanderung mitgehen hatte lassen. Aufgrund meiner Bemühungen befindet es sich jetzt wieder in unserer Hand!"

„Bravo, gut gemacht!", tönte es aus der Runde.

„Ich weiß auch", führte der Oberbruder aus, „wo das dritte Exemplar von Bruder Thurecht derzeit verwahrt ist. Es befindet sich in der Hand dieses verdammten heidnischen Weiberkreises, die sich in unserer Stadt zusammengerottet haben. Sie wollen das Artefakt, das definitiv uns gehört, voraussichtlich im Herbst in einer Ausstellung im Fellbacher Stadtmuseum zeigen. Und, so meine Informationen, sie wollen sogar die alten Geschichten über die Hinrichtung der drei gottlosen Frauenfiguren an die Öffentlichkeit zerren. Sie wollen unser Geheimnis aufdecken und uns diffamieren!"

„Nein! Niemals!", warf Bruder Luitbrecht ein, und seine Stimme klang scharf wie ein Schwert, „wir müssen sie stoppen. Notfalls mit Gewalt!"

„So ist es, lieber Bruder Luitbrecht", bestätigte der Oberbruder, „genau so wie du sagst. Mit Gewalt! Mit gerechter Gewalt! Mit richtender Gewalt im Namen des HEERN! Das dritte Teil müssen wir sicherstellen, damit es dieser Neuheidenkreis nicht gegen uns richten kann. Die drei Wolfssensen dienten der Hinrichtung von drei der Wolfshexenbiester. Wir werden auch die Neuen unschädlich machen. Wir lassen uns unsere Geschichte des wahren Glaubens von diesem Weibergesocks nicht madig machen.

Brüder, der Kampf beginnt! Halten wir uns an das, was der HERR über den Propheten Jesaja zu uns spricht."

Er hob beide Hände, schloss die Augen.

„Kommt heran, ihr Heiden, und höret, ihr Völker, merkt auf! Die Erde höre zu und was sie erfüllt, der Erdkreis und was darauf lebt! Denn der HERR ist zornig über alle Heiden und ergrimmt über eure Scharen. Er wird an ihnen den Bann vollstrecken und sie zur Schlachtbank geben. Und ihre Erschlagenen werden hingeworfen werden, dass der Gestank von ihren Leichnamen aufsteigen wird und die Berge von ihrem Blut fließen."

Die Arbeit schreitet voran

„Ach herrje", weil gerade niemand zum Reden da war, sprach Mia halblaut mit sich selbst, als sie Mutters Fahrrad aus der elterlichen Garage holte. „Jetzt habe ich gerade mal zwei Kirchen in Fellbach näher angeschaut. Wenn ich für die anderen Kirchen und Gebäude ebenso viel Zeit brauche, bin ich in fünf Jahren noch nicht fertig. Nicht nur die Dionysiuskirche in Schmiden und der St. Nabor-Chorturm in Oeffingen wären eine Betrachtung wert, da gäbe es sicherlich auch steinerne Geheimnisse zu entdecken. Auch neuere Kirchen sollte ich aufnehmen. Schon auf den ersten Blick sind mir dort einige geometrische Besonderheiten aufgefallen. Arbeit für mehrere Leben. Wenn ich so weitermache, schaffe ich das nie."

Also schulterte sie ihren Rucksack und bestieg das gewohnte klapprige Fahrrad. Vor der Dionysiuskirche in Schmiden bewunderte Mia die romanischen Schallarkaden. Seitentür, Fenster und Chor mussten aus der gotischen Zeit stammen. Im Inneren der heute protestanischen Kirche vermerkte Mia in ihrem Notizbuch die Symbole der vier Evangelisten: Löwe, Adler, Stier, Engel. Malereien zeigten vier abendländische Kirchenväter.

Wieder die Zahl Vier. Vierung bedeutet symbolmäßig auch Führung. Geistliche Führung durch die Glaubenslehrer heiliger Hieronymus, Papst Gregor der Große, Heiliger Augustinus und heiliger Ambrosius. Für welche Symbolhaftigkeit standen diese Männer?

Zwölf Engel, eine Abbildung in der Kirche, trugen die Leidenswerkzeuge Christi. Mia unterstrich die Zahl Zwölf. Ein achteckiger gotischer Taufstein fiel ihr auf. Die Zahl Acht hatte sicherlich auch eine Bedeutung.

Mia fotografierte in Hülle und Fülle wie ansonsten nur fernöstliche Touristen. Jedes Detail erschien ihr wichtig.

Als sie sicher war, dass sie nichts übersehen hatte, verließ sie die Kirche und weiter ging's nach Oeffingen. Nie zuvor war Mia in diesen Stadtteil gekommen. Ihr Vater hatte Oeffingen immerfort als *Ort des okkulten Katholizismus* bezeichnet, Rechtgläubige sollten den Ort lieber meiden. Die Stimme vom Vater aus ihren Jugendjahren war immer noch im Ohr gebunkert.

Wieder die Acht. Ihre Daueraufmerksamkeit reagierte mittlerweile bei allen scheinbaren Kleinigkeiten. Beim Kirchturm ging der Chor in ein Achteck über, das Dach war achteckig ausgeführt.

Die nächsten Tage fuhr Mia mit dem zuverlässigen und unverwüstlichen Drahtesel kreuz und quer durch alle Stadtteile von Fellbach. Die selektive Wahrnehmung fokussierte sich auf Hausecken, Türen und Fenster. Sinnbilder, Bildzeichen und Inschriften an allen erreichten Gebäuden. Endlich hatte Mia die Materialsammlung abgeschlossen.

Sechs Wochen vergrub sie sich abwechselnd hinter ihrem Rechner und in der Tübinger Uni-Bibliothek. Dann, endlich: Das Werk war vollendet. Stolz überreichte sie es ihrer Professorin am Tag des Jahreskreisfestes Lughnasad. Jetzt war die Ernte eingefahren.

Hin und hergerissen

Wehmütig saß Mia einen Tag nach Abgabe ihrer Arbeit in ihrem Tübinger Zimmer und dachte an all die Recherchen in den letzten Wochen und Monaten. Früher war sie eine Verehrerin von Luther und Melanchthon gewesen. In der Lutherkirche war sie getauft worden, dort hatte sie Konfirmation gefeiert. Immer wieder hatte sie zu Schulzeiten die nach den Reformatoren benannten Kirchen in Fellbach aufgesucht. All die frauenfeindlichen und grob unflätigen Aussagen der beiden hatte sie seither nicht gekannt. Dass diese die Todesstrafe nicht nur für sogenannte Hexen forderten, sondern ebenso für die frommen christlichen Wiedertäufer, war ebenfalls kein Thema gewesen in ihrem damaligen religiösen Umfeld. Sollte sie wirklich, wie von der Professorin vorgeschlagen, eine Sonderausstellung im Stadtmuseum Fellbach durchführen? Hatte sie genügend Fakten, Daten und sichere Belegstücke?

Eigentlich genügte es doch, dass sie die Arbeit bei der JWD abgegeben hatte. Schluss aus.

Ja, sie hatte viele Erkenntnisse gewonnen in den letzten Monaten. Aber musste sie sie wirklich zwingend in der Öffentlichkeit präsentieren? Eine Erschütterung der religiösen Welt ihrer Eltern und vieler Bekannter in Kauf nehmen? Eine Spaltung der Fellbacher Bevölkerung provozieren? Wozu das alles?

Mias Hände begannen zu schwitzen, die Augen zu tränen. Der Atem hörte sich an wie eine fauchende Dampfmaschine. Fragen über Fragen prasselten wild entfesselt durcheinander. Regen und Sonnenschein zugleich.

Weitere Fragestellungen erreichten die Oberfläche.

Was würde geschehen, wenn sie die Machenschaften dieser merkwürdigen Bruderschaft öffentlich aufdecken würde?

Wer aus ihrer Familie war darin verwickelt? Bestimmt ihr Vater. Anders war doch das Archiv im Dachgeschoss nicht zu erklären.

Oder hatte er die Räumlichkeiten nur vermietet?

Gab es Zusammenhänge mit den seltsamen Todesfällen?

Sie hatte eine emotionale Achterbahn bestiegen, mit ungewissem Ausgang. Totalabsturz möglich. Ihre Gedanken durchlitten ein Galopprennen nach dem anderen. Ihr Denkvermögen, sonst wie ein Laserstrahl auf etwas zu fokussieren, wackelte wie ein Kuhschwanz im Windkanal. Jetzt auf der Zielgeraden kneifen wie eine flügellahme Ente?

Was tun?

Mit wem sich beraten?

Mia musste ihre Gedanken neu ordnen. Ein kleiner Ausflug würde ihr sicher guttun. Sie nahm den Bus 754 nach Bebenhausen und wanderte von dort ziellos weiter. Als sie nach einer guten Stunde wieder eine Waldlichtung erreichte, fühlte sie sich angekommen. Hier zur Ruhe kommen und im Dialog mit den Bäumen Klarheit für das eigene Innere gewinnen. Fragen stellen zur Gegenwart, zu all den Problemen.

Eine Gruppe von drei Buchen am Rande der Lichtung zog sie an. Die Schwingungen der Baumgruppe gingen in Resonanz mit Mias ureigenem Energiefeld. Das Gefühl einer tiefen Verbundenheit stieg in ihr auf.

Mia setzte sich mitten zwischen die Drei. Ihr Rückgrat berührte einen der Stämme. In einer meditativen Versenkung bat sie um ein klärendes Gespräch. Nach einer kurzen Weile vernahm sie die zarte Stimme des Baumes.

„Sei willkommen! Schön, dass du da bist! Gerne vermittle ich dir einen klaren Blick dafür, was deine Bestimmung ist. Komm mit auf einen Ausflug durch die Zeiträume."

Ihre Reise ging die Ahnenreihen zurück. Ihr unbekannte Vorfahren übergaben ihr einen Ring mit einem blauen Stein. Dankbar nahm sie das Geschenk entgegen. Sie wusste zwar nicht um die Bedeutung des Zeichens, akzeptierte aber die tief empfundenen Bilder. Sie fühlte sich über ein unsichtbares Band mit den ewigen Abläufen verbunden.

Mias Arbeit mit den drei Buchen überwand die verdunkelte Gegenwart. Die Farben von Vergangenheit, Gegenwart und Zukunft tauchten gleichzeitig auf. Der Austausch mit dem Reich der Bäume war ein nachzuspürender Verbindungsweg zu den Zeitaltern. Die Erinnerungen der Baumgeister kamen ihr zugute.

„Wir freuen uns", übermittelte eine Buchenstimme, „wenn die Menschenwesen mit uns, ihren Baumgeschwistern, in Beziehung gehen. Die fließende Energie des Universums durchströmt unsere Stämme. Sie sprudelt ebenso in dir selbst. Nutze sie. Erhöhe die göttliche Energie mengenmäßig und gütemäßig.

Du wirst deine Ziele erreichen."

Mia durchströmte eine pulsierende Welle nach der anderen. Ganz erfüllt vom Zuspruch der Baumwesen schob sie ihre Zweifel und Selbstzweifel zur Seite.

„Es brennt in mir!", meldete ihr Inneres. „Das Feuer lodert, vernichtet das Unwesentliche, reinigt die inneren Räume der Seele. Schafft Platz für Neues. Ich bleibe im Feuer stehen. Stahl wird durch Feuer noch härter, eingebrannt die Schläge der Umwandlung. Eine Verbindung der Elemente, ein Zusammenspiel innerer Ordnungen. Eine neue Ordnung keimt auf. Erwacht im Feuer der Inspiration. Breitet sich aus, ist nicht mehr zu bändigen. Durchleuchtet neue geistige Regionen, lädt ein zum Bezug der hellscheinenden neuen Heimstatt."

Drohungen

Auf dem Weg in den Kindergarten hielt Herta Sandgrab ihre Tochter fest an der Hand. Die Tochter brabbelte in einem fort alle möglichen Fragen, doch Hertas Gedanken waren noch mit dem letzten Treffen des *Kreises der weisen Frauen* beschäftigt. Am Kindergarten angelangt, erwachte sie plötzlich aus ihren Tagträumen, als sie an der Eingangstür ein übergroßes Plakat erblickte. Sie schnappte nach Luft und konnte kaum glauben, was hier verkündet wurde.

Nicht erwünscht: Hexen, Zauberer und Teufel!

Darunter stand die Stellungnahme des Pfarrers Liutbrecht Lemeler. In der Heiligen Schrift sei zu lesen, verlautbarte er, dass die Menschen die Finger von Zauberern und Hexen lassen sollen. Diese seien für Gott ein Gräuel. Darunter waren, rot eingerahmt, Zitate aus dem Alten Testament aufgeführt.

2. Mose 22 Exodus: Eine Zauberin darf nicht am Leben bleiben.

Micha 5 (Der Prophet Micha): Doch der HERR sagt: ... ich nehme euch die Zaubermittel und Wahrsager, ich zerschlage eure Götzenbilder und die geweihten Steine und Pfähle, damit ihr nicht mehr Dinge anbeten könnt, die ihr selbst geschaffen habt. Ich zerstöre alle eure Heiligtümer. Aber auch die anderen Völker, die nicht auf mich hören wollen, werden meinen schrecklichen Zorn zu spüren bekommen.

Natürlich werde, so der Pfarrer weiter, heutzutage niemand mehr von der Kirche getötet. Auch wenn bedeutende Reformatoren wie Martin Luther, Philipp Melanchthon und Johannes Calvin der Meinung waren, Gott selbst habe die Todesstrafe für Hexen festgelegt. Melanchthon habe zudem auch die Todesstrafe für ungläubige Täufer gefordert. Aber das müsse man aus der Zeit heraus verstehen, erläuterte der Pfarrer.

Aus den heiligen Worten sei der Ernst der Lage zu entnehmen. *Wehret den Anfängen.*

Die Kinder dürften nicht mit diesen Umtrieben in Kontakt kommen. Das Böse dürfe nicht verharmlost werden.

Verharmlost von Literatur wie ‚Die kleine Hexe' von Otfried Preußler oder ‚Harry Potter' von Joanne K. Rowling.

In Fellbach, schrieb der Geistliche, seien Kirchen nach Luther und Melanchthon benannt. Dieses Andenken dürfe nicht hintertrieben werden.

Aus diesem Grund sei aus Glaubensgründen beschlossen worden, dass derartig unerwünschte Verkleidungen weder in der Faschingszeit noch bei dem sogenannten Halloween im Kindergarten geduldet werden. In der Stadt würden sich Frauen zudem bereits als *Kräuterhexen* bezeichnen. Daher:

Kein okkulter Hexenunfug in Fellbach!
Und auch nicht anderswo!

Herta Sandgrab blickte sich nach allen Seiten um. Nein, niemand zu sehen. Sie hielt die Türe auf, und als die Tochter im Kindergarten verschwunden war, war auch das Plakat wie von Zauberhand verschwunden.

Sie schüren das Feuer

Die Bruderschaft hatte zu einer Sondersitzung eingeladen. Alle warteten gespannt auf die Ausführungen des Oberbruders.

„Liebe Brüder unserer *Bruderschaft der Scharfrichter des HERRN*! Was sich derzeit in Fellbach mit diesem Hexenkreis abspielt, ist ungeheuerlich. Sie bereiten diese Sonderausstellung vor, über die ich euch schon vor Monaten informiert hatte. Das soll zu unserem Heimatfest *Fellbacher Herbst* präsentiert werden. Wir sind jedoch stark im Glauben. Wir wehren uns. Der Kirchenvater Augustinus sagte in der Schrift *De civitate Dei* über den *Gottesstaat*, dass die Götter der Heiden nichts anderes als Dämonen sind. Dämonen haben, so sagte er, die Macht, Wunder geschehen zu lassen. Folgerichtig hatte im Jahr 1553 Kaiser Karl V. in seiner *Constitutio Criminalis Carolina* die Todesstrafe für Schadenszauber festgelegt. Dies wurde danach bei uns in der Landesordnung von Württemberg im Jahr 1567 als Straftatbestand festgeschrieben. Darüber hinaus wurde im Herzogtum Württemberg der Teufelspakt als Zaubereimerkmal bestraft. Hexerei galt als Offizialdelikt und wurde ausschließlich von der weltlichen Justiz verhandelt, nicht von der Kirche."

„Ich habe bereits", meldete Bruder Liutbrecht, „vor unseren Kindergärten Plakate gegen das neue Hexengesindel aufhängen lassen!"

„Das hast du gut gemacht!", pflichtete Bruder Glaubrecht bei.

„Zu Ehren von Martin Luther", fuhr der Oberbruder fort, „benannten wir im Jahr 1927 unsere geliebte alte Kirche nach ihm. Wie heißt es doch in einer seiner Predigten aus dem Jahr 1526: *Es ist ein überaus gerechtes Gesetz, dass die Zauberinnen getötet werden, denn sie richten viel Schaden an, was bisweilen ignoriert wird.*

Sie können nämlich Milch, Butter und alles aus einem Haus stehlen, indem sie es aus einem Handtuch, einem Tisch, einem Griff melken, das ein oder andere gute Wort sprechen und an eine Kuh denken. Und der Teufel bringt Milch und Butter zum gemolkenen Instrument. Sie können ein Kind verzaubern, dass es ständig schreit und nicht isst, nicht schläft ..."

„Martin Luther selbst", ereiferte sich Bruder Erdmann, „gibt uns auch für heute den Befehl, diese Zauberinnen zu töten."

„Ja, tötet diese Hexen!", ereiferte sich Bruder Glaubrecht.

Der Oberbruder fuhr fort: „Du sagst es. Martin Luther selbst beeidete das schädliche Tun dieser Hexen. Er führte weiter zu den Hexen aus: *Sie richten Gewitter an, die in einem großen Umkreis Häuser und Felder verwüsten. Mit ihren Zauberpfeilen machen sie Menschen hinkend, sodass ihnen niemand helfen kann. Auch findet man nachher Gebeine, Haare, Kohlen und dergleichen ... sodass man zu recht sagt: Wo der Teufel nicht hinkommt, so schafft es sein Weib, die Hexe.*"

„Luther hat recht! Verdammtes Weibervolk!", Bruder Frohmut kreischte wie ein Rasiermesser, das über eine Glasscheibe kratzt.

„Ja, er hatte recht", bekräftigte der Oberbruder. „Er stand im Einklang mit der Heiligen Schrift. Jesus selbst sagt, wie es in Johannes 15,6 festgeschrieben ist."

Er rezitierte mit geschlossen Augen. „*Wer nicht mit mir vereint bleibt, der wird wie eine abgeschnittene Rebe fortgeworfen und vertrocknet. Solche Reben werden gesammelt und ins Feuer geworfen, wo sie verbrennen.* Die Heilige Schrift ist für unser Handeln die einzig wahre Richtschnur. Der HERR sei mit uns und mit unseren Kriegswerkzeugen der Gerechtigkeit!"

„Verbrennen sollen sie!", setzte Bruder Gottlieb nach. „Wir unterstützen dich mit allen Mitteln. Wir sind alle an deiner Seite. Oberbruder, tue deine Pflicht!"

Vorbereitung der Sonderausstellung

Im geschlossenen Fellbacher Stadtmuseum kamen Mia, Karin und weitere Helferinnen aus ihrem Frauenkreis zwei Wochen vor der geplanten Ausstellung jeden Tag zusammen.

Dr. Ingrid Schweizer leitete sie an: Hinweistafeln beschriften, großformative Fotografien einrahmen. Die Fotos zeigten verschiedenste Symbole, die Mia in Alt-Fellbach, Schmiden und Oeffingen aufgespürt hatte.

Die Frauen hatten im Vorfeld auch geholfen, zwei ansehnliche Modelle aus Holz und Kunststoffteilen zu fertigen. Das eine Modell zeigte die Lutherkirche als Wehrkirche. Es hatte seither zum Fundus des Stadtmuseums gehört, die Bastlerinnen hatten es nur auf ein durchsichtiges Acrylglas-Podest gestellt, um die Fluchtgänge unter der Kirche darstellen zu können.

Das andere Modell bestand aus einem Längsschnitt der Kirche Maria Regina, ebenfalls auf einem Sockel stehend. Davor war ein durchsichtiger Fünfstern angebracht mit der Spitze nach unten, dessen rechter unterer Zacken genau mit dem Umriss der Kirche übereinstimmte.

Fellbacher Pentagramm lautete die Aufschrift, mit einem dicken Fragezeichen dahinter.

Der Hauptgegenstand der Sonderausstellung bekam eine eigene Vitrine. Hier wurde die originale Wolfssense mit Kette aus dem Nachlass von Professor Schrickelbacher ausgelegt. Eine Hinweistafel erläuterte die Funktionsweise dieses Jagdinstrumentes zum Fangen von Wölfen.

Darunter wurde die *Capitulare de villis* zitiert, eine Landgüterverordnung, die im Kapitel 69 den Auftrag für die damaligen Beamten beschrieb:

Was die Wölfe anbetrifft, so sollen sie, die Amtsleute, uns jederzeit melden, wie viele ein jeder erlegt hat und sollen uns die Felle selbst zusenden. Im Monat Mai sollen sie jene jungen Wölfe aufspüren und fangen lassen, genauso mithilfe von Giftpulver und Angelhaken wie mithilfe von Gruben und Hunden.

Über Wölfe in den nahen Wäldern bei Fellbach informierte eine weitere Tafel. Im Jahr 1649 sei ein dreijähriges Kind in Obertürkheim von einem Wolf zerrissen und aufgefressen worden. Im darauffolgenden Jahr wurde ein Kind vom Haus weg verschleppt, konnte jedoch anschließend dem Wolf wieder entrissen werden. Im 17. Jahrhundert sei hierzulande an die Jäger die Anforderung ergangen, jährlich mindestens zwei Wölfe zu erlegen. In Württemberg wurde der letzte Wolf offenbar im 19. Jahrhundert erlegt.

Der wirkungsreichste Aspekt der ausgestellten Wolfssense wurde mit übergroßen Buchstaben hervorgehoben.

Mordinstrument: Drei Frauen getötet.

Als Beweis für diese Behauptung präsentierten die Ausstellungsmacherinnen ein originales Schriftdokument aus der Zeit vor 800 Jahren. Es enthielt eine namentliche Aufführung der drei Frauen und auch die Namen derjenigen, die sie getötet hatten samt Siegel eines Ritters zu Velbach.

Mia hatte es aus dem Archiv der Bruderschaft mit langen Fingern ungefragt ausgeliehen. Auch die beiden anderen Wolfssensen hatte sie heimlich abgelichtet und das Foto der Ausstellung einverleibt. In genau einer Woche, am Freitag vor dem *Fellbacher Herbst*, soll die Sonderausstellung beginnen. Sechs Wochen wird sie zu sehen sein.

Das prächtige Stadtmuseum

Wie gewohnt wollte Mia auf dem Weg zum Fellbacher Stadtmuseum für die allerletzten Arbeiten an diesem Dienstagmorgen durch den schmalen Irionweg fahren. Doch eine rot-weiße Schranke versperrte die Zufahrt.

Am Ende des Weges stand auf der Höhe des Museums ein Feuerwehrauto mit eingeschaltetem Blaulicht. Mia fuhr eine Kreuzung weiter, um die gesperrte Straße zu umfahren. Doch auch die Hintere Straße war zugestellt mit Polizeifahrzeugen, Rettungswagen vom Roten Kreuz und Feuerwehrfahrzeugen in allen Größen.

„Drehen Sie bitte um", wies ein Uniformierter sie an.

„Aber ich muss zum Stadtmuseum. Die Arbeit wartet. Kann ich zu Fuß weiter?"

„Theoretisch ja, praktisch nein. Außerdem können Sie dort nicht mehr arbeiten. Das Stadtmuseum wurde abgefackelt."

„Wie bitte? Ein Brand? Wie das?"

„Gehen Sie jetzt bitte wieder zurück. Es gibt nichts zu sehen."

Mia drehte sich ab. Sie wollte gerade auf ihr Fahrrad steigen, als eine laute Stimme ertönte.

„Hallo Sie da, warten Sie mal!"

Ein Mann in einer schwarzen Lederjacke kam auf sie zu.

„Guten Tag, Kriminalpolizei Waiblingen, Hauptkommissar Steinle. Sie arbeiten im Stadtmuseum? Wie ist Ihr Name? Welche Funktion haben Sie im Museum?"

„Mia Licht heiße ich. Studentin. Ich habe die Sonderausstellung mit vorbereitet."

„Sie sind Mia Licht? Trifft sich gut. Sie sind vorläufig festgenommen. Kommen Sie bitte mit."

„Wieso? Was soll das?", stammelte Mia entsetzt.

„Klären wir auf der Polizeidienststelle. Ihr Fahrrad nimmt der Kollege mit. Wir gehen zu Fuß die paar Schritte in die Cannstatter Straße. Dort können wir die Vernehmung durchführen. Geben Sie mir bitte Ihre Hände."

Handschellen klickten.

Mia erstarrte.

Verhör Mia

Hauptkommissar Steinle löste die Handschellen und wies Mia einen Platz an einem leeren Tisch an. Er fixierte sie mit stechenden Augen und zusammengekniffenen Lippen. Ein älterer Mann kam herein und setzte sich seitlich links von Mia auf den Stuhl. Aus den Augenwinkeln spürte sie die musternden Blicke.

„Guten Tag, ich bin vom Staatsschutz. Ich möchte gerne der Vernehmung beiwohnen. Sie haben sicherlich nichts dagegen." Ein süffisantes Lächeln huschte über sein aalglattes Gesicht.

„Warum bin ich überhaupt hier?", brach es aus Mia heraus. „Warum führen Sie mich in Handschellen ab wie eine Schwerverbrecherin?"

Der Hauptkommissar konterte postwendend, „Die Fragen stellen wir, nicht Sie."

Mia wollte erwidern, doch der Hauptkommissar kam ihr zuvor. „Frau Licht. Ihnen wird die Zugehörigkeit zu einer terroristischen Vereinigung und die Hauptverantwortung für den Bombenanschlag auf das Stadtmuseum zur Last gelegt. Es steht Ihnen frei, sich zu den Beschuldigungen zu äußern oder nichts zur Sache auszusagen. Sie haben das Recht, jederzeit und auch schon vor Ihrer Vernehmung einen von Ihnen zu wählenden Verteidiger zu befragen. Sie können zu Ihrer Entlastung einzelne Beweiserhebungen beantragen."

„Ich brauche keinen Verteidiger, da ich nichts verbrochen habe!", erwiderte Mia.

„Sie sollten sich das gut überlegen, bei dieser Schwere der Taten.", meinte der Hauptkommissar.

„Das ist doch kompletter Unsinn!", betonte Mia mit fester Stimme, „ich gehöre weder einer Terrorgruppe an, noch bin ich verantwortlich für einen Anschlag. Ich höre jetzt zum ersten Mal, dass ein Bombenanschlag auf das Stadtmuseum verübt wurde. Ich habe nur unsere Ausstellung vorbereitet."

„Was heißt unsere?"

„Zusammen mit der Leiterin des Stadtarchives Frau Dr. Schweizer habe ich die Ausstellung mit den Ergebnissen meiner Masterarbeit der Uni Tübingen konzipiert. Fragen Sie Frau Dr. Schweizer, sie kann es bestätigen."

„Dr. Schweizer ist tot. Sie kam bei dem Anschlag ums Leben. Führen Sie sie also nicht als Zeugin an. Sie sind auch hauptverdächtig im Mordfall Dr. Schweizer."

„Was? Frau Dr. Schweizer lebt nicht mehr?"

Mia sank auf dem Stuhl zusammen, konnte ihre Tränen nicht zurückhalten. „Sie hat mir so geholfen. Sie hatte auch die Ausstellung zusammen mit meiner Professorin initiiert. Tot? Das wusste ich nicht."

„Vergießen Sie keine Krokodilstränen. Wir sind hier nicht auf einer Schauspielschule. Sie waren nach unseren bisherigen Ermittlungen die Letzte, die Dr. Schweizer besucht hatte. Das ist von der Überwachungskamera genau mit Uhrzeit dokumentiert. Es wird Zeit, dass Sie sich zur Wahrheit bequemen."

„Seit wann", der Staatsschützer meldete sich zu Wort, „sind Sie Mitglied dieser terroristischen Zelle?"

„Ich weiß von keiner terroristischen Zelle. Von was reden Sie?"

„Gehören Sie", die Augen des Staatsschützers waren wie zwei Mündungsfeuer auf Mia gerichtet, „nicht diesem pseudokeltischen Frauenkreis an? Sind Sie nicht dessen Anführerin?"

„Ja, ich gehöre dem *Kreis der weisen Frauen* an. Aber wir sind doch keine Terrorgruppe!"

„Sie geben die Mitgliedschaft also zu?", mischte sich Hauptkommissar Steinle ein.

„Wir arbeiten ausschließlich spirituell. Auf naturreligiöser Grundlage. Das hat doch nichts mit Terror zu tun. Wir tun niemandem etwas zuleide. Wir arbeiten zum Wohl der Menschen. Was soll das hier?"

Der Staatsschützer ergriff wieder das Wort. „Haben Sie die Bombe selbst hergestellt?"

„Wir bauen doch keine Bomben!"

„Wurde die Bombe dann von Dritten geliefert? Von wem?"

„Wir haben überhaupt nichts mit Bomben zu tun. Weder selbst gebaut noch von irgend jemandem geliefert."

„Sie haben also die Bombe rein zufällig in Ihrer großen Sporttasche vorgefunden? Rein zufällig ins Stadtmuseum gebracht? Leugnen Sie nicht. Die Überwachungskamera zeigt eindeutig, dass Sie um 14 Uhr mit einer großen Sporttasche ins Museum gingen. Als Sie um 18 Uhr heraus kamen, hatten Sie keine Tasche mehr."

„In der Sporttasche hatte ich meine diversen Artefakte für die Ausstellung eingepackt. Diese habe ich der Frau Dr. Schweizer gegeben. Die Tasche habe ich dagelassen, weil ich nach der Ausstellung das ganze Zeugs wieder mitnehmen wollte."

„Auch dies kann", mischte sich der Hauptkommissar Steinle wieder ein, „Frau Dr. Schweizer nicht mehr bestätigen. Wahrscheinlich hat sie beim Öffnen der Tasche den Zünder aktiviert. Oder hatten Sie einen Zeitmechanismus eingestellt?"

„Das ist kompletter Schwachsinn! Ich sprenge doch niemanden in die Luft!"

„Sollte die Bombe nur das Museum pulverisieren? Weil Sie davon ausgingen, dass zu später Stunde niemand mehr da sein würde? War der Mord an Dr. Schweizer nur ein Versehen Ihrerseits?"

„Noch mal. Ich bringe niemanden um! Und ich sprenge auch

nichts in die Luft. Ich bin grundsätzlich gegen jede Form von Gewalt!"

„So, so, gegen jede Gewalt. Sie wollen uns glauben machen, Sie wären aus dem Holz, aus dem Flöten geschnitzt werden? Ist es dann Ihrerseits gewaltlos vonstattengegangen, als Sie der Frau Dr. Schweizer die Augen ausgestochen haben?"

„Was soll ich?"

„Die Zunge haben Sie ihr auch herausgeschnitten. Das gleiche Tatmuster wie beim Todesfall ihres Professors in Tübingen und eines Mannes in Stuttgart. Für diese Morde sind Sie mittlerweile auch hauptverdächtig. Wir arbeiten eng mit den Kollegen in Tübingen und Stuttgart zusammen."

„Nein, nochmals!", rief Mia in voller Lautstärke, „ich wende niemals Gewalt an! Ich bin doch keine Psychopathin!"

„Ja, ja", schaltete sich der Staatsschützer wieder ein, „gegen jede Gewalt? Warum haben Sie dann in der Sitzung Ihrer Terrorgruppe am 13. des letzten Monats um genau 18:11 Uhr folgendes gesagt, ich zitiere aus den Abhörprotokollen: *Die Ausstellung wird ein explosives Gemisch für die Öffentlichkeit von Fellbach. Danach wird nichts mehr so sein wie die Stadthistoriker behauptet haben.* Sie haben eindeutig eine Explosion angepriesen!"

„Ich glaub, ich bin im falschen Film. Sie haben unsere Gruppe ausspioniert? Uns abgehört? Herumgeschnüffelt? Auf welcher Grundlage beobachteten Sie uns? Wir sind doch keine Verbrecher!"

„Verbrecher nicht", erwiderte der Staatsschützer, „aber Verbrecherinnen! Nicht umsonst wurden wir frühzeitig auf Sie aufmerksam. Leider konnten wir den Anschlag nicht verhindern."

„Das ist alles ein großes Missverständnis", Mia schüttelte den Kopf, „ich war es nicht!" Ihre Stimme bebte, ihr Atem stockte. Die absurden Anschuldigungen legten sich wie eine bleierne Decke über sie. Es war nicht auszuhalten.

„Könnten Sie", bat Mia, „vielleicht meinen Bruder verständigen? Er ist bei der Kriminalpolizei Stuttgart. Ich möchte bitte mit ihm sprechen."

Der Staatsschützer ließ eine Lachsalve los, schlug sich auf die Schenkel.

„Ach Frau Licht, was soll das denn? Hauptkommissar Licht hat schon vor dem Anschlag gegen Sie ausgesagt. Er war zuvor schon involviert, gab uns wertvolle Informationen zu den Morden in Stuttgart und Tübingen. Ihr Bruder steht auf der Seite des Rechts, nicht auf der Seite von Terroristen. Oder legen Sie Wert auf die Bezeichnung Terroristinnen?"

„Sie kommen jetzt in Untersuchungshaft", stellte Hauptkommissar Steinle abschließend fest, „da haben Sie genügend Zeit zum Überlegen. Nehmen Sie sich einen Anwalt. Seien Sie geständig, das könnte das Gericht milder stimmen. Vielleicht kommen Sie mit Totschlag davon, sonst wäre es Mord."

„Das ist doch alles Blödsinn, was mir vorgeworfen wird. Ermitteln Sie die wahren Täter. Ich bin unschuldig!"

„Natürlich. Das sagen sie alle."

Mia wird an den Pranger gestellt

Der Oberbürgermeister ging zum Rednerpult auf die Bühne der Fellbacher Schwabenlandhalle.

„Liebe Fellbacherinnen und Fellbacher, der Blumenschmuckwettbewerb hat eine lange Tradition und Geschichte in unserer Stadt. Wir wollen am heutigen Freitag des *Fellbacher Herbstes* seitens der Stadt Fellbach die Preisträger ehren, die alle mit ihrem Einsatz und Fleiß zur Verschönerung des Stadtbildes beigetragen haben. Die überreich blühenden Balkone, die wunderbaren Vorgärten und die sorgsam gepflegten häuslichen Grünanlagen sind eine Zierde für unsere Stadt. Bevor wir die Ehrenpreisträger auf die Bühne dieser herrlich geschmückten Schwabenlandhalle bitten, eine kurze Erklärung meinerseits. Lassen Sie mich einige Worte zu den unsäglichen Vorgängen in den letzten Tagen in Fellbach sagen. Es war wahrlich kein schöner Auftakt für unser gemeinsames großes Erntedankfest, den *Fellbacher Herbst*. Ich sage hier klipp und klar und in aller Deutlichkeit, dass wir keine Verfälschung der Fellbacher Geschichte durch irgendwelche wildgewordene Studentinnen dulden werden. Wir haben einen namhaften Historiker der Universität Stuttgart, Herrn Professor Dr. Lutz Bürstle gebeten, eine wissenschaftliche Widerlegung der vielen herbeigedichteten Geschichtsumdeutungen anzufertigen. Wer den Namen der Stadt von irgendwelchen heidnischen Zauber- und Phantasiegestalten herleitet, wie es besagte Studentin unseligerweise zu publizieren versuchte, begeht eine grobe Geschichtsklitterung. Dieser Unfug führte dazu, dass unsere allseits geschätzte Stadtarchivarin Frau Dr. Ingrid Schweizer ermordet wurde. Unser liebgewonnenes Stadtmuseum fiel einem Bombenanschlag anheim und brannte in der Folge gänzlich ab. Es wurden bereits Verhaftungen getätigt, wie mir heute Vormittag der leitende Kriminalhauptkommissar mitteilte. Gegen diese Studentin und eine hinter ihr stehende terroristische Vereinigung wird ermittelt. Es besteht der dringende Verdacht, dass diese Terroristinnen zum einen öffentliche Aufmerksamkeit erhalten wollten. Zum anderen haben sie ihre angeblichen Beweisstücke zerstört, um diese nicht mehr einer wissenschaftlichen Verifizierung beziehungsweise Falsifizierung unterziehen zu müssen. Denn dann wäre der Schwindel aufgeflogen, mit dem sogar unsere verdienstvolle Stadtarchivarin Frau Dr. Schweizer hinterlistig getäuscht wurde. Die Hauptverdächtige wollte auch unser schönes Stadtwappen mit den drei Wolfsangeln verunglimpfen. Diese seien Mordinstrumente gewesen. In den Brandresten fand die kriminaltechnische Untersuchung jedoch keinerlei Eisenstücke der besagten Art. Es liegen sogar Aussagen vor, dass die sogenannten Beweise niemals real existierten. Dass es sie nur in der geistigen Armutswelt dieser Studentin gab. Die angekündigten sogenannten Original-Wolfssensen aus dem 13. Jahrhundert wären damit als reine Hirngespinste entlarvt. Dass dererlei Verrücktheiten fast zu akademischen Ehren gekommen wären, wirft zahlreiche Fragen an den universitären Wissenschaftsbetrieb auf, insbesondere an die Verantwortlichen der Universität Tübingen. Sicherlich wird hier demnächst das Kultusministerium entsprechend verantwortungsbewusst zu handeln haben. Geradezu verwerflich ist es, meine sehr geehrten Damen und Herren, irgendwelche Geheimgesellschaften herbeizudichten, die angeblich seit Jahrhunderten die Geschicke der Stadt manipulieren. Dies möchte ich nicht näher kommentieren. Es ist einfach nur lächerlich, absolut lächerlich! Für derartige Verschwörungstheorien ist vielleicht ein Psychiater zuständig, nicht der Oberbürgermeister. Dies als allerneueste Information für Sie. Doch lassen wir uns dadurch nicht den Abend verderben. Genießen wir das herrliche Ambiente dieser Halle. Lassen wir uns verzaubern vom hervorragenden Programm der beteiligten Gruppen aus Fellbach und aus unseren fünf Partnerstädten Tain l'Hermitage, Tournon, Erba, Pécs und Meißen."

Bruder Erdmann saß in der Saalmitte. Übermäßig laut klatschte er Beifall für seinen Rathaus-Chef.

Danach lächelte er still in sich hinein und dachte: ‚*Nichts weißt du, rein gar nichts. Nicht einen Katzendreck. Schlaf ruhig weiter. — Alter Schnarchheimer!*'

Hexenjagd

Am *Fellbacher Herbst* – Freitag spätabends zog ein Dutzend männlicher Gestalten zum alten Fachwerkhaus von Sünne. Vermummt, mit Fackeln. Sie warfen Traktate in umliegende Briefkästen, steckten sie hinter Autoscheibenwischer. Auf Verteilerkästen klebten sie Kleinplakate mit Fotos von Sünne und den acht anderen Frauen, allesamt mit Wohnsitz, Telefonnummer und Mailadresse. Dazu weitere persönliche Daten, wie Vereinsmitgliedschaften und Arbeitgeber.

Achtung! Hexe als Nachbarin!, stand als dicke Überschrift über den steckbriefartigen Aushängen.

Als sie Sünnes Haus erreichten, dröhnte eine Stimme durch ein Megaphon. „Komm heraus du Hexenschwein, wir hauen deine Fresse klein!"

Die Versammelten stimmten im Chor ein in die Parolen. Mit wilden Drohgebärden und erhobenen Fäusten skandierten sie weiter. „Hexen gibt's in unsrer Stadt, holt sie raus und macht sie platt!"

Einer der Schreier sprühte mit einer Farbdose große Lettern auf den Gehweg vor dem Haus. VORSICHT! HEXENZENTRALE!

Die von Nachbarn gerufene Polizei kam erst nach einer guten Stunde. Die Protestierer waren bereits weitergezogen, zum nächsten Wohnhaus von einer der Frauen.

Die Polizei erklärte sich für nicht zuständig.

„Es handelt sich hierbei", sagte der Polizeibeamte, „wohl eher um eine gesellschaftspolitische Diskussion als um eine Aufgabe der Polizei".

❋ ❋ ❋

Die Reporterin einer lokalen Zeitung hatte Bilder geschossen. Anderntags wollte sie einen Kommentar veröffentlichen, um ihrem Unmut über diese moderne Hexenjagd zum Ausdruck zu bringen.

„Wie lange sind Sie eigentlich schon bei uns?", fragte der Chefredakteur.

„Vier Monate."

„Und wie lange wollen Sie bei uns bleiben? Wir können uns doch nicht öffentlich auf die Seite dieser Brandstifter und Mörderbande stellen!"

„Das ist doch noch gar nicht erwiesen! Solange sie nicht verurteilt sind, sind sie unschuldig. Ich habe mich mit diesem *Kreis der weisen Frauen* befasst. Meines Erachtens ist es ein spiritueller Kreis. Keine Hexen oder so etwas. Keltische, druidische Spiritualität."

„Höre ich hier eine klammheimliche Sympathie heraus? Wenn Sie das beschönigen und verharmlosen wollen, können Sie das gerne tun. Aber dann ist der Ofen gleich aus. Wo bleibt Ihre kritische journalistische Distanz? Sie sollten sonst mal eine kleine Auszeit nehmen!"

Der Chefredakteur griff in eine Briefablage und reichte ihr ein Papier. „Das und nur das bringen wir. Kümmern Sie sich darum."

Die Reporterin las im Hinausgehen die offizielle Stellungnahme der Stadtverwaltung: Der Stadt Fellbach liegt sehr viel am friedlichen Miteinander der Bevölkerung. Wir haben allerdings auch Verständnis für legale Bürgerproteste, die wir nicht kriminalisieren wollen. Natürlich kann man über die Art und Weise streiten, wie diese im konkreten Fall durchgeführt wurden. Dass dabei auch die im Eigentum der Stadt befindlichen Gehwege verunstaltet wurden, ist selbstredend zu verurteilen. Wir werden allerdings auf eine Anzeige wegen Verunreinigung aus Geringfügigkeitsgründen verzichten.

Gedenken

Nach den öffentlichen Angriffen auf Mia und die anderen Frauen lud der *Kreis der weisen Frauen* zu einer Protestkundgebung am Fellbacher Herbst – Sonntag auf die Ebene des Kappelberges ein. Eine Hundertschaft der Bereitschaftspolizei riegelte das Gelände ab. Zur Sicherheit. Gegendemonstranten hätten sich angesagt. Allerdings war von diesen rein gar nichts zu sehen.

Der Platz füllte sich mit über zweihundert Frauen.

Karin Haldenbacher hielt eine Ansprache: „Wir gedenken heute all der Frauen in allen Jahrhunderten, die in Fellbach zum Wohl der Allgemeinheit gewirkt haben. Wir erinnern an die Frauen vom Dritten Orden der Beginen. Diese widmeten sich ehedem aufopferungsvoll der Krankenpflege, der Fürsorge, der Kindererziehung. Im Volksmund wurden sie als Seelenweiber bezeichnet. Die Schwesternschaften versahen diakonische Dienste. Das einfache Volk hat sie hoch geachtet. In Fellbach nannten sie ein Haus ihr Eigen; dazu noch ein sogenanntes Siechenhaus, das war ein Krankenhaus mit einem angeschlossenen Altersheim. Diese Frauengemeinschaften waren bei den geistlichen Herrschern der Häresie und Ketzerei verdächtig. Ihnen wurde eine Nähe zu den Albingensern und Waldensern nachgesagt. Von den Geistlichen wurden sie beobachtet, bespitzelt und vorgeblich seelsorgerisch ‚betreut'. Der gierige Blick galt den Besitztümern der Frauen. An verschiedenen Orten schlug die Exkommunizierung bei den Beginen zu. Ihre Häuser wurden beschlagnahmt, sie selbst wurden der Hexerei angeklagt. Stellvertretend seien für Fellbach die Gertraud und Emsa genannt, die im Jahr 1299 ihre Äcker dem Kloster Sirnau vermachen durften. Auch andere Frauen, beispielsweise die Irmenburg im

Jahr 1342, vererbten diesem Kloster, dem sie niemals angehörten, ihren gesamten Besitz. Wer die Schreibfedern führte, die ihre angeblichen Unterschriften unter die Erbdokumente setzte, ist nicht überliefert. Hier gedenken wir heute dankbar im Stillen all den helfenden Händen im Untergrund."

Karin machte eine kurze Pause und ließ ihren Blick über die Zuhörerinnen schweifen.

„Wir erinnern an die zahlreichen Frauen von Fellbach, die unter dem christlichen Patriarchat zu leiden hatten. Wir erinnern an Agnes Bechtlin, die unter der fragwürdigen Anklage des Kindesmordes an den Pranger gestellt, bis an den Unterleib entblößt und ausgepeitscht wurde. Im Jahr 1599 wurde sie aus ihrer Heimat ausgewiesen. Wir erinnern an Katharina Mergenthaler, die 1620 öffentlich als Ketzerin angeprangert wurde unter dem Vorwurf, sie sei eine Wiedertäuferin. Sie sollte ins Weibergefängnis geworfen werden und landete schlussendlich im Narrenhaus."

Karin nahm ein Raunen aus den Reihen der Versammelten wahr.

„Margarete Feckelin wurde ihres Vermögens beraubt und aus dem Lande gewiesen im Jahr 1590, nachdem sie beim Pfarrer die Kommunion verweigert hatte. Anna Mager musste für jedes Nichterscheinen bei einem Gottesdienst eine Abgabe bezahlen. Wir erinnern an Catharina Böcklin, die 1629 vom Halsgericht in Cannstatt zum Tode mit dem Schwert verurteilt wurde. Wir erinnern an Magdalena Nagel und Maria Eplin, die im Jahr 1629 aus Fellbach verbannt worden waren."

Wieder unterbrach sie kurz.

„Wir erinnern an Margarethe Weigle, der vorgeworfen wurde, einen Mord begangen zu haben. Nach grausamer Folterung wurde sie mit dem Schwert der Obrigkeit im Jahr 1658 getötet. Wir erinnern an Barbara Geßler. Ihr wurde im Jahr 1674 unterstellt, Krankheiten über Mensch und Vieh gebracht zu haben.

Zusätzlich wurde ihr noch die Vergiftung der Anna Maria Schilling angelastet. Wir erinnern an Maria Catharina Beuerlen, die sich 1735 angeblich selbst im Brunnen bei der Ziegelhütte ertränkte."

Karin sah kurz von ihrem Manuskript auf und schaute in die Runde. Sie bemerkte, wie viele Frauen fassungslos den Kopf schüttelten.

„Wir erinnern an die Mutter des Adlerwirts Balthasar Lipp, die 1764 unter ungeklärten Umständen in der sogenannten Brächles-Lache am Weg nach Rommelshausen ertrank. Die Fellbacher Bevölkerung verhinderte die Beerdigung auf dem Friedhof, da man den Mord als Selbstmord darstellen wollte. Die Ehefrau des Adlerwirtes wurde mit Schlägen aus dem Haus gejagt. Wir erinnern an Katharina Schmid, die dem Hexenwahn zum Opfer fiel. Der Hexenbanner von Fellbach, der Bader Baltus Nage, begutachtete ihre angebliche Verantwortung für eine Vergiftung eines fünfjährigen Knaben. Katharina war jedoch äußerst kinderlieb, schenkte den Fellbacher Kleinen immer wieder Obst und anderes gesundes Naschwerk. Dem Fünfjährigen hatte sie Äpfel geschenkt. Bei der Befragung der Bevölkerung durch den Vogt von Cannstatt deuteten die Fellbacher auf Katharina. Bezeichneten sie als Hexe. Die umherwabernden Gerüchte sorgten für ihr Todesurteil. Sie wurde in den Kerker geworfen. Im Jahr 1663 vom Cannstatter Blutgericht auf dem Wasen mit glühenden Zangen an der Brust malträtiert und geköpft. Anschließend wurde der geschundene Leib dem Feuer übergeben. In Cannstatt war 1653 eine andere Katharina, die Katharina Seeger, wegen sogenannter Zauberei in einer offiziellen Hinrichtungsfeier mit Schwert und Feuer zu Tode gebracht worden."

Karin hielt kurz inne. Das Vorlesen nahm sie innerlich sehr mit. Sie atmete mehrmals tief durch. Ihre Mundwinkel zitterten und ihre Augen sahen den Redetext nur noch verschwommen. Sie nahm kurz einen Schluck Wasser aus dem bereitstehenden Glas zu sich.

„Es fielen auch Männer der Hexenverfolgung anheim. So beispielsweise im Jahr 1628 der Bürgermeister Bamberg, der schwere Folterungen über sich ergehen lassen musste. In einem schriftlichen Verleumderpapier war er als Hexer bezeichnet worden. Nicht umsonst schrieb einmal der Dichter des Liedes der Deutschen, Hoffmann von Fallersleben: *Der schlimmste Hund im ganzen Land, das ist und bleibt der Denunziant!* Lang ist die Geschichte des Unrechts. Nichts ist vergessen, niemand ist vergessen. Lasst uns in einer Schweigeminute den aufgeführten Frauen und allen anderen Nichtgenannten still gedenken. Gedenken wir unserer lieben Freundin, der Leiterin des Stadtmuseums Dr. Ingrid Schweizer, die bei einem feigen Mordanschlag getötet wurde. Solidarität mit allen verfolgten Frauen! – Solidarität mit allen, die zu Unrecht inhaftiert sind! – Wir fordern die sofortige Freilassung von Mia Licht!"

Untersuchung

Das Büro von Hauptkommissar Steinle befand sich in Waiblingen in der Kriminalinspektion 1, zuständig für Mord. Das Fellbacher Polizeirevier im Alten Rathaus hatte ihm für Vernehmungen vor Ort ein eigenes Zimmer bereitgestellt.

Er saß am Fellbacher Herbst – Montag am Schreibtisch und überlegte die nächsten Schritte. Der Staatsschützer hatte ihm eine komplette Mitgliederliste dieser seltsamen Frauengruppe gegeben. Die Vorladung aller Mitglieder hatte er vor wenigen Minuten beim Kollegen Lichtenecker in Auftrag gegeben.

Eine der Frauen kannte er persönlich. Sie war nach seiner Einschätzung alles andere als gefährlich. Na ja, mit ihrem Kräuterräuchern hatte er sie seither ins weite Feld der Übersinnlich-Spinner eingeordnet. Die Herta Sandgrab war mit ihm in dieselbe Schulklasse gegangen. Eigentlich war sie alles andere als gewalttätig. Das letzte Mal hatte er sie auf einer Mineralienbörse in der Schwabenlandhalle getroffen. Sie hatte Edelsteine und ähnliches Kruschtgeraffel verkauft. Eigentlich erschien ihm die Terroristenspur nicht so recht plausibel. Das Telefon klingelte.

„Gut", sagte er in den Hörer, „schicken Sie den Mann herauf."

Nach wenigen Minuten erschien ein jüngerer Mann.

„Hallo, mein Name ist Dietbach, Werner Dietbach. Ich möchte eine Aussage zum Stadtmuseum machen."

„Erzählen Sie."

„Also, ich wohne gleich gegenüber, im Haus in der Hinteren Straße. Gestern Abend rauchte ich ein Pfeifchen. Ich lehnte auf der Balkonbrüstung und sah, wie ein Mann ins Museum ging. Ich wunderte mich noch, weil doch das Museum um diese Uhrzeit geschlossen hat."

„Welche Uhrzeit?"

„Genau 22 Uhr, die Turmuhr der Lutherkirche hat gerade geschlagen. Das Museum war auf der Vorderseite überall beleuchtet. Es könnte sein, dass auch die Innenbeleuchtung an war. Ich sah, dass der Mann etwa zehn Minuten später wieder aus dem Haus kam. Was heißt kam, er rannte weg. Der hat es aber eilig, dachte ich mir noch. Ich sinnierte vor mich hin, da detonierte etwas mit einem Wahnsinnsknall. Ich sah, wie ein Teil des Museums einstürzte. Flammen schossen heraus. Sofort informierte ich die Feuerwehr. Die kam ganz schnell."

Der Kommissar blätterte in den Aufzeichnungen.

„Ja, hier steht es. Ein Herr Dietbach hatte die Feuerwehr angerufen. Wir wären in den nächsten Stunden sowieso auf Sie zugekommen. Können Sie diesen Mann beschreiben?"

„Nicht nur beschreiben. Ich habe sogar ein Foto gemacht."

„Was? Ein Foto? Sie haben den Mann fotografiert? Sie sagten doch, Sie hätten geraucht. Haben Sie ihn beim Hineingehen oder beim Herauskommen aus dem Museum abgelichtet?"

„Weder Salz noch Schmalz. Weder noch, meine ich. Heute Morgen habe ich ihn fotografiert. Am eingestürzten Stadtmuseum."

„Heute Morgen?"

„Ja, ich habe ihn an seinem karierten Hemd und an seiner Halbglatze wiedererkannt. Hier schauen Sie mal."

„Jens", Hauptkommissar Steinle schaute in das Smartphone und dann zu seinem Kollegen, „schau dir mal das Foto an."

Jens Lichtenecker erhob sich vom provisorischen Schreibtisch und betrachtete das Foto.

„Da haben Sie sich wohl geirrt", sagte Jens Lichtenecker mit einem Grinsen, als wollte er sich gleich ins Ohrläppchen beißen, „der Mann gehört zu uns. Er ist von der Kripo Stuttgart."

„Äh", Werner Dietbach kratzte sich seitlich am Kopf, „jetzt

bringen Sie mich durcheinander. Aber der Mann gestern sah genau so aus. Eigentlich war ich mir sicher. Aber, wenn Sie meinen. Äh, vielleicht hat er nur so ähnlich ausgesehen. Ich überlasse Ihnen das Bild, dann brauchen Sie schon kein Phantomfoto machen."

„Ja, sicher", meinte Hauptkommissar Steinle, „danke für Ihre Aussage. Gehen Sie mal mit dem Kollegen, um ein Protokoll aufzunehmen." Steinle starrte auf den Schreibtisch und ließ den Gedanken freien Lauf. *Warum um alles in der Welt hatte die Überwachungskamera im Museum nach 19 Uhr den Geist aufgegeben? Damit hätten wir die Täterin eindeutig identifizieren können.*

„Das ist sicher eine Verwechslung", meinte Jens, nachdem der Zeuge gegangen war, „kann vorkommen. Ich halte nicht viel von der Aussage. Bei einer Gegenüberstellung würde der unseren Kollegen zu Unrecht belasten. Ich kenne ihn doch vom Polizeisport, guter Mann, der Hauptkommissar Licht."

„Licht? Wie die Hauptbeschuldigte? Ist das der Bruder, von dem der Staatsschützer sprach? Was wäre, wenn der Zeuge recht hätte? Wieso war eigentlich die Kripo Stuttgart vor Ort? Die hatte doch niemand gerufen!"

„Vielleicht wohnt der Licht in Fellbach?"

„Vielleicht, vielleicht. Prüf das mal nach, aber rasch. Und unauffällig. Kein Wort zu dem Staatsschutzheini. Wir ermitteln."

„Und mir traust du? Welche Ehre."

„Jens, Abflug."

Wichtige Zeugin

„Hallo Chefle, hier Jens", meldete sich die Stimme im Mobiltelefon.
„Ich bin kein le, merk dir das, sonst werde ich dienstlich!"
„Ja, ja, ja, schon in Ordnung. War nur ein Späßle. Ich habe mal zum Kollegen Licht recherchiert. Seine Eltern wohnen in Fellbach. Eine Nachbarin hatte ihn an diesem Morgen aus dem Elternhaus gehen sehen. Er war wohl zu Besuch gewesen. Anscheinend ist er öfters hier, sagte jedenfalls die Nachbarin. Sollen wir ihn befragen?"
„Nein. Komm zurück, hier hat sich eine Zeugin angekündigt, die anscheinend etwas Wichtiges mitteilen will."
„Ach ja? Wichtig machen sich alle."
„Jens, Anflug!"
Nach einem zaghaften Klopfen streckte eine Frau ihren Kopf durch die geöffnete Tür.
„Guten Tag, ich habe vorhin mit Hauptkommissar Steinle telefoniert."
„Hier sind Sie richtig. Steinle mein Name. Mein Kollege Kommissar Lichtenecker. Was haben Sie denn so Wichtiges, Frau ...?"
„Ich heiße Dagny Wiflinger, abgekürzt DW. Wie *DW, Die Werbeagentur*. Ich habe einen Film vom Anschlag auf das Stadtmuseum."
„Wie bitte, einen Film? Wie das? Wussten Sie vorab von diesem Attentat?"
Die Besucherin zuckte zurück. „Nein, wusste ich nicht. Lassen Sie es mich erklären."
„Wir hören."
„Wie gesagt, ich habe hier in Fellbach eine Werbeagentur. *DW, Die Werbeagentur*. Und ich bin auch in derselben Frauengruppe, der die Organisatorin der geplanten Sonderausstellung angehört."

„Sie sprechen von Mia Licht?"
„Genau, die Mia."
„Sie sagen, Sie gehören zu derselben Terrorgruppe? Schön, dass Sie sich freiwillig gestellt haben. Wir lassen bereits nach Ihnen suchen."
„So ein Quatsch! Unser Frauenkreis ist doch keine Terrorzelle! Ich wollte gerade erklären, wie ich zu dem Film komme. Darf ich weiter erzählen?"
Hauptkommissar Steinle vollführte eine winkende Handbewegung.
„Also, was?"
„Wie gesagt, habe ich eine Werbeagentur. *DW, Die Werbeagentur.* Im Rahmen meiner beruflichen Tätigkeit mache ich Auftragsarbeiten zur Erstellung von Filmclips. Trailer, Kurzfilme, Event-Movies. Falls die Kripo mal so etwas braucht, sprechen Sie mich gerne an."
„Nein, brauchen wir nicht. Wir brauchen Ihre Aussage."
„Für die Sonderausstellung hatten wir uns auch etwas überlegt. Ein Spezialfilmchen, Richtung Blockbuster-Machart. Könnte die Mia für eine Präsentation nehmen, hatten wir uns gedacht. Ein echter Hingucker. Im Übrigen für die Mia kostenfrei umgesetzt. Eine Idee von mir."
„Könnten Sie bitte zum Wesentlichen kommen, ohne vorab einen halben Lebenslauf aufzutischen."
„Ich wollte nur erläutern, wie es dazu kam."
„Weiter."
„Nun, ich filme im Allgemeinen mit einer Normalkamera. Seit neuestem aber immer wieder mit einer kleinen Drohne. Mit dieser Drohne vollführte ich gestern Abend riskante Flugmanöver über das Stadtmuseum. Nachtaufnahmen. Romantische Beleuchtung."
„Zeitpunkt?"

„So gegen 22 Uhr."

„Das ist aber schon ein großer Zufall, dass es gerade um diese Zeit war, oder?"

„Vorher hatte ich bis halb zehn Yoga in Schmiden. Anschließend wollte ich noch mein Projekt durchziehen. Also, ich stand an der Ecke zur Hirschstraße. Die Drohne kreiste zuerst über dem Entenbrünnele, von dort zur Vorderseite des Stadtmuseums, hin zum Logo. Übrigens, kurz zum Logo des Museums: Das Logo ist mit drei farbigen Kreisen gestaltet, die symbolisch für Vergangenheit, Gegenwart und Zukunft stehen. Mit den Farben grün, orange und blau. Wenn Sie die Symbolbedeutung näher interessiert, müssten Sie die Mia fragen. Die kennt sich echt gut aus. Wissen Sie, Mias Thema sind doch Symbole."

„Frau Wiflinger, wir brauchen keine Museumsführung. Sie brauchen uns nicht alle sieben Ecken einzeln erklären. Bitte kommen Sie auf den Punkt."

„Nach dem Logo sauste die Drohne zuerst zu dem beleuchteten Großplakat der Sonderausstellung, dann zum Eingang. Hier schrammte sie nur knapp an dem schmiedeeisernen Aufhänger mit der goldenen Krone vorbei. Das wäre fast in die Hose gegangen. Das Ding war aber schon vorher etwas krumm und schief. Ich war's nicht. Das müssen Sie mir glauben."

Hauptkommissar Lichtenecker rollte mit den Augen, ein hörbarer Seufzer erfüllte den Raum. Seine Hand drängelte ungeduldig.

„Von der Eingangstür zurück zur Vorderseite. Dort vom Giebel abwärts. Die grünen Holzfensterläden, das grüne Fachwerkholz. Einmalig! Dazu noch die rot-violetten Umrahmungen der Sprossenfenster. Gigantös! Im Licht der Außenbeleuchtung ein mystischer Verlauf der Farben, hell und dunkel. Imposante Kulisse! Unvergleichlich! Ein Highlight ersten Ranges ..."

„Sie, wir brauchen hier keine Werbeveranstaltung", fuhr der Hauptkommissar dazwischen.

„Ja, ich wollte nur sagen, dass die Drohne dann im ersten Stock die Reihe der Fenster entlanggeflogen ist. Sie haben vielleicht schon gesehen, dass die vier Fenster mit großen Schwarz-Weiß-Aufnahmen ausgestaltet sind. Sie zeigen die Hansel Mieth, Marie Frech, die Auberlen-Frauen und Eduard Mörike. Kennen Sie diese Personen? Wenn nicht, kann ich kurz erläutern."

„Frau Wiflinger, das tut doch jetzt nichts zur Sache. Haben Sie heute zuviel Quasselwasser gesoffen? Sie brauchen nicht so viel Zwirn abhaspeln."

„Ja, gewiss doch. Also vom ersten Stock flog die Drohne abwärts zu den einzelnen hell erleuchteten Fenstern des Erdgeschosses. Hinter diesen Fenstern ist die Ausstellung. Dann ließ ich die Drohne hoch hinauffliegen, in den nächtlichen Himmel. Die Kamera mit Blick auf Fellbach. Wahnsinnsrundumaufnahmen. Einfach Spitze!"

„Frau Wiflinger, was ist denn das Ergebnis Ihrer gequatschten Oper?"

„Also, in dem Augenblick, als ich die Drohne zurückbeorderte, gab es im Stadtmuseum einen gewaltigen Knall. Vor Schreck verlor ich fast mein Steuergerät. Ich konnte es gerade noch festhalten. Göttin sei Dank ist es mir dennoch gelungen, die Drohne sicher zu landen. Ich habe sie dann in meinen Koffer eingepackt. Kurz darauf ist die Feuerwehr gekommen. Dies habe ich mit meiner normalen Filmkamera gefilmt. Beide Kameras samt Chips habe ich mitgebracht. Hier, ich habe sie Ihnen auch gleich noch gebrannt, ungeschnitten, nicht bearbeitet."

Sie übergab dem Kommissar zwei DVDs.

„Was sehen wir darauf?"

„Den Täter!"

„Was? Wo ist er zu sehen?"
Der Bildschirm zeigte den Flugfilm von Anfang an.
„Ich sehe nichts, ist ja alles halbdunkel. Wo denn?"
„Kommt noch. Sehen Sie diese meditativen Farbverläufe. Dieses gefühlvolle Ineinandergreifen der optischen Wahrscheinlichkeiten. Hammermäßig, gell?"
„Frau Wiflinger, wird's bald!"
„Jetzt gleich, bei den Aufnahmen durch die Fenster. Hier! Hier ist der Mann zu sehen! Da! Er fummelt an einer kleinen Kiste herum. Ist das die Bombe? Jetzt zieht er eine Pistole. Mehr sieht man nicht, da die Drohne zum nächsten Fenster geflogen ist."
„Jens, Standbild. Herauszoomen."
Der Kommissar schaute Jens an.
„Also doch!"
„Kennen Sie diesen Mann? Wer ist es? Dieser Typ ist übrigens auch auf der zweiten DVD zu sehen. Beim Feuerwehreinsatz, da steht er in der zweiten Reihe. Etwas verdeckt, aber dennoch zu erkennen. Das ist doch der Täter, oder?"
„Das müssen wir noch ermitteln, aber danke für Ihren Hinweis. Wir gehen dem nach. Halten Sie sich bitte zu unserer Verfügung. Wir müssen erst alles genau prüfen. Ihre Filme werden nochmals von unseren Spezialisten der Kriminaltechnischen Untersuchung überprüft. Lassen Sie uns bitte auch Ihre Kameras da. Nicht dass der Verdacht entsteht, Sie würden uns etwas Gefälschtes vor die Nase setzen. Elektronisch ist doch heutzutage alles möglich."
„Wie bitte? Ja, lüge ich denn?"
„Nein, nein, bitte nicht persönlich nehmen, alles Routineangelegenheit."
Als Dagny Wiflinger den Raum verlassen hatte, blickte Hauptkommissar Steinle Kommissar Jens Lichtenecker an. Dieser runzelte die Stirn.

„Was jetzt", fragte Jens, „nehmen wir uns diesen Licht vor?"
„Auf jeden Fall. Der hat etwas zu erklären. Bring die Kamera und die beiden DVDs zur KTU."
„Dann müssen wir den Stier bei den Hörnern packen!"
„Was für einen Stier? Wir sind doch auf keinem Bauernhof."
„Im übertragenen Sinn natürlich!"
„Wieso wird ein Sinn übertragen? Entweder etwas hat Sinn und ist sinnvoll, dann braucht man nichts übertragen."
„Du willst mich wohl absichtlich nicht verstehen."
„Ich verstehe sehr gut, ich brauche ja absolut kein Hörgerät. Ich rufe jetzt den Vorgesetzten vom Licht an."

Jens wartete noch, ob das Gespräch mit dem Vorgesetzten von Hauptkommissar Licht etwas Neues ergeben würde. Hauptkommissar Steinle schaltete den Lautsprecher des Telefons ein.

„Kubalek."

„Hallo Bernhard, hier Thomas Steinle. Wir haben ein sensibles Problem. Euer Hauptkommissar Licht ist verdächtig, den Sprengstoffanschlag in unserem Stadtmuseum verübt zu haben. Eine Tote. Wir müssen ihn sofort festnehmen."

„Beweise?"

„Filmaufnahmen der Tat."

„Licht ist heute nicht zum Dienst erschienen."

„Fahndung! Sofort!"

Wieder frei

Der *Kreis der weisen Frauen* traf sich am 15. Oktober im alten Fachwerkhaus der Gastgeberin Sünne. Heute war noch eine zusätzliche Besucherin aus Tübingen eingetroffen.

„Wir sind ab jetzt alle per du, ich heiße Jacqueline", bot Professorin Wackernagel-Dümperling an und schaute dabei Mia an. „Wir freuen uns so, dass du wieder frei bist! Und herzlichen Glückwunsch zu deinem heutigen Geburtstag!"

Lächelnd umarmte sie Mia und wollte sie gar nicht mehr loslassen. Alle Frauen der Frauengruppe nickten zustimmend.

„Ich freue mich auch sehr", erwiderte Mia, „aber bedauerlicherweise sind jetzt alle Ausstellungssstücke vernichtet."

„Nichts ist vernichtet, fast nichts. Bei der Vorbereitung der Ausstellung hatten Ingrid und ich vereinbart", Jacqueline machte eine kurze Pause, „wir hatten uns überlegt, dass wir aus Sicherheitsgründen die Originalexponate nicht ausstellen. Sondern ..."

„Sondern was?", fragte Mia dazwischen.

„Wir haben die einzelnen Exponate mit einem 3D-Scan datenmäßig aufgenommen. Anschließend von einem Technikinstitut mit einem 3D-Drucker nachmachen lassen und die Stücke farbig bearbeitet. Gelungene Repliken. Der Mörder hat nur Reproduktionen vorgefunden. Er hat nur Wertloses entwendet. Keinerlei Originale. Die anderen Exponate, all die Schriften und Dokumente, allesamt gut gemachte Kopien. Alles umsonst in die Luft gejagt."

„Wir haben die Originale noch?"

„Haben wir!", lachte Jacqueline, „jetzt musst du nur noch die beiden anderen Wolfssensen aus dem Archiv der Bruderschaft sicherstellen!"

„Wozu?", fragte Mia.

„Du brauchst sie. Alle drei!"

„Für eine erneute Ausstellung? Da genügt doch eine."

„Nein, keine Ausstellung mehr. Brighid sagte mir, du hättest noch eine Aufgabe zu erledigen."

„Wie?", erstaunt fuhr Mia hoch, „Sie kennen, äh, ich meine du kennst Brighid? Göttin Brighid?"

„Natürlich."

„Woher kennst du sie?"

„Ganz früher war ich längere Zeit bei ihr in Ausbildung."

„Was? Jetzt bin ich aber ganz baff." Mias Kopfschütteln wollte kein Ende nehmen. „Jacqueline", erkannte Mia, „dann war es also kein Zufall, dass du mich seither so unterstützt hast?"

Die Mundwinkel der Professorin erreichten beinahe ihre Ohren. „Genauso wenig Zufall wie die Unterstützung durch meine frühere Doktorandin Ingrid Schweizer. Übrigens, sie war Mitglied in einer unserer Gruppen des *Kreises der weisen Frauen*. Auf der Schwäbischen Alb. Wir erwarten sie wieder im nächsten ihrer Leben. Ihr Opfer wird nicht umsonst gewesen sein."

„Das ist so schade, dass sie nicht mehr lebt. Ich hätte mich noch gerne mit ihr weiter unterhalten", bedauerte Mia.

„Natürlich, verstehe ich. Mit seiner Tochter unterhält man sich doch gerne."

„Wie bitte? Tochter?"

„Ach, hatte ich das nicht erwähnt? Sie war in deiner Druidin-Urda-Zeit deine älteste Tochter Negga. Und deine damalige jüngste Tochter Brigga, erinnerst du dich ..."

„Brigga? Wo ist sie?", rief Mia und schaute die Professorin erwartungsvoll an.

„Keine Panik, Mia. Alles gut, alles bestens. Sie steht direkt vor dir."

Mia war erschlagen von dieser Mitteilung. Gedankensplitter aus der Rückführung blitzten kurz auf. Mit weit aufgerissenen Augen schaute sie die fröhlich dreinblickende Professorin an, musterte fältchenweise ihr Antlitz, versank in ihren Augen.

„Du?", rief Mia, als sie wieder wortfähig war. „Meine frühere Tochter Brigga? Erzähle!"

„Ein andermal, Mia. Keine Zeit für Familientratsch", erwiderte Jacqueline. Ihre Mundwinkel verzogen sich zu einem gewinnenden Lächeln. „Jetzt ist keine Zeit zu verlieren. Besorge die anderen zwei Wolfssensen. Schnell!"

Im Archiv der Bruderschaft

Mia erhielt einen Tag später einen Anruf der Mutter. „Vater hatte einen Nervenzusammenbruch. Er war zuvor so erbost darüber, dass sie dich wieder freigelassen haben. Vorhin kam er in die Klinik. Mia, mir tut es so leid, dass du angegriffen und verhaftet worden bist. Komm mal vorbei, damit wir reden können. Ich halte es bald nicht mehr aus."

Mia nahm den Weg nach Fellbach ins elterliche Haus. Zwei Stunden schütteten Mutter und Tochter sich gegenseitig ihr Herz aus.

„Mia", bedeutete Mutter, „ich muss jetzt ins Krankenhaus zu Vater. Vielleicht wissen jetzt die Ärzte etwas mehr."

Nachdem Mia die Mutter an der Endhaltestelle der U1 am Berliner Platz verabschiedet hatte, kehrte sie ins Elternhaus zurück. Sie hatte ja einen Hausschlüssel; nun wollte sie die Gelegenheit nutzen. Sie war voll gespannter Erwartung auf das Archiv. Festentschlossen, die Wolfssensen mitzunehmen.

Auf direktem Weg ging sie ins Obergeschoss des Hauses, ins Archiv. Als erstes fiel ihr auf einem Regal der Hut ihres Professors Schrickelbacher ins Auge. Schwarz, breitkrempig, rotes Band samt einer weißen Feder. Mia nahm es nur kurz zur Kenntnis, wollte eine Zeit verlieren, um darüber nachzudenken.

Zielbewusst steuerte Mia auf eine Schachtel in einem anderen Regal zu.

„Geschafft!", jubelte sie laut auf. „Wir haben jetzt alle drei Wolfssensen! Jetzt nichts wie weg von hier."

Mia wollte keine Zeit mit Stöbern vergeuden. Die Angst vor einer Entdeckung trieb sie weiter. Da blieb ihr Blick an einem anderen Regal haften.

Ein dickes, schwarzes Buch stand da, mit der Titelseite nach vorne, darauf in goldenen Lettern eingeprägt: *Bruderschaft der Scharfrichter des HERRN*.

Sie ergriff den mächtigschweren Lederband. Wahllos blätterte sie die Seiten durch, überflog nur kurz die Überschriften. Beim einem der letzten Kapitel stockte ihr der Atem. *Mitgliederverzeichnis*.

Als sie den Namen des Oberbruders sah, weiteten sich ihre Augen. Erschrocken hob sie die Hand vor den Mund.

Ihre Augen huschten von Zeile zu Zeile. Beim folgenden Kapitel gefror ihr das Blut in den Adern. *Gerechte Urteile und ihre Vollstreckungen*.

Minutiös war der Hergang der Morde an Professor Schrickelbacher, an dessen Onkel Thurecht und an Sigurðurs Mutter Sólveig beschrieben, ebenso die Tat an ihrer Tante Magdalena.

Tränenerstickt ergriff sie mit zittrigen Händen das Buch und steckte es in ihre Tasche.

Sofort zur Kriminalpolizei damit!

Der Oberbruder starrte auf das Mobiltelefon und die Wortnachricht. *Archiv offen. Alle Kameras aktiv.*

„Wie das? Er ist doch im Krankenhaus!", entfuhr es ihm.

Die Finger tippten fahrig auf der Tastatur. Die Bildübertragung startete.

„Verschlagenes Miststück! Dreckige Satansbrut! Verfluchte Teufelin! Klaut unsere Wolfssensen, klaut unsere Chronik! Das wirst du büßen! – Todesstrafe! – Dein Leib wird zermalmt! Der Kopf abgeschnitten! – Augen und Zunge zerschreddert!"

Suche nach der Höhle

Wie gewohnt traf sich der *Kreis der weisen Frauen* eine knappe Woche später wieder im alten Fachwerkhaus von Sünne im Fellbacher Oberdorf unterhalb des Kappelberges.

„Die Wolfssensen von Velebah waren ursprünglich nicht Fanggeräte für Wölfe", erläuterte Mia, „sondern Teile einer Steuerungseinheit. Und zwar für eine Art Energielinie."

„Wie bitte?", ereiferte sich Liberta, „ist unsere seitherige Historie falsch?"

„Nein, nicht generell falsch. Die Eisenteile hatten einfach eine andere Funktion. Sie sahen nur aus wie die sonst gebräuchlichen Wolfseisen. Brighid hat mir das gesagt, sie hatte die Teile selbst geschmiedet. Sie hatten ursprünglich keine ganz spitzigen Enden. Diese wurde wohl erst von den Knechten der Herren von Fellbach zu Wolfssensen umgeformt, nachdem sie uns diese gestohlen hatten."

Mia nahm die drei originalen Stücke. „Brighid gab mir in Irland eine Zeichnung mit. Es zeigt das alte Zeichen des Matriarchats. Zwei Wolfssensen passen in die äußeren Mondsicheln und eine in den Kreis der Mondin. Es ist außerdem die genaue Reihenfolge beim Legen zu beachten. Die Ösen rasten dabei in drei runde Kristallsteine ein."

„Klingt nach technischem Krimskrams-Zeug. Steuereinheit? Was soll das denn sein?", fragte Sünne mit einem leichten Stirnrunzeln.

„Auf dem Kappelberg müssen, so hat es Brighid gesagt", fuhr Mia fort, „die Kristalle samt der gesamten Einrichtung vorhanden sein. In einer Höhle. Die Eisenteile in Kombination mit den Kristallen sollen eine Energielinie aktivieren. Dies sollte ursprünglich vom *Kreis der weisen Frauen* der vorangegangen Zeit durchgeführt werden.

Brighid sagte noch, dass ich zum Öffnen der Höhle eine spezielle Bronzescheibe benötige. Die Scheibe passt in eine Aussparung, wenn man sie mit den Zeichen nach unten darauflegt."

„Wir haben keinerlei Unterlagen von der seinerzeitigen Frauengruppe", bemerkte Heidrun, „nur die Bronzescheibe war da, die ich dir übergeben konnte."

„Ja", meinte Mia, „wir haben keine schriftlichen Unterlagen. Aber unsere heutige Gruppe entspricht exakt der damaligen. In weiteren Leben waren wir zwar getrennte Wege gegangen, oftmals waren wir als Einzelkämpferinnen unterwegs. Doch heute sind wir alle wieder vereint. Eine einmalige Gelegenheit. Alles Wissen ist in uns. Wir müssen es nur an die Oberfläche holen. Wir wollen dazu die Kraft des Baumreiches nutzen. Einzeln wollen wir jetzt in den Wald unseres Berges gehen. Sucht euch einen Baum oder eine Baumgruppe. Bittet um Unterstützung. Fragt gezielt nach dem Standort der Höhle."

Ergebnisse der Suche

„Und?", fragte Mia zwei Stunden später vor dem Brunnen der Neuen Kelter, „habt ihr Eingebungen von den Bäumen erhalten?"

Die Frauen nickten.

„Auf meine Fragen", begann Asa, „bekam ich Bilder einer Triskele auf einem Stein. Ich sah, wie wir damals diesen Stein bearbeitet haben."

„Das ist ja interessant", fuhr Ute fort, „ich habe auch eine Triskele gesehen. Die haben wir gemeinsam vergraben. Nicht richtig vergraben, nur die Erde ein wenig mit den Händen ausgeschaufelt. Und auf diesen Erdhaufen haben wir die Triskele gelegt. Wie ein Markierungsstein sah das aus. Wir haben Blumen darüber gelegt."

Herta streckte den Finger in die Höhe, wie es in Schulzeiten üblich war. „Ich habe gesehen, wie wir Kristalle in einer Höhle zwischen mehrere Steinbrocken oder Felsen gestellt haben."

„Eine Höhle habe ich auch gesehen", fuhr Heidrun fort. „Zunächst war alles dunkel. Aber plötzlich setzte in der Höhle eine Art Blitzlichtgewitter ein. Jedenfalls sah es für mich so aus. Was es genau war, weiß ich nicht."

„Ich habe sicherlich eine Stunde regungslos gesessen", berichtete Karin, „ohne dass irgendeine Antwort von Seiten der Bäume gekommen wäre. Ich saß inmitten von fünf Bäumen und hatte mich bereits damit abgefunden, dass nichts kommt. Plötzlich erschien eine Szene, die sich mehrfach wiederholte. Bestimmt vier, fünfmal. Ich hatte die drei geschmiedeten Eisenteile in der Hand. Vor mir lagen drei Kristalle. Blau leuchtende Kristalle. Ich nahm das erste dieser Eisenteile, schob die runde Aussparung, diese Öse, über den Kristall. Und zwar auf den linken der drei Kristalle."

„Unglaublich!", platzte es aus Mia heraus, „das ist genau der erste Schritt! Wie mir die Göttin Brighid mitgeteilt hatte. Das konntest du nicht wissen, da ich es bis jetzt niemandem gesagt hatte. Entschuldigung für die Unterbrechung. Was hast du noch gesehen?"

„Ich habe also das Eisenteil wie beschrieben hingelegt", erzählte Karin weiter. Da bekam ich einen Schlag auf den Kopf. Als ich erwachte, war ich nicht mehr in der Höhle. Ich sah nur den Himmel über mir. Ich habe den Baum immer wieder gefragt, was geschehen sei. Jedes Mal bekam ich nur die gleiche Szene vorgespielt. Leider weiß ich nicht mehr, tut mir leid."

„Dir hat nichts leidzutun", beteuerte Mia, „du hast recht viel gesehen. Ihr alle habt eine Verbindung zu jenen Tagen erfahren. Schade, dass wir keine exakteren Hinweise zur Höhle erhalten haben. Oder hat jemand noch irgendein Indiz? Überlegt bitte nochmals eure Bilder. Jede Kleinigkeit kann wichtig sein."

„Ich habe noch ein schmiedeeisernes Tor gesehen", meinte Sünne, „mit vielen Schnörkeln. In der Mitte befand sich eine Art Sonne mit einem Blitzzeichen."

„Das ist es!", jubelte Mia auf, „jetzt weiß ich, wo die Höhle ist!"

„Wo?", riefen mehrere Frauen gleichzeitig.

„Am Nordhang vom Kappelberg. Hinter dem Gartenhaus von meinen Großeltern väterlicherseits. Wartet hier auf mich. Ich werde jetzt die Aufgabe vollenden. Alleine."

Oberhalb des Kelterplatzes stand auf dem ersten Parkplatz an der Weinbergmauer ein Kleinwagen. Der Fahrer sprach in die Freisprecheinrichtung des Mobiltelefones.

„Hier Bruder Traugott. Oberbruder, höchste Eile! Mit dem

Richtmikrofon habe ich gerade dieses irre, geschwätzige Weibervolk abgehört. Sie haben die Höhle geortet."

„Wo ist sie?"

„Diese Mia sagte etwas vom Gartenhaus ihrer Großeltern. Wo genau das sein soll, weiß ich nicht. Sie rennt gerade los. Richtung Berg."

„Bin in fünf Minuten da."

Gefundene Höhle

Mia eilte, so schnell sie nur konnte, auf den Berg. Sie stieg über die Einzäunung des Grundstückes, flugs rannte sie die Stufen hinauf zum Gartenhaus.

Noch ganz außer Atem, huschte sie zur Rückseite der hölzernen Hütte. Hinter einer dichten Weißdornhecke versteckte sich das schmiedeeiserne Tor. In der Mitte eine Sonne mit zwölf Strahlen und einem Blitzsymbol. Verschlossen!

In Kindertagen war sie mit den Großeltern immer wieder hier oben gewesen: Damals hatte sie der Opa an der Hütte hochgehoben, damit sie in der Dachrinne in einem versteckten Kästchen den Schlüssel zum Häuschen herausfischen konnte. Vielleicht würde sie den Schlüssel für das schmiedeeiserne Tor irgendwo in der Hütte finden. War das Kästchen noch da?

Mia schleifte eine Gartenbank an, stellte sich darauf. Tatsächlich, da war es.

Sie fingerte den Schlüssel heraus, suchte in der Hütte nach dem fehlenden Schlüssel für das Schmiedetor, durchwühlte alle Schubladen einer alten Kommode und den Werkzeugschrank.

Nichts zu finden.

Ute hatte doch von einem Markierungsstein mit einer Triskele gesprochen.

Mia sauste aus der Hütte. Die Fläche vor dem Schmiedetor war übersät mit Schottergestein. Mit den Händen räumte sie die Steinschicht weg. Eine halbmetergroße, marmorähnliche Platte kam zum Vorschein.

Beim Anheben der Platte krochen Würmer und kleine Krabbeltiere aus ihrer seitherigen Behausung. Mia holte aus dem Schuppen eine Handschaufel. Mit aller Kraft grub sie weiter.

Ein Stein kam zum Vorschein. Groß wie eine Faust. Darauf war eine Triskele zu erkennen.

Mia hob das Markierungsstück auf.

Darunter lag ein Schlüssel mit einem mächtigen Bart.

Gefunden!

Am Schmiedetor ließ sich der angerostete Schlüssel mit einem leichten Knarzgeräusch herumdrehen.

Mia trat ein.

Ein muffiger Geruch schlug ihr entgegen. Nach kurzer Zeit gewöhnten sich ihre Augen an das Halbdunkel der Höhle.

„Mist", dachte sie, „eine Taschenlampe oder ein Feuerzeug hätte ich mitnehmen sollen. Hätte mir doch beim Stichwort Höhle einfallen können."

Sie schüttelte sich kurz, um ein aufkommendes mulmiges Gefühl sofort wieder zu verjagen. Der Blick durch den Dämmerschein zeigte nur eine runde Wand.

„Wo um alles in der Welt geht es hier weiter?

Das hier ist doch keine Höhle, nur ein klimperkleiner Raum."

Brighid hatte ihr erzählt, dass vor dem Eingang der eigentlichen Höhle ein kreisrunder Stein liegen müsste. In diesen Stein müsse die Bronzescheibe eingelegt werden.

Mia tippelte sacht mit kleinen Schritten voran. Ein Fuß stieß auf Widerstand. Mit den Händen tastete sie über die Stelle.

Ein kreisrunder Stein. In der Mitte eine Aussparung mit Vertiefungen. Sie legte die Scheibe in die Kuhle. Die erhabenen Zeichen rasteten in Vertiefungen ein. Der runde Stein und die Bronzescheibe ergaben eine plane Fläche.

„Passt!", jubilierte sie.

Kaum hineingelegt, fing die kreisrunde Steinplatte an zu leuchten, tauchte den Raum in einen schummrigen Lichtschein.

Mit einem leichten Zischen schien ein türgroßer Teil der

Wand in den Boden zu versinken. Mia war überwältigt, konnte es nicht fassen. Sie hatte zuvor nicht die kleinste Ritze oder Spalte gesehen.

Bedächtigen Schrittes trat sie durch den Eingang.

Aktivierung der Energielinie

Mia stand direkt vor einer Nische in der Höhle. Die Wandvertiefung war umgeben von zahlreichen symbolhaften Einkerbungen. Sie verharrte kurz. Nach all den Bemühungen war sie jetzt am Ziel angekommen. Ein tiefes Gefühl der Zufriedenheit kam in ihr auf.

Die gesuchten Kristallsteine lagen auf einem Podest vor ihr, eingebracht in eine ovale Vertiefung. Sie säuberte diese von allen Erdablagerungen. Beim Reinigen bemerkte sie, dass an der Innenwand der ovalen Vertiefung etwas Metallisches schimmerte. Sie putzte noch kleine schmutzige Stellen weg, jetzt glänzte die Vertiefung. Mit ihrer rosaroten Farbe sah sie aus, als wäre sie aus Rosenquarz. Die metallene Wandung hatte neun Schichten.

War das Gold und Silber?

Was wohl geschehen wird, wenn die einzelnen Teile eingepasst sind? Keine Zeit zum Nachdenken. Mia holte aus ihrer Umhängetasche die drei originalen Wolfssensen. Gemäß Vorgabe von Brighid legte sie die erste Sichel auf die linke Seite. Die Öse der Wolfssense rastete im Kristallstein ein. Die Spitzen zeigten nach linksaußen, dies symbolisierte die aufgehende Mondin.

Spiegelbildlich auf der rechten Seite schloss sie die zweite an, für die abnehmende Mondin. Der mittlere Kristall lag etwas unterhalb der beiden anderen. Der Kristallstein für die Öse war gegenüber den beiden anderen etwas nach unten versetzt. Das eiserne Teil sollte jetzt mit der halbrunden Seite zu Mia zeigen. Es stand symbolhaft für die volle Mondin. Das letzte Teil war nun bereit zum Einlegen.

Eine Faust donnerte auf Mias Schulter.

„Du elendige Hexenbrut. Du Schande für das christliche Abendland, du Verräterin am wahren Glauben!"

Mia fuhr herum, blickte in das hassverzerrte Gesicht ihres Bruders.

„Du wirst für alles büßen!"

Mia schaute ihm nicht direkt in die Augen, sondern genau auf die Nasenwurzel. Ein alter Trick zur Verwirrung des Gegenübers. „Ach Fürchtegott. Dein Name sagt bereits, du musst dich vor deinem Gott fürchten. Ich fürchte mich nicht. Auch nicht vor dir. Wie konntest du nur so auf Abwege kommen? Wie konntest du nur zu einem mehrfachen Mörder werden? Du tust mir unendlich leid."

„Quatsch! Unendlicher Quatsch, dein Gequassel. Aber damit ist jetzt Schluss. Endgültig!"

„Fürchtegott, geh und stelle dich deinen Polizeikollegen."

„Halt's Maul! Du brauchst mir nicht zu sagen, was ich zu tun habe. Du bist die Nächste, die ich dem Himmlischen Richter zuführe. Du wirst in der Hölle verrecken. Bei all deinem teuflischen Gesindel. Du bist schuld daran, dass ich zum Schwert Gottes greifen musste. Wärst du nicht in unser Archiv eingebrochen, wäre alles anders gekommen."

„Umgekehrt wird ein Schuh daraus. Du hast uns in einem früheren Leben die sogenannten Wolfssensen gestohlen. Du warst es gewesen, der sie als Mordwaffe gegen unsere Frauen eingesetzt hatte. Du warst damals einer der Henkerknechte und bist heute wieder ein Mörder. Du hast alle Chancen der Wandlung nicht wahrgenommen. Dadurch bist du selbst die Ursache für dein heutiges verpfuschtes Leben!"

„Früheres Leben? Hör doch auf mit dem Wiedergeburts-Geschwafel. Gib mir sofort unsere Chronik wieder oder deine letzte Stunde hat geschlagen!"

„Das Buch ist bereits bei deinen Kollegen."

„Was? Du hast es weitergegeben, du Satansbrut! Jetzt bist du fällig!"

„Nein, du bist fällig. Du wirst deinen Richter bekommen."
„Ich werde von meinem Himmlischen Richter für meine Taten gelobt und belohnt werden."
„Ach was! Wirklich?"
„Halt einfach dein freches Maul! Was weißt du denn schon! Wer war es denn, der unseren Vater damals vor dem Gefängnis bewahrte, als er seine Schwester halb tot geschlagen hatte?! Völlig zu recht im Übrigen, was hatte sie auch in unseren Sachen herumzuschnüffeln! Ich habe geholfen, ich allein! Ich habe meine Kripo-Kollegen auf falsche Fährten geschickt. Ich habe dadurch die Familie vor dem drohenden Zusammenbruch bewahrt. Das habe ich auch für unsere Mutter und sogar für dich gemacht! Ja, ob du's glaubst oder nicht, auch für dich!"
„Und dass du meinen Professor, seinen Onkel und Sigurðurs Mutter umgebracht hast? Erzähl mir bloß nicht, das hast du auch für mich getan!"
„Ich habe alles aus Verantwortung getan!"
„Wie bitte? Verantwortung? Ich glaub's nicht!"
„Genau so! Verantwortung gegenüber Vater und unserer Gemeinschaft! Eine Gemeinschaft, die für den einzig wahren Glauben steht! Ihr höchstes Geheimnis galt es zu behüten."
„Du meinst mit Gemeinschaft wohl deine komische Bruderschaft."
„Von wegen komisch! Dir stopfe ich gleich dein Schandmaul!"
„In der Chronik habe ich gelesen, dass unser Vater als ‚Bruder Gottlieb' dabei gewesen ist. Und du warst der Anführer, der sogenannte Oberbruder, was immer das auch sein mag."
„Jawohl, ich war und bin der Oberbruder. Auserwählt vom HERRN! In seinem göttlichen Auftrag habe ich mich geopfert und die gerechten Taten vollbracht!"
„Gerechte Taten? Es waren Morde, eiskalte Morde!"

„Du hast doch noch nie was kapiert, du undankbares Stück Scheiße! Du mit dem Verstand einer Amöbe. Du, unser kleines Dummchen in der Familie."

„Heute eben nicht mehr."

„Elendige, stinkende Dumpfbacke! Du Höllen-Sau! Du bist die Nächste, die sterben wird!"

„Fürchtegott", Mia sprach bedächtig und langsam, „als Schwester und Bruder haben wir doch eine schöne Kindheit verbracht. Erinnerst du dich? Da waren sehr schöne Zeiten dabei. Für diese Zeiten gestatte mir doch wenigstens, dass ich noch ein letztes Gebet spreche."

Mia schaute ihrem Bruder in die Augen. Schließlich nickte er kurz. Sie schloss die Augen, dachte intensiv an ihr Krafttier, bat um Kraft und Beistand.

Urplötzlich erfüllte ein schaurig-jämmerliches Wolfsgeheul den Höhlenraum. Täuschte sie sich oder stand direkt neben ihr die Wölfin Eagna? Mit gebleckten Zähnen, bereit zum Zubeißen.

„Was ist das für ein Hundsköter?", schrie Fürchtegott und zuckte einen Schritt zurück.

Mia drehte sich blitzschnell um ihre eigene Achse. Jetzt schnell das letzte Stück in die Aussparung einfügen.

„Hau ab, du Misthund! Ich knall dich über den Haufen! Mia! Was machst du da?! Verfluchtes Weibsstück!"

Fürchtegott Licht griff zu seiner Pistole, wollte abdrücken. Er sank in sich zusammen.

Hinter ihm stand Sigurður.

„Gerade noch rechtzeitig! Keine Angst, er ist nur betäubt."

„Sigurður!"

Mia ging zu ihm, umarmte ihn mit aller Kraft.

„Du bist wirklich in letzter Sekunde gekommen. Ohne dich wäre ich jetzt nicht mehr am Leben. Wo kommst du denn her?"

„Erzähle ich gleich. Wir müssen zuerst Kommissar Steinle verständigen, damit er ihn abholen kann. Der Kommissar sagte mir, dass dein Bruder wegen Mordverdacht gesucht wird. Er ist der Mörder meiner geliebten Mutter."

„Da hast du leider recht. Ist er wirklich nicht tot?"

„Nein, ich habe ihn mit meiner Mini-Harpune nur betäubt. Die Betäubung wirkt rund eine Stunde. Hab ich von einem Inuit gelernt, den ich in Grönland kennengelernt hatte. Er hat mir dieses Mittel besorgt. Tolle Sache. Altes Familienrezept."

„Aber wie hast du mich denn gefunden?"

„Ja" erzählte er, „ich traf an der Neuen Kelter die Karin, die ich vom Stadtarchiv her kannte. Sie sagte, dass du auf den Berg gegangen wärst. Dann sah sie deinen Bruder, der die Straße hochrannte. Ich hatte so ein ungutes Gefühl, bin gleich hinterher. Du hast es also Karin zu verdanken."

„Aber vor allem dir, Sigurður!"

Sigurður sagte nichts, nahm Mia in seine Arme. Sein Kopf kam immer näher. Mia wusste nicht recht, was sie tun sollte. Er streichelte sanft ihre Wange. Mia schloss die Augen. Seine Lippen fanden die ihren, verschmolzen zu einer Einheit.

War Sigurður doch das ihr zugedachte Gegenstück, wie es Abnoba prophezeit hatte? Sie ließ alle Gedanken fallen, wichtig war nur das Hier und Jetzt. Sie fühlte sich wie im soundsovielten Himmel. Bestimmt wenigstens im siebten. Ihr Herz entflammte zu einer fiebrigen Glut.

„Ah, Sigurður!", seufzte Mia.

„Ich mag dich, Mia! Sehr sogar. Kommst du mit auf meinen Pferdehof? Ein neues Leben? Nur wir zwei?"

Bevor Mia antworten konnte, kam Hauptkommissar Steinle mit mehreren Uniformierten angehetzt.

„Aha. Unser Isländer. Selbstjustiz. Na so was."

„Er hat mir das Leben gerettet. Außerdem ist mein Bruder nur betäubt", stellte Mia klar.

„Ja, ja, erzählen Sie mir das morgen auf dem Revier. Heute ist es schon zu spät."

Sigurður blickte zu Mia. „Soll ich dich heimbringen?"

„Ich muss noch einmal in die Höhle", Mia drückte Sigurður einen Kuss auf die Wange, „es ist wenige Minuten vor Mitternacht. Noch steht die volle Mondin am Himmel. Die Zeit drängt. Das muss ich alleine erledigen. Wir sehen uns morgen. Ganz bestimmt!"

Mia ging zurück in die Höhle. Nichts zu hören oder zu sehen von Eagna. Hatte sie sich die Anwesenheit der Wölfin nur eingebildet? Aber ihr Bruder hatte es doch auch gesehen und gehört.

Sie hielt vor dem Kristallpodest nochmals kurz inne, atmete tief durch. Das letzte Teil passte wie angegossen in die Aussparung.

Die Kristalle leuchteten auf. Ein tiefes Blau tauchte die Höhle in einen geheimnisumwobenen Schein. Augenblicklich ertönte ein tiefer Summton, der immer lauter wurde.

Mia ging erleichtert aus der Höhle, verschloss das schmiedeeiserne Tor und suchte den Treffpunkt am Brunnen vor der Neuen Kelter auf.

„Was geht hier vor?", fragte Asa irritiert, „seit einigen Minuten ist so ein seltsames Brummen zu hören."

„Nach Aussage von Brighid", antwortete Mia, „erfolgt die Reaktion auf die Aktivierung der Energielinie nach genau drei mal neun Minuten. Das müsste jetzt bald sein."

„Da! Da! Da! Der Kappelberg!", stotterte Ute fassungslos.

Ein bläulicher Nebel ummantelte den Hausberg der Fellbacher. Die Nebelschwaden schienen sich im Kreis zu bewegen. Sie zogen spiralförmig nach oben und verflüchtigten sich im weiten Himmelsgewölbe.

Der Berg schien sich zu öffnen. Drei monumentale Symbole tauchten lautlos aus der Tiefe auf.

Goldfarben.

Standen wie ein Hologramm über dem Bergrücken.

Links eine Sichel des aufgehenden, rechts eine Sichel des abnehmenden Mondes. In der Mitte der Vollmondkreis.

Das Gold des Zeichens wandelte sich, andere Farbtöne erschienen.

Die linke Sichel erstrahlte leuchtend-weiß, der Kreis in der Mitte brannte wie eine glühend-rote Scheibe. Zuletzt wandelte sich die rechte Sichel in nacht-schwarz.

Das Symbol der Dreifaltigkeit der Göttin.

Die weiße junge, die rote reife, die schwarze alte Frau.

Zeichen der ewig sich erneuernden Schöpfung.

Die Frauen fassten sich an den Händen und starrten gebannt in den Himmel. Nach neun Minuten senkte sich das Zeichen und verschwand schließlich vollständig.

Der alte Buchberg verschlang sein Geheimnis.

Jetzt wussten die Frauen des Kreises um die Möglichkeit der Aktivierung der alten Energieströme. Die Kraft der Ahninnen pulsierte in ihren Seelen.

Wiederverbunden mit ihrer eigenen Geschichte.

Ihres eigenen Wesens.

Ihrer Aufgabe zur Wiedererrichtung eines goldenen Zeitalters im Zeichen des Matriarchats.

Ewige Pfade

Mia ergriff als erste das Wort. „Kommt alle mit. Ich führe euch zur Höhle und zeige euch, wie man hineinkommt. Alle von uns wissen dann Bescheid. Eine jede von euch bekommt Zugang zur Bronzescheibe und zum Schlüssel. Durch die Aktivierung unserer uralten Energielinie haben wir auch Anschluss erhalten zu all den anderen Energielinien. Weltweit. Mit unserer uralten Linie vom Berg der Seherin sind wir verbunden mit allen Energiewirbeln der Mutter Erde."

Nach dem Öffnen des Tores ging Mia tastend voran und stellte sich auf die kleine runde Steinplatte. Die anderen folgten, fanden Schulter an Schulter stehend gerade noch Platz. Wie Küken, die sich um eine Henne scharen. Es war stockdunkel.

„Fühlt euch geborgen. Ihr seid in der sicheren Höhle der Lichtlosigkeit", tat Mia kund. „Hier endet das Leben. Hier beginnt es wieder."

„Es ist schon wirklich sehr dunkel", bemerkte Herta, „schwarz in schwarz. So ganz geheuer ist mir das nicht."

„Ute", lenkte Mia ab, „du schreibst ja mittlerweile jede Woche mindestens ein Gedicht. Mein Gefühl sagt mir, du hattest auch für heute eine Eingebung."

Ute nickte, obwohl die anderen sie fast nicht sehen konnten.

> *„Farben weinen, Töne starren*
> *Äste kreischen zittergleich*
> *Eisigfest, im Kreise scharren*
> *Sie ihre Angst in's Bodenreich.*

Farben lachen, Töne blicken
Blätter singen Vogellied
Ringsumher, im Chore schicken
Sie ihr Wort in's Traumgebiet.

Farben jubeln, Töne glänzen
Bäume tönen himmelwärts
Wurzelstark, ihr Herz bekränzen
Sie mit Leben, Lachen, Scherz.

Farben hören, Töne sehen
Bunt die Welt mit Ton und Klang
Harmonisch mit der Schwingung gehen
Quellenfrischer Hochgesang."

Mia bückte sich, legte die Bronzescheibe in die Mulde. Jetzt erleuchtete der blaue Schein die Gesichter der Neun.
   Der Eingang öffnete sich.
   „Damit wisst ihr nun", stellte Mia fest, „wie die Energielinie zu aktivieren ist. Die Aktivierung ist aber bereits geschehen. Wir brauchen dieses Wissen in der Zukunft hoffentlich nicht mehr anzuwenden. Es gibt noch eine weitere Besonderheit, die ich mit euch jetzt probieren möchte. Ich weiß selbst nicht, was genau geschehen wird, es ist auch für mich das erste Mal. Brighid hatte es mir vorgeschlagen."
   Sie trat kurz aus dem Eingang, holte blitzschnell die Bronzescheibe aus der Vertiefung und reihte sich wieder bei den Frauen ein. Sogleich schloss sich der Eingang. Die Gesichter der Frauen erhielten durch das blaue Höhlenlicht eine sonderbare Ausstrahlung.
   „Ich bin selbst gespannt", bekannte Mia, „was geschieht, wenn

ich die Bronzescheibe über die Wolfssensen und Kristalle lege."

Behutsam legte sie die Scheibe auf die Steuereinheit. Nur wenige Sekunden später fuhr die Wand daneben auseinander und gab einen weiteren Eingang frei. Gemeinsam betraten sie den lichtblau durchfluteten Höhlenweg. Nach kurzer Zeit gelangten sie in eine kuppelförmige Höhlenhalle, deren Wände rötlich-rosa-weiß schimmerten.

In die Halle schwebte ein kindgroßes Wesen herein. Es war umhüllt von einem grünlich-schimmernden Gewand.

„Willkommen in unserer Rosenquarzhalle, willkommen zum Eingang in die Anderwelt, willkommen eine Schicht unter eurem Tanzplatz auf der Ebene. Im Gegensatz zum Eingang Egelsee werdet ihr den Aufenthalt hier als sehr lange empfinden, Tage, Monate, Jahre. Doch nach eurer Zeit werdet ihr nur wenige Sekunden gealtert sein. Lasst euch also ruhig Zeit."

Mia bedankte sich bei dem Wesen des verborgenen kleinen Volkes. Zu den acht Frauen gewandt, verkündete sie: „Seid alle eingeladen zu einem kleinen Ausflug. Es liegt einzig und allein an uns, die neuen alten Wege zu gehen. Hin zu unserem eigenen Selbst. Wir brauchen für diese Pfade keine Anweisungen, Bevormundungen und Tugendlehren. Denn in uns wohnt die Göttin! – Wir sind ein Teil von ihr, selbstbestimmt und frei. – Wir sind ein Teil ihrer Natur, eigenständig und ungezähmt. – Wir sind ein Teil ihrer Kraft, wild und mächtig!"

Geschichtliche Hintergründe

STADTWAPPEN VON FELLBACH

Am 1. April 1956 erhielt Fellbach ein neues Stadtwappen, abgeleitet von einem mittelalterlichen Siegel der „Herren und Ritter von Velbac(h)" aus dem Adelsgeschlecht derer „von Stein (Stain)". Die aus dem Sudetenland stammende Heimatforscherin Maria Maneth, damals Leiterin des Fellbacher Heimatmuseums, hatte das im 11. und 12. Jahrhundert gebräuchliche Siegel wiederentdeckt. Es zeigt drei schwarze Wolfseisen auf goldenem Grund.

Über die Herleitung dieser Symbole gehen die Meinungen auseinander. In der Literatur zu Fellbach ist von Wolfseisen, Wolfsangeln und Wolfsankern die Rede. Hermann Kühne verweist in seiner Schrift „Wolfsangel und Wolfssense" jedoch auf ein Rundsiegel von 1318 der schlesischen Stadt Brieg. Es zeigt drei zusammengefasste Wolfssensen. Diese Bezeichnung ist in einer Urkunde von 1372 belegt: „ ... eine Falle, die in der Volkssprache ‚Wolfssense' genannt wird." Bezüglich des Fellbacher Stadtwappens wurde die „Wolfssensen-Spur" seither nicht betrachtet. Eine Wolfssense zusammen mit einer Aufhängekette könnte, von der Funktion her gesehen, dem Ausdruck „Wolfsangel" gerecht werden.

Das neue Wappen genügte – entgegen dem Wappen von 1933 sowie dem ab dem Jahr 1694 benutzten „Fleckenzeichen" – nun auch heraldischen Ansprüchen. In der „Bekanntmachung des Regierungspräsidiums Nordwürttemberg über die Verleihung des Rechts zur Führung eines Wappens und einer Flagge an die Stadt Fellbach, Landkreis Waiblingen" wird das neue Wappen folgendermaßen beschrieben: „In Rot drei silberne (weiße) Wolfsangeln übereinander".

NAME DER STADT FELLBACH

In der Oberamtsbeschreibung von Cannstatt aus dem Jahr 1895 wird erstmals die Behauptung aufgestellt, der Name Fellbach käme von „felawa" bzw. von „Felbe"; das ist eine mittelalterliche Bezeichnung für einen Weidenbaum. Fellbach stehe demgemäß für Weidenbäume an einem Bach. Diese Deutung fand Eingang in sämtliche Heimatbücher und andere Veröffentlichungen.

Die neuere Flurnamenforschung, beispielsweise Lutz Reichardts „Ortsnamenbuch des Rems-Murr-Kreises", lehnt diese Herleitung jedoch „nach dem gegenwärtigen Forschungsstand" mit Hinweis auf die Lautverschiebung ab. Hingegen bietet sich nach Reichardt ein Bezug zum althochdeutschen „bah" an, das „Rücken" bedeutet oder auch ‚kleiner Hügel' oder ‚kleiner Berg'.

Die Silbe „ve" und „Vel" wiederum bringt Inge Resch-Rauter („Unser keltisches Erbe") in Zusammenhang mit der Bezeichnung für die keltischen Seher und Seherinnen, die „Vel-es". Vel steht im Keltischen für „wissen" und nach Resch-Rauter für „übernatürliche Kenntnis und Klarheit" und „in die Zukunft blicken".

Diese „keltische Spur" wurde bislang hinsichtlich Fellbach nicht erforscht, jedoch hier romanhaft verwendet: velebah, der Berg der Seherin.

KAPPELBERG

Der Name des Berges soll auf eine Bernhard-Kapelle zurückgehen, die dort im 15. Jahrhundert errichtet worden sein soll. Andere Quellen (Geschichtsschreiber M. Crusius, 1596) berichten von einer Marienkapelle, die aufgrund der Marienerscheinung eines Jünglings erbaut worden sei. Diese Kapelle ist beispielsweise auf der Zeichnung ‚Felbach' des Kieser'schen Forstlagerbuches von 1686 zu sehen. Sie wurde später profanisiert, als Unterkunft für den Jagdpächter genutzt und 1819 abgerissen.

Bis zum 15. Jahrhundert trug der Kappelberg in alten Urkunden den Namen Buchberg, laut Hans O. Kauffmann in „Zwischen Buchberg & Schrickelbach".

Buchberge sind, so Günter Kantilli in „Natur-Heiligtümer in Europa", Mondberge und Frauenberge. Sie gelten als „Heilige Berge": „Auf diesen Bergen waren ausschließlich Frauen-Kultplätze, die überwiegend der Fruchtbarkeit, dem Tanz, der Einführung von Mädchen ins Frausein und der Weisheit dienten".

In dem Band „Heimatkunde von Stadt und Bezirk Cannstatt" aus dem Jahr 1913 finden sich folgende Zeilen: „Später, als unsere Vorfahren, die Germanen (Alemannen) in der Gegend wohnten, soll der Kappelberg ein Götterberg mit einem Heiligen Hain gewesen sein, in dem wahrscheinlich eine Göttin verehrt wurde. Als nun Missionare den heidnischen Alemannen das Christentum brachten, baute man auf dem Berge eine Kapelle, die der Maria geweiht war."

LUTHERKIRCHE

Die Lutherkirche gilt als ein Wahrzeichen von Fellbach. Die frühere Wehrkirche mit Mauer, Wassergraben und vier Wehrtürmen war vor der Reformation dem Heiligen Gallus geweiht worden. Die Wehranlagen wurden 1802 abgebrochen. Lange Zeit trug die Kirche keinen eigenen Namen. Die Benennung nach Martin Luther erfolgte erst im Jahr 1927, als im Kirchensprengel zusätzlich die Pauluskirche erbaut wurde. Ein oder mehrere Fluchtgänge der Wehrkirche werden in der Literatur nicht aufgeführt.

KIRCHE „MARIA REGINA"

Die von dem Architekten Klaus Franz entworfene katholische Kirche wurde 1967 eingeweiht. Die geometrisch interessanten Formen der Kirchengestaltung fanden internationale Beachtung.

Der Winkel bei der Seitenansicht des Kegelstumpfes beträgt genau 36 Grad. Dies zeigen eine Zeichnung (Deutsche Bauzeitung 10/91) und die alten Bauzeichnungen im kath. Pfarrarchiv Fellbach.

36 Grad entspricht auch der Gradzahl eines Dreieckes in einem Pentagramm.

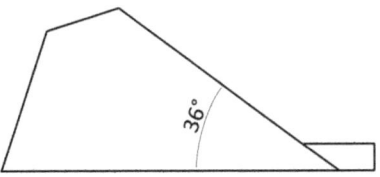

Die Kombination Seitenansicht und Pentagramm wird mit diesem Roman erstmals publiziert.

FIGUR AM KREISEL
Die Bronzefigur wurde 2006 vom Künstler Karl Ulrich Nuss gestaltet. Sie stellt offiziell einen „launigen Weingeist" dar. Bei der Errichtung entbrannte in der Stadt eine heftige Diskussion, darüber, ob die Figur nicht in Wirklichkeit einen heidnischen Satyr darstellen würde.

AUSWANDERUNG AUS FELLBACH
Eine Auflistung von „1421 Seelen", die zwischen 1735 und 1930 aus Fellbach ausgewandert sind, bietet die Schrift von Otto Conrad „Geschichte der Auswanderung aus Fellbach", erschienen 1934. Berücksichtigt man eine Dunkelziffer nicht namentlich Genannter, kann von insgesamt rund 2000 Auswandern ausgegangen werden.

Das Auswanderungsziel „Island" und der Name der Romanfigur wird in dieser Schrift nicht genannt.

HEXENVERFOLGUNG IN FELLBACH
In den verschiedenen Heimatbüchern, u.a. im Heimatbuch von 1956 und in Otto Borsts „Fellbach. Eine schwäbische Stadtgeschichte" aus dem Jahr 1990, werden Einzelschicksale von Frauenverfolgungen aufgeführt. Genauere Untersuchungen zu Katharina Schmid, die im Jahr 1663 als Hexe hingerichtet und verbrannt wurde, unternahm Eva Loenicker. In ihrem Vortrag *„Eine Fellbacherin steht vor Gericht – ‚Die Hexe muss brennen'"* (Rathaus Fellbach, 2011) stellte sie ihre Forschungsergebnisse vor. Die Akten der sog. Hexenprozesse sind im Hauptstaatsarchiv Stuttgart aufbewahrt.

ALTE RELIGIONEN
Bei Ausgrabungen im Jahr 1980 in der keltischen Viereckschanze von Fellbach-Schmiden wurden eindrucksvolle Funde entdeckt.

Drei geschnitzte, 90 cm hohe Tierfiguren aus zweihundertjährigem Eichenholz. Aufgrund der weltweit ersten rein digitalen Jahresringdaten ergab sich das Jahr 127 vor unserer Zeitrechnung. Die beiden Böcke und der Hirsch dürften aus einer entsprechenden Kultstätte stammen. Aufbewahrt werden diese Exponate im Landesmuseum Württemberg.

Ein 137 cm hohes Steinrelief, das den Sonnengott Mithras zeigt, wurde im 16. Jahrhundert in einer Mauer eines Fellbacher Weinberges entdeckt. Es soll aus dem 2.-3. Jahrhundert stammen und steht heute im römischen Lapidarium Stuttgart. Eine entsprechende Mithras-Kultkammer wurde bislang auf dem Kappelberg nicht gefunden.

UNIVERSITÄT TÜBINGEN
Das „Ludwig-Uhland-Institut" der Wirtschafts- und Sozialwissenschaftlichen Fakultät an der Universität Tübingen bietet u. a. den Master-Studiengang „Empirische Kulturwissenschaften" an.

KELTISCHE GÖTTINNEN

Abnoba: Wald-, Quellen- und Muttergöttin. Ihr zu Ehren wurde in der Antike der Schwarzwald „Abnoba mons" genannt. Im neben Fellbach gelegenen Bad Cannstatt wurden zwei Steinreliefs gefunden, die Abnoba geweiht waren. Abnoba war, nach Kurt Derungs „Kelten, Kulte, Götter" der Schutzgeist (Genius loci) der Heilquellen von Bad Cannstatt.

Brighid wird als dreifältige Göttin angesehen, zuständig für die Heil-, Schmiede- und Dichtkunst. Sie wurde von der katholischen Kirche in Irland als Heilige übernommen und wird dort bis heute verehrt.

Ceridwen ist eine walisisch-keltische Muttergöttin der Erde, der Ernte und der Fruchtbarkeit. Sie gilt als Hüterin des Kessels der Anderswelt.

MATRIARCHAT

Dr. Heide Göttner-Abendroth schreibt über „Matriarchale Mythologie und Symbolik": „Die Forschung brachte ein Grundmuster matriarchaler Mythologie ans Licht, das im gesamten Raum, der später indo-europäisiert wurde, existiert, ... im gesamten Mittelmeerraum und in Europa. Es enthält die Struktur der Großen Göttin in ihrer dreifachen Gestalt als Mädchen-Frau-Greisin."

Über den „Kult der drei heiligen Frauen" forschten auch Kurt Derungs und die Fellbacher Volkskundlerin und Märchenforscherin Sigrid Früh. In ihrem Werk finden sich Hinweise auf Flurbezeichnungen, die „zur kultischen Landschaftssprache gehören", unter anderem auf die Bezeichnung „Götzenberg". Ein Hügel neben dem Kappelberg trägt diesen Namen.

Diese und weitere geschichtlichen Hintergründe wurden vom Autor sorgfältig recherchiert und teilweise neu interpretiert. Die romanhafte Verarbeitung basiert darüber hinaus auf einer intuitiven Betrachtung der einzelnen Orte und Schauplätze und einer analogen Verknüpfung nur scheinbar unzusammenhängender Einzelaspekte.

Danke

Meiner Frau Elfriede für die Lektorierung der Texte, **meinen Kindern Helga, Gudrun und Roland** für hilfreiche Hinweise, **den Probeleserinnen** für die konstruktive Durchsicht, der Verlegerin und Schriftstellerin **Ulrike Dietmann** für die Aus- und Weiterbildungen im Rahmen der Pegasus-Schreibschule, den Schreibtrainerinnen **Jurenka Jurk** (Schreibschule Schreibfluss) und **Astrid Rösel** (Schreibschule Schreibbogen) für das Coaching bei den Schreibwochen an der Ostsee und in Island, **Gabi Schmid** für das konstruktive Schluss-Lektorat, **Corina Witte-Pflanz** von OOOGRAFIK für die wunderschöne Gestaltung des Bucheinbandes und **Dr. Ralf Beckmann** vom Stadtarchiv sowie **Ursula Teutrine** vom Stadtmuseum der Stadt Fellbach für die Unterstützung bei verschiedenen Recherchen.

Reinhold Fink
Zeitenschnur

Dominik erbt von seiner Urgroßmutter eine geheimnisvolle Kiste, deren Inhalt nicht nur sein Leben sondern auch den Lauf der Zeit verändern kann. Alte keltische Prophezeiungen dringen an die Oberfläche und rufen mächtige Gegner auf den Plan. Sind die Barden und Druiden wieder unter uns?

www.spiritbooks.de

Gabriele Schmid
Gleichklang

Das Leben der Zwillingsschwestern Samantha und Deborah verläuft schon immer im Gleichklang. Doch eines Tages gerät es völlig überraschend aus dem Takt – die Ereignisse überschlagen sich.

www.spiritbooks.de

Gabriele Schmid
Touché

In Gabriele Schmids neuem Roman treffen zwei gestandene Unfall-Chirurgen aufeinander. Zwei Ärzte, die meinen, sie hätten alles im Griff ... bis Amor seinen Pfeil abschießt. Touché!

www.spiritbooks.de

Susanne Feiner
Das Schicksal duscht

„Das Schicksal saß auf meinem Sofa.
Und es sah nicht gut aus."
25 Geschichten über Liebe, den Zufall, das Alleinsein, über Schicksal, Testosteron und Tulpen.

www.spiritbooks.de

Dina Dahan-Gideon
Ein Einhorn lebt in deiner Seele

In 23 zauberhaften Geschichten beschreibt die in Israel lebende Autorin Dina Dahan-Gideon, wie Menschen dem Spirit der Tiere begegnen und davon verwandelt werden. Menschen wie du und ich, die vielleicht gerade eine Scheidung erlebt haben, die zu viel Verantwortung tragen müssen, die nach Schicksalsschlägen neue Kraft und Glück suchen.

www.spiritbooks.de

Barbara Gramlich
Bärenblut

In „Bärenblut" lässt uns die erfahrene schamanische Praktikerin Barbara Gramlich teilhaben an einem Leben voller Magie an der Seite der Spirits und Krafttiere. Sie erzählt von ihrer Arbeit und ihrem Leben und lässt uns erfahren, dass die schamanische Welt ganz real ist und ein Teil unseres Alltags, durch den wir Kraft und innere Führung erfahren können.

www.spiritbooks.de

Susanne Hoffmann
Anjou und die Burg der Spiegel

Auf der Suche nach der mysteriösen Burg der Spiegel gelangt Anjou immer tiefer in das Reich des Schwarzen Ritters, dessen Einfluss die Menschheit zu vernichten droht. Schon bald wird die Reise durch Fremdland zu einem unberechenbaren Abenteuer, bei dem am Ende nur eines zählt: der Mut, zum Wesentlichen im Leben vorzudringen und den Weg des Herzens zu gehen.

www.spiritbooks.de

Dr. Ulrike Güdel
Mit Power durch die Wechseljahre

Dieses Buch möchte man jeder Frau zwischen 30 und 60 Jahren in die Hände legen. Es bietet eine Goldgrube an Wissen, von einer Ärztin, die weiß, worauf es ankommt.

www.spiritbooks.de

Petra Möller
Im Spiegel deiner Seele
Verbundenheit zwischen den Welten

20 Jahre nach seinem physischen Tod, begleitet Lukas seine Frau Paula, die ihn auf hellsichtige Weise wahrnehmen kann, als geistiger Lehrer auf ihrem spirituellen Weg.

www.spiritbooks.de

Ulrike Dietmann
Epona – Die Pferdegöttin

Eine Geschichte, die uns zu den Wurzeln unserer Kultur führt, in die Zeit der ersten keltischen Siedlungen, als das Pferd heilig war und die Göttin noch unter den Menschen lebte.

www.spiritbooks.de

Ulrike Dietmann
Reise in die innere Wildnis

In der Natur ist alles einer steten Verwandlung unterworfen. In diesem Buch lernst du, dich mit der Intelligenz der Natur durch dein Leben zu bewegen. Wenn du die Aufgaben bestanden hast, wirst du eine andere, ein anderer sein.

www.spiritbooks.de

Bettina Löber (Hrsg.)
Kraftbilder der Seele

Fünfzig Kraftbilder der Seele werden hier erweckt, die den Menschen auf seiner Lebensreise begleiten: Archetypen wie Vater, Göttin, Cowboy, Clown, Inneres Kind und Prostituierte treffen auf den Fuchs, die Schlange, den Adler und andere mächtige Krafttiere. Dreizehn Hero's Journey Trainer schildern hautnah, was sie bei ihren Heldenreisen-mit-Pferden erlebt haben.

www.spiritbooks.de

www.spiritbooks.de

Bücher, die authentisch sind und Spirit haben.

Die Bücher des Verlags erhalten Sie in allen Buchhandlungen und bei zahlreichen Online-Anbietern wie amazon.de. Sie können die Bücher auch beim Verlag direkt bestellen: **www.spiritbooks.de**

Wenn Sie direkt beim Verlag bestellen, unterstützen Sie den Verlag und die Autoren.

Die Vision des Verlags

Vertrauen in das Gespür von Leserinnen und Lesern

Bedingungslos authentische Bücher

Autorinnen und Autoren als Persönlichkeiten, die etwas Unverwechselbares zu erzählen haben.